SEX UND SONNE

Allem kann ich widerstehen,
nur der Versuchung nicht.
OSCAR WILDE

Die Lippen einer Frau sind
das schönste Tor zu ihrer Seele.
CHINESISCHE WEISHEIT

Mit einer verliebten Frau kann
man alles tun, was sie will.
GUSTAV KLIMT

SANDRA SONNE

Sex und Sonne

Die leidenschaftlichen erotischen Abenteuer
einer verheirateten jungen Frau,
deren Mann natürlich überhaupt gar nichts ahnt.
Eine durchweg wahre Geschichte.

EXPLIZIT

Inhalt

1

Was ist normal?

Bin ich eigentlich normal? Mit Anfang dreißig, dem liebevollen Ehemann, den ich mehr als zehn Jahre kenne, der großen, modern eingerichteten Wohnung in einer kleinen Stadt in Süddeutschland, dem Kombi, in dem der Kinderwagen für unseren Nachwuchs ohne Probleme Platz findet? Das würde ich jetzt verwegen einfach mal als normal bezeichnen. Aber kann man eine liebende Ehefrau und Mutter sein und trotzdem fremdgehen? Ist das normal?

Warum gehen Frauen eigentlich fremd? Aus genau demselben Grund, warum auch Männer es tun! Ich selbst habe so viel zu geben, dass es für mehr als einen Mann reicht. Anfangs fragte ich mich, ob mein Mann noch genug von meiner Leidenschaft und Lust abbekam, aber er musste sie nicht mit anderen Männern teilen, sondern ich entwickelte mehr davon, so dass für alle genug da war. Manchmal auch zu viel, dann musste eben mein Vibrator herhalten. Der wichtigste Grund ist aber wahrscheinlich der, dass der eigene Partner einem nicht mehr genug Aufmerksamkeit schenkt. Die muss man sich dann eben leider wo anders holen. Beziehungen werden nun einmal ein bisschen langweilig, und trotzdem muss man nicht gleich auseinander gehen, wenn aus Geilheit irgendwann nur noch Respekt geworden ist und aus der früheren Leidenschaft im Bett ein Trauerspiel. Das kommt nun einmal vor, aber glücklicherweise leben wir in einer Zeit, wo Frauen gleichberechtigt sind, und das bedeutet auch: Wir haben ein Recht auf unsere Lust; insbesondere dann, wenn unser Mann uns nicht mehr verwöhnen mag.

Beim Fremdgehen kann ich jemand völlig anderes sein. Das heißt aber nicht, dass ich mich verstelle, sondern vielmehr, dass ich mir/mich gewisse Dinge im Alltag niemals (zu-)trauen würde und diese aber mit einem fremden Partner zwang- und skrupellos ausleben kann. Der perfekte Lebenspartner ist wohl in den seltensten Fällen auch der perfekte Liebhaber. Und selbst wenn man in einer Beziehung sexuelle Erfüllung genießen kann, ist der Sex mit einem fremden Mann doch immer etwas ganz besonderes.

Was unterscheidet einen Liebhaber vom eigenen Partner? Dass man nie weiß, wie lange man ihn noch hat und es daher umso intensiver genießt? Vielleicht ist es auch die Tatsache, dass man die ganzen Alltagsprobleme nicht mit ihm teilt, sich nur zu dem einen Zweck mit ihm trifft oder man sich sicher sein kann, seine ungeteilte Aufmerksamkeit zu haben in den wenigen Stunden, die man miteinander verbringen darf. Aber Fremdgehen ist Arbeit, harte Arbeit. Ständig nach Gelegenheiten suchen, immer auf der Hut sein, Vorbereitungen treffen, Ausreden planen, einen brauchbaren Ort zum Sex ermitteln und nicht zuletzt auch noch den passenden Liebhaber finden. Und man braucht Glück, das ist ganz wichtig! Doch die Mühe wird belohnt, denn egal wie schlecht der Sex auch war, die Vorfreude, das Abenteuer und den Adrenalinschub ist es immer wert.

Auch wenn ich manchmal mehr Kraft in die Affären investieren musste, als ich eigentlich zur Verfügung hatte, habe ich es nie bereut, denn die Bestätigung, das Begehren und die Befriedigung haben mir immer einen enormen Energieschub verpasst.

So viele Frauen außer mir gehen fremd, suchen sich die sexuelle Erfüllung bei einem anderen Mann oder mehreren anderen Männern. Ich bin nicht die einzige, das weiß ich, seit ich begonnen habe, zu schreiben. Nur die wenigsten trauen sich allerdings, es auszusprechen. Nicht einmal meine beste Freundin weiß davon, aber weil ich den Frauen und Männern dieser Welt nicht vorenthalten will, was wirklich möglich ist in der heutigen Zeit, erzähle ich meine Geschichte und zeige damit, dass man tatsächlich ein Familienmensch mit Herz und Seele und gleichzeitig eine Liebhaberin sein kann, die sich vollkommen fallen lässt beim Sex.

Eure Sandra

2

Die Anfänge

Meinen ersten Seitensprung hatte ich mit 17. Mein damaliger Freund und ich waren ein halbes Jahr zusammen, was für mich in dem Alter echt lange war, und er schmiedete schon Pläne für unsere Zukunft. Ich war mir nicht sicher, ob ich jetzt bereits so weit vorausdenken wollte und ob ich mir ein ganzes Leben mit ihm vorstellen konnte. Ich war noch so jung und ich wollte noch so viel erleben. Eine Beziehungspause in Form eines Urlaubs mit meinen Eltern kam mir da ganz recht.

Als schlanke, blonde Frau, die einigermaßen durchtrainiert ist und blaue Augen hat, hat man in der Karibik wirklich gute Karten, was das Kennenlernen angeht. Na ja, genauer gesagt, reicht es schon, weiblich zu sein und eine helle Hautfarbe zu haben, um massenweise kaffeebraune junge und auch ältere Männer um sich zu scharen. Unter all diesen Kerlen war auch Angelo, ein Jamaikaner mit weicher, schwarzer Haut, muskulösem Körper, einem wunderbaren Lächeln, das strahlend weiße Zähne preisgab, und mit viel zu viel Charme. Er überhäufte mich mit Komplimenten und es kam, wie es kommen musste. Am Strand wurde ich ausgiebig massiert, geküsst, mit Worten bezirzt, die ich nicht alle verstand, da wir englisch radebrechten, und mit Berührungen bearbeitet, bis ich ihm nicht mehr widerstehen konnte und ihn mit auf mein Zimmer nahm. Ich fühlte mich ziemlich überrumpelt, doch er schaffte es, mich zum Sex zu überreden. Sein dunkler, nach oben gebogener und beängstigend langer Schwanz schüchterte mich schon ein wenig ein. Angelo war etwas älter als ich, vermutlich Mitte 20, und mir sexuell gesehen schon weit voraus. Besonders erfahren war ich noch nicht. Ich musste ihn außerdem überreden, ein Kondom zu benutzen, was mich auch nicht gerade bereiter für ihn machte. Angst kann die Erregung extrem dämpfen.

Trotzdem kniete ich irgendwann vor ihm auf dem Bett und er drang von hinten in mich ein. Es dauerte nicht allzu lange, dafür war es schmerzhaft, weil er immer wieder bei mir hinten anstieß. Ich war froh, als es vorbei war.

Mit dieser Erfahrung war ich gewachsen, ich sah mich plötzlich als mutige junge Frau, die etwas Neues erlebt hatte, die attraktiv war, die einen fremden Mann dazu gebracht hatte, einen Ständer zu bekommen und mit ihr aufs Zimmer zu gehen, um sie dort einfach zu vögeln. Ich fühlte mich zwar benutzt, ausgenutzt, ein klein wenig missbraucht, aber es fühlte sich trotzdem verdammt gut an. Ich war die folgenden Tage mehr als gut gelaunt, grinste dreckig in Erinnerung an diesen meinen ersten One-Night-Stand. Zu Hause machte ich dann mit meinem Freund Schluss.

Ich hatte später häufig das Gefühl, mich austoben zu müssen, wollte aber eigentlich nicht wieder fremdgehen, deshalb machte ich das eben nur in meiner Fantasie. Mit einer Freundin ging ich regelmäßig in ein Internet-Café, wo ich unter meinem Nicknamen »Blondie« viele Kerle kennenlernte. Ich gab mich nie als jemand anderes aus, als ich war, ich machte mich auch nie älter, sondern war von Anfang an immer ehrlich. Ich verheimlichte ebenfalls nicht, dass ich seit Kurzem liiert war und glücklich, und dass ich nur den virtuellen Spaß suchte, den ich beim Chatten bekam. Für damalige Verhältnisse war ich – jedenfalls online – recht kühn und sendete meistens eindeutige Signale, worauf ich hinauswollte. Die Kerle mochten das und stiegen recht schnell darauf ein. Gelegentlich hatte ich mehrere Gespräche nebeneinander und verzettelte mich auch häufig, schrieb die falschen Antworten an die falschen Männer oder fragte zweimal das Gleiche.

Mehr als Schreiben war allerdings nie drin, ich wollte niemanden kennenlernen, dem ich so provokative Dinge geschrieben hatte. Manche Männer verstanden nicht, warum ich das tat, wo ich doch in einer Beziehung war. Die Männer waren genauso jung wie ich, was soll ich sagen? Ein Mann über 30 würde mich das wahrscheinlich nicht fragen, oder etwa doch? Na, vielleicht kenne ich mittlerweile einfach die »falschen« Männer …

Unter vielen anderen lernte ich »Aldones« kennen, mit dem ich sofort auf einer Wellenlänge war. Auch er befand sich in einer Beziehung und wir hatten sexuell ähnliche Vorlieben.

Unser Chat wurde zunehmend heißer und er schlug vor, dass wir uns treffen sollten. Er war der Erste, bei dem ich es mir vorstellen konnte, entgegen all meinen Vorsätzen, ich weiß bis heute nicht genau warum. Er wohnte in der gleichen Stadt und meine Freundin war dabei, so trafen wir uns in der Fußgängerzone. Ein dunkelhaariger Mann, zehn Jahre älter und nur etwas größer als ich, blasse Haut, stämmig, aber nicht dick, nicht übermäßig schön, aber sehr attraktiv und mit einem Blick, der mich neugierig auf mehr machte.

Nach einigen Belanglosigkeiten musste meine Freundin nach Hause und da ich ja jetzt wusste, wer der Kerl war, gestattete ich ihr das auch. Markus, so sein richtiger Name, und ich gingen spazieren, immer darauf bedacht, unter Menschen zu sein. Die Spannung zwischen uns war nahezu greifbar, doch ich hatte immer mein Gewissen im Hinterkopf, das mir sagte, ich solle jeglichen Körperkontakt vermeiden. Jede zufällige Berührung jagte mir Blitze durch mein Inneres und ich vermute, ihm ging das genauso. Wären wir alleine gewesen, hätten vielleicht nebeneinander auf einer versteckten Bank gesessen und hätten uns nur einmal tief in die Augen gesehen, wir hätten wohl nicht mehr an uns halten können und wären übereinander hergefallen. Wir tauschten aber lediglich unsere E-Mail-Adressen aus und verabschiedeten uns irgendwann.

Zum Glück waren meine Eltern immer sehr auf Privatsphäre bedacht, denn ich wohnte noch daheim und wir hatten nur eine einzige gemeinsame E-Mail-Adresse. Gut, dass sie die Mails von Markus nicht lasen, denn sie waren definitiv nicht jugendfrei und nicht für ihre Augen bestimmt. Ich genoss es, meine Fantasien mit jemandem zu teilen, der mich heiß fand. Es fühlte sich an wie frisch verliebt, so adrenalingeladen und beschwingt lebte ich mit diesem »Kopfkino«. (Dieses Wort hatte ich von ihm und später wurde es mir dann noch zum Verhängnis.)

Nachdem mein Mann und ich eine gemeinsame Wohnung hatten, bekam ich endlich eine eigene E-Mail-Adresse. Markus und ich ließen uns nun noch häufiger unsere sexuellen Träume zukommen und ich schrieb für ihn eine Geschichte:

»Du liegst am Strand in der Sonne, schaust so umher und plötzlich sieht *sie* dich an. Du hast sie schon häufiger gesehen mit ihrer sonnengebräunten Haut und den langen blonden Haaren. Sie sieht direkt in deine Augen mit einem Blick, bei dem es warm zwischen deinen Beinen wird. Sie trägt ein Tuch um ihre Hüfte und ein knappes Bikini-Oberteil, in dem sie so sexy aussieht, dass dir spontan einige Dinge einfallen, die du gerne mit ihr erleben würdest. Sie nimmt einen Schlüssel aus ihrer Tasche, steht auf und macht dir mit ihrer Gestik und Mimik unmissverständlich klar, dass du ihr folgen sollst. Dein Shirt ziehst du gar nicht erst an, sondern hängst es so geschickt über den Arm, dass es deine wachsende Erregung verbirgt. Diese heiße Frau geht aufs Hotel zu und du folgst ihr in kleinem Abstand. Im Aufzug kommt ihr nebeneinander zum Stehen. Du warst noch nie so froh, dass keiner mehr einsteigt. Die Tür schließt sich und als du sie ansiehst, ist dir, als könntest du ihre Gedanken lesen: ›Nimm mich!‹ Du ziehst sie fest an dich heran und ihr küsst euch leidenschaftlich, bis die Tür wieder aufgeht. Als wäre gerade nichts passiert, geht sie voran, den Flur entlang, bis sie vor einem Zimmer stehen bleibt und aufschließt. Sie geht hinein und du bist bis jetzt nicht sicher, ob sie dich wirklich hereinbittet. Doch die Tür steht offen, du machst sie hinter dir zu und wirfst dein Shirt über einen Stuhl. Sie steht am Balkon und blickt zum Meer. Der Wind weht durch ihre Haare, als du ihr näher kommst. Deine Hände greifen ihre Hüfte und sie spürt wohl die Erregung in deiner Hose, als du damit ihren Po berührst, denn sie dreht sich um, setzt sich auf die Brüstung und zieht dich zu sich heran. Der fordernde Kuss, den sie dir gibt, steigert euer beider Verlangen ins Unermessliche. Du streichst an ihren Oberschenkeln entlang und spürst, dass sie unter ihrem Tuch kein Höschen trägt und schon richtig feucht ist. Sie beginnt, heftiger zu atmen, und du spürst ihre Hand an deiner Hose. Du schiebst dieser begehrenswerten Frau schnell das Tuch nach oben, während sie deine Hose öffnet, und nun gibt es kein Halten mehr. Langsam dringst du in sie ein und schon nach wenigen Stößen erreicht sie einen Höhepunkt. Auch du bist nahe dran, doch du willst noch weiter genießen. Deshalb nimmst du sie, noch vereint, auf deine Hüfte, sie schlingt Arme und Beine um dich, und du legst sie drinnen aufs Bett. Sehr langsam ziehst du deinen Harten aus ihr, kniest dich vors Bett und beginnst, ihre heiße Lustgrotte zu küssen und mit der Zunge zu stimulieren. Lustvoll stöhnt sie auf, als du an ihrer Klitoris zu saugen beginnst. Tief steckst du deine Zunge in sie, streichelst und knetest mit den Händen ihre schneeweißen Brüste. Sie atmet immer heftiger und als du ihr zwei Finger zwischen die Schamlippen schiebst, gehen Schauder durch ihren wundervollen Körper. Du spürst, wie sich die Muskeln wellenartig um deine Finger schließen. Ihr lautes Stöhnen erregt dich so sehr, dass dir fast schwindelig wird. Du führst begierig dein steifes Glied in sie ein, hörst deinen Herzschlag schon im Kopf pochen und bist kurz vor der Explosion. Sie schreit fast bei ihrem nun folgenden Orgasmus und auch du hältst es nicht mehr aus. Dein zuckendes Glied ergießt Samen in sie, dann fällst du erschöpft neben sie auf den Rücken. Mit glänzenden Augen sieht sie dich an und dir wird bewusst, dass du nicht mal ihren Namen kennst. Du schließt die Augen und genießt den Moment der Entspannung …

Als etwas deine Hoden berührt, erschrickst du kurz, bevor du bemerkst, dass es ihre Hand ist, die sie zärtlich massiert. Du machst deine Augen wieder zu bei der angenehmen Berührung. Sie bewegt sich neben dir und nimmt deinen nicht mehr erigierten Penis in den Mund, leckt ihn sauber, weiterhin mit der Hand deine weichen Bällchen streichelnd. Sie leckt und saugt und plötzlich regt er sich. Er ist zwar noch nicht hart, doch sie ist noch so nass von deinem Liebessaft, dass er in sie gleitet, als sie sich auf dich setzt. Rhythmisch zieht sie ihre Scheidenmuskeln zusammen, sodass es nicht mehr lange dauert, bis er voll erigiert ist. Langsam beginnt sie dich zu reiten, wird dabei immer schneller, bewegt ihre Hüfte vor und zurück. Sie stimuliert sich mit der Hand an ihrem nun festen und leicht vorstehenden Lustknopf, stöhnt dir in die Ohren und du realisierst erregt ihren nächsten, fast explosionsartigen Höhepunkt. Das gibt dir den Rest, jetzt willst du sie richtig hart von hinten ran nehmen. Du rutschst unter ihr weg, packst sie an ihrer Hüfte und stößt dein stahlhartes Glied heftig in sie, wieder und wieder. Sie stöhnt und windet sich, winselt um Gnade. Das bringt dich erst richtig in Fahrt. Du spürst, wie du hinten bei ihr anstößt, vögelst sie, bis ihr fast schwarz vor Augen wird. Sie gräbt ihre Finger in die Bettdecke. Du ziehst deinen festen Liebesstab aus ihr, drehst sie auf den Rücken und sie nimmt ihn in die Hand. Sie schrubbt ihn dir, wie du es selbst niemals könntest. Ja, jetzt, endlich kommst du und bespritzt ihr Brust und Bauch. Sie zieht dich auf sich, führt dein noch erigiertes Glied in sich ein. Du spürst das warme Ejakulat, als eure Oberkörper sich berühren. Eng umschlungen fallt ihr zur Seite und schlaft völlig fertig ein. Ihrem Gesicht ist dabei der Gedanke abzulesen: ›Wenn wir morgen früh noch genauso liegen, ist seine Morgenlatte ja gut aufgehoben!‹ …«

Wenn mein Mann morgens aus dem Haus war, telefonierten Markus und ich manchmal, was immer damit endete, dass es ihm kam und ich ein wenig an mir herumspielte und stöhnte und so tat, als würde ich kommen. Sprich: normaler Telefonsex eben.

Wir hatten lange Kontakt und die Mails wurden mir nie langweilig, wir philosophierten auch, wie es wohl wäre, wenn wir nicht beide vergeben wären, aber dabei ist es geblieben. Ein paar Mal haben wir uns noch gesehen und bei unserem letzten Treffen hat er mich tatsächlich überreden können, mich an der Brust berühren zu dürfen. Ich saß stocksteif auf der etwas abseits gelegenen Bank, hätte mich am liebsten auf ihn gestürzt und hätte ihn auch gerne berührt und geküsst, habe mich aber unter Aufbietung all meiner Kräfte und Vernunft zusammengenommen. Ich wollte keine weiteren Treffen, denn ich hätte für nichts garantieren können. Das habe ich ihm so gesagt und ihn damit noch geiler gemacht. Mir gefiel das.

Warum der Kontakt zu ihm nach einigen Jahren gänzlich abriss, weiß ich gar nicht so genau. Ich glaube, mir wurde es doch auf Dauer ein wenig eintönig und ich wollte mich damit abfinden, dass ich nun vergeben war und eine normale Beziehung führen musste.

3

Sex

… ist etwas Wunderbares und jeder, der das nicht so sieht, hatte wahrscheinlich noch nie wirklich guten Sex. Das ist jedenfalls meine Meinung. Ist Sex nicht auch genau das, worum es sich im ganzen Leben dreht? Und das schon seit prähistorischen Zeiten? Es gibt so viele Begriffe, die den Akt an sich betiteln. Da sind sehr schöne darunter, aber auch solche, die einen zum Lachen bringen, solche, bei welchen mir sofort heiß wird, und auch eher abstoßende Wörter. Ich mag »Vögeln« sehr gerne, wenn es guter Sex ist. »Ficken« ist es für mich dann, wenn man sich heftig stoßend zum Höhepunkt bringt, und »Liebe machen« ist für mich schöner, zärtlicher, liebevoller Sex, der meistens nur mit dem eigenen Partner in dieser Variante vorkommt. Da es mindestens so viele Begriffe für Sex gibt wie dafür, dass sich ein Mann einen runterholt, schätze ich mal, dass beides etwa gleich oft in der Sprache, wie auch in den Gedanken der Männer und natürlich auch Frauen, vorkommt. Nicht immer muss Sex Penetration bedeuten. Ich hatte schon einen ganzen Nachmittag Sex, ohne dass sein Schwanz in meiner Muschi steckte.

Und wie sollte Sex sein? Ich persönlich mag es gerne abwechslungsreich, immer wieder anders, überraschend, oder um es genauer zu beschreiben: zärtlich am Anfang und zwischendurch auch mal etwas fester, ich liebe die ersten Minuten mit einem fremden Mann, sich schrittweise annähern und langsam auf den Sex zuarbeiten, das Gefühl des ersten Kusses, dieses Hochgefühl, wenn ich merke, dass ich ihn richtig heiß mache, den harten Schwanz durch die Hose spüre, seinen Blick, wenn er mir zwischen die Beine fasst und merkt, wie nass ich bin, das leichte Zögern, wenn er mich noch nicht kennt und Angst hat, ich mache noch einen Rückzieher, und dann natürlich dieses ganz langsam und genüsslich vollzogene erste Eindringen …

4

Kopfkino

Mit Mitte 20 meldete ich mich bei einer Internet-Community an. Außer meinen ehemaligen Schulfreunden fand ich nach vielen Stunden, die ich dort verbrachte, auch ansprechende Gruppen, welchen man beitreten konnte. Unter anderem die »Kopfkino-Gruppe«. Dort lernte ich einige Männer kennen, genauer gesagt sogar echt viele, besonders, weil ich mit sexuellen Anspielungen nicht geizte.

Genau zu dieser Zeit setzte ich die Pille ab, weil mein Mann und ich Nachwuchs planten. Das machte mich extrem sexhungrig. Anscheinend hatten die Hormone das immer gut unterdrücken können. Mein Mann kannte mich bereits gierig, aber nicht so ausgehungert, wie ich es jetzt plötzlich war.

Der Erste, mit dem ich eindeutige Chats hatte, war der sechs Jahre jüngere Alexander. Es war heiß und geil und machte mir unglaublich Spaß. Alex wollte sogar hierherkommen, was mir sehr schmeichelte, denn es waren gut 300 Kilometer. Ein wenig blockte ich ab, ein wenig war es aber auch die Organisation, die ich scheute. Ich hatte viel Fantasie, das konnte ich nicht leugnen, aber mir fehlte die Vorstellungskraft, wie ich ein Treffen dieser Art, dieser ganz speziellen Art, hinbekommen sollte. So blieb es bei Chats, teilweise während unserer Arbeitszeit oder in den Pausen.

Ich hatte innerhalb kürzester Zeit ziemlich viele Flirts am Laufen. Ich fühlte mich heißbegehrt und glücklich, machte immer weiter, wurde auch beim Schreiben meiner Fantasien immer direkter und ausführlicher, was den Männern zu gefallen schien.

Mit Christopher aus dem äußersten Westen Deutschlands hatte ich dann meinen ersten Videochat. Ein wenig Angst hatte ich ja schon davor, denn ich war mir nicht sicher, ob dieses Video nicht irgendwo landen würde, wo ich es garantiert nicht sehen oder haben wollte.

Ich begann trotz solcher Bedenken, Fotos von mir zu machen, in Reizwäsche und eindeutigen Posen, um sie an die Männer zu verschicken, mit denen ich mich unterhielt. Manchmal vielleicht ein wenig zu unbedacht. Zum Glück ist aber nie irgendetwas passiert.

In dieser Zeit experimentierte ich an mir selbst herum, ich machte es mir mit den Fingern, ich fickte mich, aber so richtig heiß wollte mir dabei nicht werden, also probierte ich es mit dem Massagestrahl vom Duschkopf. Ich stimulierte meine Klitoris, die schon leicht geschwollen war, es fühlte sich verdammt gut an, obwohl es auch ein klein wenig unangenehm war, und ich machte weiter, bis mir schwindelig wurde. Immer wieder zuckten meine Beine bei dieser ungewohnten Stimulation. Ich spürte, wie mir die Wärme und noch mehr Feuchtigkeit zwischen die Beine schossen, langsam kreisend massierte ich mit dem Wasserstrahl immer wieder über meinen Lustknopf. Ich stöhnte auf, dann hielt ich den Atem an, vor meinen Augen begann es zu flimmern, ich wand mich und plötzlich zogen sich meine Scheidenmuskeln rhythmisch zusammen. Ich schwelgte im Glück und bemerkte mit Erstaunen, dass das wohl mein erster klitoraler Orgasmus gewesen sein musste. Was hatte ich da nur so lange verpasst? So was Blödes!

In meiner Flirtlaune tauchte plötzlich Markus wieder auf, mittlerweile ebenfalls verheiratet und Mitte 30, mit den gleichen Fantasien und dem vernünftigen Gedanken, nicht fremdgehen, aber mich trotzdem gerne wiedersehen zu wollen. Ich war sowieso schon weit gegangen in meiner Fantasie, warum sollte ich mich also nicht mit ihm treffen können? Was sollte schon mitten in der Öffentlichkeit passieren?

Wir trafen uns bei einem Einkaufszentrum, es war gerade Hochsommer, ich stand in der Sonne, hatte ein Eis in der Hand und zitterte innerlich vor Nervosität. Als er auf mich zukam, setzte mein

Herz einen Schlag lang aus und Adrenalin schoss mir ins Blut, dass mein Magen nur so kribbelte. Wahrscheinlich brauchte ich deshalb auch eine gefühlte Ewigkeit für mein Eis, wir liefen und liefen und unterhielten uns ohne Andeutungen, obwohl unsere Blicke uns Lügen straften. Er sah immer noch so gut aus und in seinen Augen sah ich die alte Begierde aufflammen. In einem Park setzten wir uns auf eine etwas abseits gelegene Bank in einer Laube. Fast würde ich sagen, der Ort war romantisch, doch die Situation könnte nicht gegenteiliger beschrieben werden.

Ich hatte das letzte Stück der Eiswaffel gegessen, wir sahen uns nur kurz an, unsere Blicke trafen sich für einen Augenblick und schon zog er mich an sich zu einem stürmischen, langen und atemberaubenden Kuss. Die Zeit stand still und meine Fantasie ging mit mir durch. Mit geschlossenen Augen verlor ich mich im Moment und gab mich dem fast fremden Mann hin. Wir berührten uns, wie von Sinnen, als wären wir am Verhungern. Irgendwann stand er auf, zog mich hoch, nahm mich von hinten an der Hüfte und drückte mir seine Lenden an den Po. Ich spürte die Erektion und presste mich fester an ihn, kreiste mit meinem Becken, bis ich ihm ein Stöhnen entlockte. Meinen Kopf warf ich zurück auf seine Schulter. Als ein paar Menschen im Park an uns vorbeiliefen, hörten wir abrupt auf, kamen zurück in die Realität. Wir redeten zusammenhanglos noch ein paar Sätze und beschlossen dann, dass wir beide nach Hause mussten.

Sein schlechtes Gewissen war wohl etwas gravierender als meines. Besaß ich überhaupt eines? Ich lebte mein Leben weiter wie bisher, mit all den Flirts und schmutzigen Gedanken. Zwischendurch fragte ich ihn, ob er denn fremdgehen wollte, worauf er immer sagte, er wüsste es nicht, aber eigentlich nein. Das »eigentlich« nahm ich wörtlich und bohrte immer wieder nach. Natürlich ganz vorsichtig und unaufdringlich, mit sexuellen Schilderungen, wie ich es mir mit ihm vorstellen würde und welche Fantasien ich hätte:

»Hier ist es gerade ganz schön neblig, und da dachte ich mir, wir könnten ein wenig aufs Land fahren, mit dem Auto einen Feldweg nehmen und mitten auf dem Feld stehen bleiben. Wir wissen genau, was wir wollen in diesem Moment. Ringsum nur Wiesen und der dichte Nebel. Wir steigen aus, die Luft ist kühl und feucht und es ist gespenstisch still. Ich komme zu dir um das Auto herum und wir versinken in einem leidenschaftlichen Kuss. Deine Hände sind plötzlich überall. An meinem Oberschenkel spüre ich bereits deine Erektion. Meine Hand wandert langsam in Richtung deiner Lenden und ruht auf der Beule in deiner Hose. Du greifst mir unters Oberteil und knetest meine prallen Brüste. Ich öffne den Reißverschluss deiner Hose und fasse hinein. Du atmest mir schwer ins Ohr und spürst auch meine wachsende Begierde. Du drückst mich auf die Motorhaube und schiebst meinen Rock nach oben. Ich hole deinen geilen, harten Schwanz aus der Hose, massiere ihn mit der Hand, und jetzt willst du mich! Du ziehst meinen String zur Seite und langsam führst du ihn mir ein, ich stöhne auf vor Verlangen nach harten Stößen, die du mir auch gleich gibst. Du fickst mich, bis ich den ersten Orgasmus habe, dann stoße ich dich weg, lehne dich ans Auto, gehe in die Knie und beginne, deinen Penis zu lecken. Ich nehme ihn tief in den Mund, sehe dich dabei an, und du mich. Ich sauge, meine Zunge massiert ihn. Aber du willst mich jetzt wieder richtig rannehmen. Wir gehen zum Kofferraum. Ich öffne ihn und knie mich hinein, meinen Po strecke ich dir entgegen und du nimmst mich von hinten. Meine Schreie und mein Stöhnen bei meiner nun folgenden Explosion verhallen im dichten Nebel. Du bist auch schon nahe dran, doch ich schiebe dich weg, setze dich auf die Kofferraum-Kante und mich rückwärts auf dich. Du bist jetzt ganz tief in mir drin, ich spüre dich extrem intensiv und auch das Zucken deines Gliedes in mir, als du nach heftigem Reiten in mir kommst. Ich stehe auf, knie mich vor dich hin und lecke deinen Schwanz sauber …«

Wir schickten uns gegenseitig immer wieder Links von Pornoseiten im Internet und zeigten uns dort, was uns beim Sex gefiel.

Als ich ihn im Herbst endlich so weit hatte, trafen wir uns auf einem Waldparkplatz. Ich war schon wieder völlig auf der Nadel, aber das ging ihm genauso, denn unsere Unterhaltung verlief eher – wie soll ich sagen? Also, keiner hörte dem anderen richtig zu und das war auch ganz gut so, denn wir faselten nur wirres Zeug, während wir in den Wald hineinliefen. Auf einem schmalen Weg, der anscheinend wenig benutzt wurde, hielt ich an und drehte mich um, sah Markus an und schon küssten wir uns wild und fordernd. Unsere Hände wanderten überallhin, seine fast zu zaghaft, ich strich über die Beule in seiner Hose.

Er fragte mich mehrmals, was ich vorhätte und ob ich denn wirklich ...? Natürlich wollte ich! Seit Tagen – ach was, Monaten! –, konnte ich an nichts anderes denken und so öffnete ich seine Hose und begann, seinen Schwanz zu verwöhnen. Ich holte ihn raus, streichelte über die weiche Haut, und als ich in die Knie ging, rutschte ihm ein Oh-mein-Gott raus, was mich sehr freute und noch mehr anspornte. Ich blase wirklich gerne, aber nur, wenn der Mann gut schmeckt und riecht. Und das tat er! Ich setzte mich auf einen Baumstumpf und begann langsam zu saugen, spürte, wie Markus sich zusammennehmen musste. Ich hatte in weiser Voraussicht ein Kondom dabei, was ich nun aus meiner Tasche fischte, es öffnete und ihm überzog. An seinem Blick erkannte ich, dass er das alles kaum fassen konnte.

Ein wenig wollte ich ihn noch mit dem Mund stimulieren, doch er zog mich hoch, weil er schon fast gekommen wäre. Also streifte ich meine Hose runter und drehte mich um, beugte mich langsam vor und hatte plötzlich das Gefühl, schon sehr erfahren zu sein, als ich ihn in mich einführte. Das Adrenalin und die Aufregung alleine brachten mich schon zum Stöhnen, zum Glück, denn nach wenigen Stößen kam er. Ich selbst war zwar nicht gekommen, aber geil fand ich es trotzdem. Er wirkte danach fast ein wenig verstört und hektisch und wollte nur noch weg. Das war mir nicht einmal unrecht, denn ich war sowieso schon etwas später dran als sonst. Ich hatte noch etwas vor, irgendeine Ausrede brauchte ich ja schließlich für meinen Mann und so ging ich nun zu meiner eigentlichen Verabredung.

Markus hatte ein unglaublich schlechtes Gewissen. Und ich für meinen Teil fragte mich ein weiteres Mal, ob ich so etwas wie ein Gewissen überhaupt besaß, denn ich spürte nichts außer Genugtuung und Glück und auch eine Art Befriedigung. Meine Beziehung war im Laufe der Jahre einfach langweilig geworden, meinem Mann reichte Sex einmal die Woche, so einer war er. Und ich? Ich war früher so sexgierig gewesen. Das alles musste ich jahrelang unterdrücken und jetzt brach es plötzlich aus mir heraus. Was hatte Markus da nur in mir ausgelöst?

Ich wurde immer verwegener in meinen Chats und schon einen Monat später verabredete ich mich mit Christopher. Ich hatte Urlaub und er wollte mit seinem VW-Bus hierherkommen, von dem er mir versicherte, dass er bequem sei, mit Matratze und – noch wichtiger – ringsum blickdicht durch kleine Vorhänge an den Scheiben (wir sollten ja nicht beobachtet werden). Er war auch verheiratet und hatte schon ein Kind, war gute neun Jahre älter als ich und nicht nur erfahren, sondern auch experimentierfreudig. Er sagte mir, er stünde total auf Analsex, was ich aber schon jahrelang nicht mehr gemacht hatte, und das sagte ich ihm auch ganz ehrlich.

Fünf Tage vor unserem Date, traf ich mich noch einmal mit Markus. Ein verregneter Spätherbsttag, kühle Temperaturen und seine Angst, ich könnte wieder über ihn herfallen, hielten uns davon ab, noch einmal in den Wald zu gehen. Zudem war es bereits stockdunkel. Eigentlich wollte Markus nur reden, aber es kam, wie es kommen musste, wir begannen in seinem Auto zu knutschen und es endete damit, dass er in meinem Mund kam. Wahrscheinlich war es die Aufregung, er wurde nämlich gar nicht richtig fest, bis kurz vor seinem Erguss. Er hatte solche Panik, es könnte was daneben auf die Sitze gehen und seine Frau könnte was merken. Im Nachhinein kann ich sagen, er hat von all den Männern am besten geschmeckt, ich hätte also gar nichts von seinem Saft vergeuden wollen. Danach ging ich vergnügt und energiegeladen ins Fitnessstudio.

Was er mir ein paar Tage später in einer Mail schrieb, hätte ich bis dato nicht für möglich gehalten. Ich hatte ihm doch tatsächlich eine Art Knutschfleck auf seinem besten Stück hinterlassen. Anscheinend war mein Saugen beim Blowjob so kräftig gewesen, dass er nun an der Eichel viele rote, blutunterlaufene Pünktchen hatte und panisch darauf achten musste, dass seine Frau sie nicht entdecken würde. Ich grinste in mich hinein, freute mich diebisch, aber ein wenig tat mir das Ganze auch leid, das hatte ich so nicht gewollt. Und vor allem wollte ich ihn keinem Risiko aussetzen. Wie auch ein Knutschfleck waren die Zeichen meiner Begierde auf seinem Penis aber nach wenigen Tagen abgeklungen und wir konnten beide darüber lachen.

5

Blowjob

Das Blasen selbst ist für mich gar nicht so erregend und lustvoll wie der Gedanke, dass es den Mann extrem geil macht, vor allem, wenn ich es bis zum Schluss durchziehe. Ich würde es vielleicht so beschreiben: Es macht mir nichts aus. Wenn ich einem Mann geschrieben hatte, dass ich gerne blase und auch schlucke, war das Eis gebrochen. Das lässt sich keiner zweimal sagen! Wahrscheinlich hatte ich auch deswegen so viele Chats, ich habe den Männern das gesagt, was sie hören wollten, und dann im Nachhinein auch nie einen Rückzieher gemacht. Was jetzt aber nicht heißen soll, dass es mir nicht gefällt. Ich steh da total drauf! Es gibt nichts Schöneres, als die Bestätigung des Abspritzens. Die Bestätigung, es so mit dem Mund gemacht zu haben, dass der Mann zum Orgasmus kommt. Wenn ich einen Blowjob bis zum Schluss mache, dann schlucke ich auch gerne. Schokoladenpudding schmeckt mit Sahne doch auch viel besser.

Beim Blasen ist es mir extrem wichtig, dass der Mann sauber ist, gut riecht und schmeckt und vor allem, dass sein Sperma angenehm schmeckt. Es gibt da große Unterschiede und bei manchem Geschmack vergeht mir die Lust aufs Schlucken. Es gibt das neutrale Sperma, den süßlichen Saft und auch das muffige oder säuerliche Ejakulat. Manche Männer schmecken eben einfach nicht. Ich denke, ein wenig hat es auch mit dem zu tun, was der Mann gegessen oder getrunken hat. Bier ist dem Aroma übrigens nicht gerade zuträglich. Ansonsten kann ich nur sagen: Frauen, wenn ihr was von euren Männern wollt, dann bereitet ihnen einen geilen Blowjob!

6

Sexuell seelenverwandt

Dann stand endlich das Date mit Christopher an. Natürlich war ich ein Nervenbündel und überlegte tagelang, was ich anziehen sollte. Was Normales? Was Aufreizendes? Sollte ich mir vielleicht etwas Neues für »drunter« kaufen? Ich entschied mich schließlich für schwarze Spitzenwäsche und elegante, aber bequeme Kleidung. Frisch geduscht und rasiert fuhr ich auf den verabredeten Waldparkplatz (ja, es ist immer der gleiche Parkplatz, denn den kannte ich und wusste, dass man weitgehend ungestört war). Als wir uns zum ersten Mal sahen, sprang direkt der Funke über – der sexuelle. Er beschrieb es im Nachhinein so: sexuell seelenverwandt.

Christopher war wirklich gut aussehend, blaue Augen, dunkelblonde Haare, unbedeutend größer als ich, sein Parfum roch fantastisch und er sah mich mit solcher Begierde an, dass mir ganz anders wurde. Keine Ahnung, was er anhatte, und ich schätze, er nahm auch nicht wirklich viel von dem wahr, was ich trug. Schon beim ersten Kuss wusste ich, dass ich es nicht bereuen würde, dieses »Blind-Sex-Date«. Es war für mich das erste Mal, dass ich bei einem Kuss mit einem mir völlig fremden Mann sofort geil und feucht wurde und nur noch an das eine denken konnte. Auch wenn ich vorher Angst gehabt hatte, er würde Dinge machen, die ich nicht wollte, oder noch schlimmer: es ohne Kondom tun wollen. Ich hatte das Treffen zwar so angesetzt, dass es nicht in meine fruchtbaren Tage fiel, aber man weiß ja nie! Das kam allerdings gar nicht infrage, denn was Seitensprünge anging, war er mehr als erfahren. Überraschen wollte ich ihn trotzdem und so bescherte ich ihm gleich zu Beginn einen Blowjob bis zum Schluss.

Ich kann mich kaum erinnern, wie wir unsere Kleidung losgeworden sind, plötzlich lagen wir nackt in seinem Bus auf der Matratze und vögelten uns drei Stunden lang das Hirn raus, und das obwohl er gerade viereinhalb Stunden Fahrt hinter sich hatte. Er fickte mich von vorne und von hinten, schließlich saß ich auf ihm, schnell atmend, ich hatte ihn gerade heftig geritten und dabei ununterbrochen geküsst. Ich leckte meine Finger, speichelte sie ein und befeuchtete dann mein Poloch. Langsam hob ich meine Hüfte. Das Gefühl, ihn nicht mehr in mir zu haben, ließ mich fast meine Unterlippe schmollend herausstrecken. Doch ich hatte vor, ihm einen Gefallen zu tun, und so führte ich seinen Harten langsam in meinen Po ein. So gut es ging entspannte ich mich und als er ganz in mir war, lächelte er mich ganz verzückt an. Die Frage stand in seinen Augen und ich sagte darauf nur mit einem leichten Nicken: »Schon okay!« und ritt ihn nun langsam und vielleicht etwas zu konzentriert. Das schien ihn nicht zu stören, denn sein Schwanz wurde noch dicker, weitete mich, bis er endlich kam und in den Gummi spritzte. Seine Augen waren vor Erregung ganz glasig geworden. Ich genoss es so sehr, begehrt zu werden und ihn heiß zu machen, dass ich mich in seinen Armen fast vergaß.

Als wir uns mehrere Stunden und Kondome später verabschiedeten, war ich mir nicht mehr sicher, ob das tatsächlich das einzige Mal bleiben würde, auch wenn ich ihm das vorher geschrieben hatte. Ich wollte eben auf Nummer sicher gehen und ich vermutete, er wusste das und wusste ebenfalls, welche Wirkung er auf mich gehabt hatte. Und so waren unsere letzten Worte: »Bis zum nächsten Mal!«

Später habe ich manchem potenziellen Liebhaber vor dem ersten Sex geschrieben: »Es wird bei diesem einen Mal bleiben!« Ich wollte einfach einen Ausweg oder eine Ausrede haben, falls es doch nicht so gut laufen würde oder der Kerl ganz grauenhaft war.

Wieder zu Hause, atmete ich erst einmal tief durch und überlegte mir, wie ich dieses dämliche Grinsen aus meinem Gesicht bekommen konnte, bis mein Mann kam. Ich duschte zum zweiten Mal an diesem Tag und begann, Essen zu kochen. Ich fühlte mich wund, absolut befriedigt und glücklich. Meine Gedanken konnte ich nicht von diesem fantastischen Erlebnis lösen, aber anscheinend war mein schauspielerisches Talent ganz gut und so merkte mein Mann mir nichts an.

Als ich eine Nacht darüber geschlafen hatte, kam mir der Vortag wie ein feuchter Traum oder eine sehr reale Fantasie vor. Nur eine andeutungsvolle SMS von Christopher zeigte mir, dass es wohl doch tatsächlich passiert war. Ich hatte diesmal das Gefühl, wirklich fremdgegangen zu sein, ganz anders als bei Markus. Trotzdem hatte ich keinerlei Gewissensbisse. Christopher und ich chatteten weiterhin viel und schrieben uns Nachrichten. Er berichtete mir von seinen unerfüllten Sex-Träumen und fragte mich, ob ich schon einmal NS ausprobiert hätte. Ich musste erst googeln, um ihm sagen zu können, dass ich noch keine Experimente mit Urin (Natursekt, für alle, die genauso ahnungslos sind, wie ich es damals war) gemacht hatte, aber es schon gerne mit ihm versuchen würde. Ein gewisses Vertrauen diesem Mann gegenüber konnte ich nicht leugnen. Ein wenig länger hatte es mit seiner Beichte gedauert, dass er gerne mal mit einem Umschnalldildo gefickt werden möchte. Ich versprach, weil ich die beiden Ideen selbst prickelnd fand, ihm diese Wünsche zu erfüllen. Vorausgesetzt aber, *er* würde den Dildo mitbringen. Bei der nächstmöglichen Gelegenheit wollten wir nämlich wieder ein Sex-Date arrangieren.

Es war mitten im November, als das feststand, und ich hatte plötzlich richtige Frühlingsgefühle. Ohne es zu wollen, nahm ich in den folgenden Wochen drei Kilo ab, ich blühte richtig auf, achtete plötzlich viel mehr auf mein Äußeres, ich rasierte mich häufiger, verpasste mir selbst eine neue Intimfrisur, weniger Haare, mehr Haut, und das Ganze immer darauf bedacht, dass niemand es merken sollte. Gut, meinem Mann fiel es natürlich auf, vor allem das mit der neuen Intimfrisur, aber natürlich tat ich es nur für ihn.

Ich betrachtete mein Leben aus einer anderen Perspektive. Ich denke, viele hätten mich um mein gefestigtes, behütetes Leben beneidet: Vollzeitjob, eigene Wohnung, lieber Ehemann, viele Freunde, nette Kollegen, keine Schulden und eine Familie, die immer für mich da war. Rundum perfekt also. Eigentlich.

Irgendwie so, als würde ich Bolognese-Soße kochen. Ich habe alles drin, würze mit Pfeffer und Oregano, Rosmarin und Paprika und so weiter, und wenn ich probiere, fehlt etwas. Es schmeckt schon gut, aber eben fad. Da stoße ich durch Zufall aufs Salz, streue es hinein und TATA! die Soße ist perfekt!

Und so kam mir mein Leben in diesem Moment vor: Ich hatte endlich das Salz gefunden. Ich wollte allerdings weder zu viel nachsalzen, noch so oft fremdgehen – ist beides nicht so gut für die Gesundheit. Außerdem, wie sollte ich auch? Ich war den ganzen Tag arbeiten, mein Mann war meist schon vor mir zu Hause, außerdem musste ich immer peinlichst darauf achten, nicht zu einer gefährlichen Zeit, sprich rund um den Eisprung, fremdzugehen, denn auch wenn ich immer auf ein Kondom bestand, ein Restrisiko blieb. Zwischendurch hatte ich natürlich alle vier Wochen meine Tage und ich hatte zu alledem keine Freundin eingeweiht in mein Treiben, sodass ich niemanden als Alibi hatte. Ich hätte mich das auch gar nicht getraut, am Ende kommt es irgendwie heraus, man weiß nie.

Ich musste mir eben gute Ausreden einfallen lassen. So zum Beispiel, als ich das nächste Mal Markus traf. Statt zum Fitnessstudio fuhr ich wieder einmal in den Wald. Es war eisig kalt und wir setzten uns ins Auto auf die Hintersitze. Er wollte definitiv keinen Sex mehr mit mir, aber nach nur einem zaghaften Kuss und meinen Händen an seiner Hose, merkte ich schon, wie sehr er mich begehrte. Unsere Küsse wurden immer leidenschaftlicher und fordernder, bis plötzlich helles Scheinwerferlicht uns erstarren ließ. Ein Auto fuhr auf den sonst leeren Parkplatz und als es an uns vorbeifuhr, bemerkten wir mit Schrecken, dass es eine Polizeistreife war. Hektisch zog Markus die Hose hoch und machte sie zu, flüsterte leise und panisch auf mich ein, was nun alles passieren konnte. Ich war nicht wirklich gelassen, aber ich war mir im Klaren darüber, dass wir hier nichts Verbotenes taten – jedenfalls nichts im illegalen Bereich. Wegen Knutschen, Fummeln und Blasen auf einem verlassenen Parkplatz im eigenen Auto konnten sie uns nicht verhaften. Auch wenn es nicht unser jeweils eigener Ehepartner war. Oder doch? Ich versuchte, ihn zu beruhigen, doch Markus wurde immer wahnsinniger neben mir. Ich hatte das Gefühl, gleich würde er die Tür aufreißen und sich mit erhobenen Händen ergeben. Das wäre ja wohl erst recht verdächtig! Ich sah ihn an und sagte mit Nachdruck, dass wir hier nichts taten, wofür wir belangt werden konnten. Er sah es erst ein, als die Streife langsam wegfuhr. Wahrscheinlich hatten sie nach jemandem gesucht und sich darüber amüsiert, dass wir hier im Auto saßen und eindeutig nur Spaß haben wollten.

Ganz langsam beruhigte Markus sich wieder, blickte aber immer wieder verstohlen aus dem Fenster zur Straße. Ich begann wieder damit, ihn heiß zu machen. Ein paar lange Küsse und Markus war wieder bei der Sache, er knetete meine Brüste und ließ sich die Hose von mir öffnen.

Dummerweise hatte ich heute kein Kondom dabei und ich nahm an, er auch nicht, deswegen packte ich nur seine Erektion aus und nahm sie genüsslich in den Mund, blies ihn, bis er stöhnte und abspritzte.

Seine ständige Angst, jemand könnte uns entdecken, nervte mich langsam, aber sicher und ich überlegte, ob ich mich noch weiterhin mit ihm treffen wollte. Außerdem war ich sowieso nicht sicher, ob es jemals wieder zum Sex kommen würde. Sein Gewissen stand ihm einfach zu sehr im Weg.

7

Ausstrahlung

Ausstrahlung ist alles! Man sollte sich nach Möglichkeit immer selbst gefallen. Das klingt vielleicht leichter, als es ist, aber im Prinzip ist es die Garantie dafür, auch anderen zu gefallen. Je mehr man mit seinem Körper im Einklang ist, desto mehr Selbstbewusstsein strahlt man auch aus. Selbstbefriedigung gehört genauso zu einem gesunden Verhältnis zum eigenen Körper wie Sport. Es ist nicht die Figur und auch nicht die Kleidergröße, jedenfalls nicht unbedingt, sondern vielmehr, wie sexy man sich selbst findet und auch, wie gut man seinen Körper und die eigenen Vorzüge kennt. Wenn ein Mann mich geil findet, sollte ich mir keine Gedanken mehr darüber machen müssen, ob er eventuelle Speckröllchen oder Dellen sehen könnte, sondern ihn davon ablenken, entweder mit dem, was ich sage, oder mit Taten. Wenn ich das Gefühl habe, er stellt gerade fest, dass meine Haut am Bauch nicht mehr die straffste ist, blas ich ihm einen. Ganz einfach!

Und das Allerwichtigste überhaupt: LÄCHELN!!! Denk an was Schönes, wann immer es möglich ist, und lächle nicht unbedingt immer nach außen, sondern hauptsächlich nach innen. Die Augen müssen lächeln und Glück ausstrahlen. Das wirkt auf Männer wie ein Magnet und auf Frauen äußerst sympathisch. Man muss als Frau den auserwählten Mann nicht anzwinkern, oder angrinsen, nur mit diesem inneren Lächeln ansehen und dabei daran denken, was man jetzt gerne mit ihm machen würde. Dabei ist es völlig unerheblich, ob man an eine simple Unterhaltung, einen langen Zungenkuss oder an schmutzigen Sex denkt.

Meist laufe ich mit diesem inneren Lächeln durch die Stadt und es passiert immer wieder, dass ich angesprochen werde oder einen intensiven Blick zurückgeworfen bekomme, bei dem ich weiß, ich bräuchte nur zuzugreifen.

So oft fahre ich mit Bus und Bahn und stelle dabei jedes Mal fest, wie viele schlecht gelaunte Menschen unterwegs sind. Wahrscheinlich sind sie gar nicht alle schlecht drauf, sie strahlen es nur aus. Also, wenn ich ein Mann wäre, würde ich auch keine Frau mit Grummel-Miene ansprechen.

Möglicherweise habe ich es deswegen so leicht im Leben, weil ich immer offen, freundlich und lächelnd durch die Welt laufe.

8

Das erste Mal

Kurz vor Weihnachten, ich machte angeblich Weihnachtseinkäufe (welche ich als Alibi schon vorab besorgt hatte), trafen Christopher und ich uns an einem Samstagnachmittag in einem Hotel in meiner Nähe. Er hatte alles reserviert und geregelt, sodass wir gleich aufs Zimmer konnten. Für mich war es das erste Mal, dass ich nur zum Vögeln in einem Hotel war.

Ohne viele Umschweife rissen wir uns die Kleider vom Leib, ich lehnte ihn an den Schreibtisch und ging in die Knie, um gleich seinen schon vorstehenden Schwanz mit dem Mund aufzunehmen. Christopher war mehr als heiß und brauchte nicht lange, bis er in mir kam. Aber er wusste, dass es dann beim nächsten Mal länger dauern würde. Er zog mich zu sich hoch, wir küssten uns innig, hungrig. Seine Finger kreisten um meine Mitte, ein Bein stellte ich neben ihn auf den Schreibtisch und er streichelte mich sanft, aber fordernd. Weil ich wusste, was wir vorhatten, hatte ich vormittags schon viel getrunken und jetzt war meine Blase auch gut gefüllt. Ich musste mich konzentrieren, um einen Tropfen herauszubringen, schaffte es aber im passenden Moment, als er seine komplette Hand über meiner Pussy hatte, die jetzt noch nasser wurde. Er sah mir in die Augen, ich spürte seine Freude, denn er war sich bis zu diesem Zeitpunkt nicht sicher gewesen, ob ich auch wirklich mitmachen würde. Aber ich wollte es und ich flüsterte ihm auch eine meiner Fantasien ins Ohr. Lange schon stellte ich mir vor, wie der Mann mit seinem Penis in mir steckt und es laufen lässt. Das ginge natürlich nur ohne Kondom, raunte er zurück und ich nickte stumm.

Er nahm mich an der Hand und manövrierte mich zur Dusche. Zum Glück eine große Dusche, in welche wir ohne die Kunst des

Origami zu zweit hineinpassten. Er legte sich auf den Boden der langen Duschwanne, zog mich auf die Knie und über sein Gesicht, wollte, dass ich ihn anpinkle. Ein wenig dauerte es, kostete es mich Überwindung, aber dann bekam ich einen dünnen Strahl zusammen, zielte auch in seinen Mund. Er schluckte und begann mich zu lecken, während mein Urin noch floss. Das fühlte sich genial an, zumal ich es mir selbst in der Badewanne zu Hause schon ähnlich gemacht hatte. Sein Finger glitt in mich und ich hatte das Gefühl zu schweben. Mein Kopf setzte aus. Meine Blase war bereits leer, als mir eine Idee kam. Ich zog ihn hoch in eine stehende Position und nahm den Duschkopf in die Hand. Wir küssten uns ununterbrochen. Ich drehte das Wasser auf und den Massagestrahl an und begann, mich klitoral zu stimulieren. Er hatte schon gute Vorarbeit geleistet und so dauerte es nicht lange, bis ich einen Orgasmus hatte. Schnell legte ich seine Hand auf meine zuckenden Muskeln, er drehte mich mit dem Rücken zu sich und steckte seinen fast erigierten Schwanz in meine Muschi. Ich stöhnte auf, das war beinahe zu viel. Ohne eine Bewegung bemühte er sich, in mich zu pissen. Es kostete ihn sichtlich Mühe, zumal ich gerade gekommen war und somit nicht nur enger war, sondern noch immer leicht pulsierte. Doch er schaffte es. Heiß lief sein Sekt aus mir, an seinem Schaft vorbei und meine Beine herunter. Der Gedanke machte mich geiler als das Gefühl selbst, denn innerlich spürte ich leider wenig davon.

Ich bedeutete ihm, dass ich ihn wieder blasen wollte und kniete mich vor ihn. Sein Urin lief nun über meine Zunge und in meinen Mund, zum Schlucken konnte ich mich allerdings nicht überwinden. Ich nahm sein Glied und ließ ihn über mein Gesicht und die Brüste pinkeln. Ihn machte das sichtlich an und er wurde kühner und fragte mich, ob wir vielleicht mal den Umschnalldildo probieren wollten.

Beim Abtrocknen sah ich, wie sein Schwanz immer härter wurde beim Gedanken an das Kommende. Im Zimmer hielt er mir das besagte Teil hin, ich sah wohl etwas ratlos aus der Wäsche, denn er half mir daraufhin beim Anlegen. Er drückte mir ein Gleitgel in die Hand und ich hatte nun diesen riesigen Schwanz, der von meinem Schambein abstand. Ein wenig komisch war das schon, aber als Christopher sich aufs Bett kniete und mir seinen Po entgegenstreckte, war ich wieder neugierig und kam langsam auf ihn zu. Sorgfältig ölte ich den Dildo und sein Poloch ein, ich wusste ja, dass es sein »erstes Mal« war. Zuerst berührte ich sanft seinen After mit der Spitze und führte das Teil dann mit meiner Hand Stück für Stück ein, wobei ich immer genau seine Reaktion beobachte. Ich weiß, wie schmerzhaft es sein kann, wenn man nicht entspannt ist oder man zu schnell ein zu großes Teil hineingerammt bekommt. Vorsichtig schob ich meine neu gewonnene Männlichkeit rein und raus. Sein Penis war zwischenzeitlich etwas erschlafft, doch jetzt wurde er langsam wieder hart. Ich griff nach vorne, nahm ihn in die Hand und begann, ihn zu massieren. Mit meiner zweiten Hand streichelte ich seine Hoden und machte weiter, bis er gerade noch ein »Stopp« stöhnen konnte und sich mir entzog. Er stieg aus dem Bett und ging um mich herum, nahm das Gleitgel und verteilte eine ordentliche Portion zwischen meinen Pobacken. Ich atmete durch und dann stieß er in mich. Er kam fast, deswegen bewegte er sich nicht, sondern machte mir erst den Umschnalldildo ab, um mich dann langsam in den Arsch zu ficken. Er wurde immer fester beim Stoßen und ich wollte gerade aufgeben, da kam er schon, stöhnte heftig und spritzte sein Ejakulat in mich. Ich war fix und fertig und fiel aufs Bett. Er legte sich daneben und wir sahen uns einfach nur an. Eine gefühlte Ewigkeit lagen wir so, ab und zu strichen die Hände über die Haut des anderen, bis ich langsam aufstand, weil ich gehen musste. Wir verabschiedeten uns ohne viele Worte, ich ging hinter ihm an der Rezeption vorbei, wo er gerade auscheckte und der Dame, die den Schlüssel in Empfang nahm, sagte, er müsse nun doch schon wieder nach Hause.

Auf dem Heimweg hing ich meinen Gedanken nach, ließ den Nachmittag Revue passieren. Ich hatte keine Worte für dieses Erlebnis. Es war absolut unglaublich gewesen.

Kaum war ich zu Hause angekommen, wollte mein Mann Sex mit mir. Ich muss dazu sagen, das kam nicht so häufig vor in letzter Zeit, denn ich war immer diejenige, die bockig war und ihn bedrängt hatte. Na toll! Ich bekam leichte Panik, denn ich hatte das Gefühl, mein ganzer Körper roch nach Christopher. Mir kam der rettende Einfall, bevor er mich beim Umziehen vernaschen und etwas bemerken konnte: Baden. Ich schlug ihm vor, Wasser in die Wanne zu lassen, und er war einverstanden. Was für ein Glück!

Am nächsten Tag hatte ich den bis dato schlimmsten Muskelkater meines Lebens. Sex ist meiner Meinung nach sowieso der großartigste Sport, vor allem beim Fremdgehen. Die Vorfreude und das Kribbeln im Bauch vertreiben zudem jeglichen Appetit. Quasi die beste Diät, die es gibt. Man kann essen, was man will, vorausgesetzt, man kriegt was runter, die Bewegung formt den Körper und man bildet Muskeln aus – zum Teil an Stellen, von denen man vorher nicht wusste, dass man dort welche hat. Ganz nebenbei wächst noch das Körper- und Selbstbewusstsein. Vielleicht sollte ich darüber mal ein Buch schreiben: »Die Sex-und-Sonne-Diät« mit Abnehmgarantie und Wohlfühlfaktor. Man muss dazu nur experimentierfreudig und ungehemmt sein.

Gelegentlich kam es natürlich vor, dass ich im Bekanntenkreis gefragt wurde, ob ich denn abgenommen hätte, und mir wurde gesagt, ich sähe so glücklich und frisch aus. Ich sagte natürlich niemandem, dass das an den vielen Chats und den Seitensprüngen lag.

Christopher schrieb mir nach ein paar Tagen eine SMS und machte mir dabei das bisher größte Kompliment, das ich jemals erhalten hatte: »Ich hatte am Samstag das erste Mal in meinem Leben das Gefühl, wirklich Sex gehabt zu haben!«

9

Analverkehr

… ist für mich nicht gerade der Gipfel der Lust, aber wenn es dem Mann gefällt, mache ich gerne mit. So ist es wohl mit vielem, ich will gefallen und den Sexpartner heiß machen und so tue ich auch Dinge, die ich selbst nicht unbedingt bräuchte. Aber macht nicht genau das den perfekten Sex aus? Dass man dem anderen Lust bereitet und ihm gefallen will? Ich denke schon!

Für die Frau ist analer Sex – vor allem am Anfang – oft schmerzhaft. Nicht für jede Frau natürlich und mit häufiger Wiederholung gewöhnt sich der Körper bzw. der Anus auch daran. Auf jeden Fall sollte ein Gleitmittel verwendet werden und man sollte sich weitgehend entspannen können. Sonst hört der Spaß schnell auf.

Viele Männer mögen Analverkehr gerne als letzten Akt, wenn der Schwanz so durchgevögelt ist, dass sie nur noch kommen können, wenn es richtig eng ist.

Aber es gibt durchaus Männer, die beim Analverkehr keinen Unterschied zum vaginalen feststellen können. Findet der Unterschied vielleicht nur im Kopf statt? Weil anal so versaut ist, so »schmutzig«?

10

Wieder suchend

Im neuen Jahr nahm ich die Suche wieder auf. Zu dem Zeitpunkt war mir gar nicht bewusst, was oder dass ich überhaupt suchte, bis ich wieder ein paar heiße Kerle gefunden hatte, die mich aufheizen konnten.

Jens zum Beispiel, er konnte richtig gut schreiben, wollte aber nicht hierherkommen. Er hörte immer zu, wenn ich einfach mal jemanden brauchte, bei dem ich über meinen eigenen Mann oder andere Männer lästern wollte. Richtig geil machte mich ein Video, das er mir schickte. Im Hintergrund sah ich auf dem Bildschirm eines Computers ein Bild von mir in sexy Unterwäsche, was ich ihm hatte zukommen lassen, und vorne schrubbte er sich seinen recht großen Schwanz mit der Hand, bis er seinen Saft in ein Glas abspritzte. Dass ich als Wichsvorlage herhalten durfte, war ein echtes Kompliment. Augenzwinkernd schrieb ich ihm, dass ich dieses Glas voll mit seinem Saft gerne getrunken hätte. Ich machte ihn ganz wild mit meinen Ausführungen. Er schilderte, wie es ihm dabei ergangen war:

Habe gerade deine Mail gelesen. Ich sitze hier in meinem Sessel und spüre, wie mein Schwanz anschwillt. Ich öffne meine Hose und streife sie mir samt Unterhose meine Beine hinunter. Ich nehme meinen prallen, rasierten Schwanz in die rechte Hand, schließe die Augen und denke, wie geil es jetzt wäre, dich zu ficken ... In Gedanken befülle ich abwechselnd deine Löcher mit meinem Schwanz. Ich bin bis zum Anschlag in dir. Du schreist und winselst bei jedem Stoß heftiger. Du massierst dir die Titten. Was für ein schöner Anblick. Ich will nur eins ... in dir kommen ... In real bewege ich meine rechte Hand auf und ab. Mit der anderen massiere ich meine Eier und mein Poloch. Oh ja, das ist so geil. Du bist so geil! Meine Eichel wird größer und das Kribbeln beginnt. Ich massiere meinen Schwanz … In Gedanken stoße ich meinen Schwanz tief in Dein Poloch … In real komme ich. Schwallartig kommt der weiße Saft aus mir geschossen. Oohh ja … es spritzt mir auf den Bauch. Es läuft und tropft an meinen Fingern hinunter. Ich genieße den Moment … wie geil … der Saft läuft an meinen Eiern hinunter und tropft auf den Boden … Ich komme wieder zu mir. Ich wische mir meine Finger trocken, stehe auf, gehe ins Bad und nehme eine Dusche …

Eine Mail von ihm gefiel mir aber besonders: … *du hast mittagspause und kommst nach hause … ich bin schon dort und warte auf dich … du siehst abgehetzt und etwas müde aus … ich begrüße dich mit einem kuss … meine hände gleiten über deinen nacken und spüren deinen verschwitzten körper … du möchtest dich vor dem essen noch etwas frisch machen und umziehen … du gehst ins bad … ich beobachte dich durch den türspalt … du öffnest deine bluse … deine wohlgeformten brüste werden von einem wunderschönen bh gehalten … du streifst deine hose hinab, dein knappes höschen sieht an deinem körper einfach toll aus … ich spüre, wie es in meiner hose langsam anfängt zu pochen … du befreist dich dann von deinem bh und höschen … nackt und schön, wie gott dich schuf, stehst du da … du beginnst dich zu waschen … mein schwanz wächst weiter …ich öffne die tür … du bemerkst mich … demonstrativ beginnst du, dir deinen schritt zu waschen … ich komme auf dich zu … du setzt dich auf die waschmaschine … spreizt deine beine … deine frische und rasierte muschi vor mir, beginne auch ich mich zu entkleiden … ich knie mich vor dich und beginne, deine fotze zu lecken … während ich genüsslich an dir schlecke, massierst du dir deine titten … du legst deine beine auf meine schultern … mit den daumen drücke ich deine schamlippen noch weiter auseinander … meine zunge ist tief in dir und dein liebessaft benetzt mein gesicht … ich erhebe mich, ziehe dich von der waschmaschine und drehe dich um … ich nehme meinen schwanz in die hand und drücke ihn dir in deine nasse möse … es durchzuckt deinen körper … mein schwanz ist tief in dir und meine stöße hart und kräftig … ich massiere deine titten, während ich dich nehme … meine eichel steht schon kurz vor der explosion … du stöhnst und windest dich … deine finger krallen sich fest an die maschine … dann schreist du … dein oberkörper richtet sich auf und ich spüre, wie die geilheit aus deinem körper läuft … ich ziehe meinen schwanz aus dir … drehe dich um … drücke deinen kopf in richtung meines schwanzes … deine lippen umschließen ihn und du beginnst sofort, ihn mit deiner zunge zu bearbeiten … es dauert auch nicht lange und ich entleere mich in deinem mund … du schluckst, doch mein saft läuft dir aus den mundwinkeln … du versuchst, ihn mit deiner zunge zu erreichen … was dir auch gelingt … danach stehen wir uns gegenüber … schauen uns tief in die augen und küssen uns … dann gehst du unter die dusche … ich schaue dir hinterher … und denke mir … was für ein geiles früchtchen … ich begebe mich in die küche und koche weiter …*

Nach einiger Zeit schlief der Kontakt zu Jens allerdings leider ein. Vielleicht hatte er eine Freundin gefunden oder es war ihm zu langweilig geworden mit mir, ich weiß es nicht.

Dann war da Michi, der ziemlich fordernd war mit seinen Ausführungen, doch mein Bauchgefühl verhieß mir nichts Gutes. Auf meinen Bauch konnte ich mich immer verlassen, in all der Zeit, ich musste nur kurz meine Geilheit abstellen, und schon konnte er mir sagen, was ich tun sollte. Michi wurde zunehmend brutaler mit seinen Schilderungen und so brach ich den Kontakt ab. Auf SM stand ich nicht und auch mit Klapsen oder Haareziehen konnte ich mich nicht wirklich anfreunden. Jedenfalls nicht auf die grobe Art, die Michi an sich hatte.

Und dann gab es noch Timo. Oh ja, Timo! Er war unglaublich!! Brachte mich sogar in meiner Mittagspause so weit, dass ich total erregt war und begann, mich zu streicheln, als niemand im Pausenraum war. Das war allerdings nur ein einziges Mal, dass ich mir unterm Tisch in die Jeans griff und es mir selbst besorgt habe. Zu groß war die Gefahr, dass jemand etwas hätte bemerken können. Wenn ich an Timo denke, wird mir noch immer ganz anders …

Wir schrieben uns viele erotische Texte, jeder in seiner Art. Er konnte das so fantastisch, ich bekam gar nicht genug von ihm. Ein Profilfoto hatte er allerdings nicht, beziehungsweise nur einen Ausschnitt von einem (seinem?) muskulösen Männeroberkörper. Ich wusste nicht, wer er war, wie er aussah, ob er wirklich ein Mann in meinem Alter war, ich wusste nur, dass ich ihn haben wollte. Wer so schreibt, kann eine Frau nur glücklich machen. Unbedingt wollte ich diesen heißen Typen treffen!

Mit Texten wie diesem machte er mich ganz wuschig: *Ich reiße dir die Klamotten vom Leib … werfe dich aufs Bett … gehe mit meinem Kopf direkt zwischen deine Beine … lecke dich kurz … massiere deine Brüste dabei … mmm … du bist schon wieder feucht … ich drehe dich auf deinen Bauch … ziehe dich zu mir … spreize etwas deine Beine … und schiebe dir direkt meinen harten Schwanz in dein nasses Fötzchen … ich ziehe dich etwas an deinen Hüften hoch … damit ich meinen Schwanz noch tiefer in dich schieben kann … jaaa … mach weiter … während ich stoße … massiere ich deine Pobacken … ich ziehe deinen Kopf an deinen Haaren zurück … mein praller Schwanz ist tief in dir … wir bewegen uns im gleichen Takt … deine Hände krallen sich ins Laken … dein Saft tropft langsam aus dir … ich gebe dir einen Klaps auf deine Pobacken bei jedem Stoß … dein Kopf versinkt in den Kissen … du machst dich schön eng und das macht mich noch geiler … mein Pimmel in dir wird immer mächtiger … deine Bewegungen werden heftiger … meine Stöße durchzucken deinen Körper … du bettelst und flehst … ich spüre, wie ich meine ersten Tropfen verliere … ich kann nicht mehr … ich will kommen … ziehe dein Becken noch weiter hoch zu mir … mit harten Stößen ficke ich dich von hinten schön intensiv durch … du stöhnst … jaaaa … Tiiimoooo … mmm … das ist genau das, was ich heute Morgen brauche … fick mich … jaaaaaaaaa … ich ziehe meinen Schwanz aus deiner nassen Spalte langsam raus … du streckst mir immer noch deinen heißen Arsch entgegen … ich fahre mit meiner Zunge um deinen Po herum … auf dem Nachttisch liegt ein Dildo … den greife ich mir … fahre mit meiner Zunge jetzt in deinen Po und schiebe dir gleichzeitig den Dildo langsam und tief in dein nasses Fötzchen … mmmmm … das macht dich wahnsinnig an …*

Das war zwar auch heftig, aber er konnte sich so ausdrücken, dass ich es unbedingt mit ihm erleben wollte, ja, ich machte in meinem Kopf direkt mit. Erregt war jetzt ich es, die seine Fantasie fortsetzte: *ich werfe dich um, neben mich … küsse dich erst mal leidenschaftlich … dann lecke ich deinen schwanz sauber … deinen und meinen saft lecke ich ab … alle entstehenden tröpfchen werden sofort weggeleckt … er steht mir pulsierend entgegen … du willst eigentlich nur noch kommen … doch ich lasse dich zappeln … während ich ihn langsam sauge, spiele ich mir selbst an der klitoris, bin auch schon nahe am höhepunkt, stöhne und atme heftig … ich setze mich mit dem po auf dein gesicht, du leckst mich … ich sauge weiter an deinem harten, ramme ihn mir in den mund … deine zunge trifft den richtigen punkt, zuckend ziehen sich die muskeln meiner pussy zusammen, während du mir deinen saft in den mund spritzt …*

Wir konnten kaum an uns halten, eine Fantasie jagte die nächste. Je weniger Zeit ich hatte und je schneller ich geil wurde, desto weniger beachtete ich Groß- und Kleinschreibung …

Ich schrieb: *hmm, da fällt mir was ein: du bist auf dem klo, stehst da und willst grade laufen lassen … die tür geht auf, jemand kommt herein … ich bin es, und schließe hinter mir ab, sodass wir ungestört sind … ich fasse dir von hinten an den po … du erschrickst, doch als du bemerkst, dass ich es bin, entspannst du dich wieder … ich greife nach vorne … dein schwanz wird ein wenig fester, als ich ihn berühre … es tropft langsam aus der spitze, denn du musst ja … ich berühre deine eichel, benetze meine finger mit deinem urin, dein schwanz wird härter ... meine hand nasser ... das macht mich echt heiß ... du hältst es nicht aus, der strahl bricht aus dir raus, während meine hand ihn fest umschließt ... du bist fast fertig, da reibe ich ihn, schrubbe ihn dir schnell und fest, du stöhnst ... er ist schon stahlhart ... und dann spritzt du wieder ... diesmal sperma ... explosionsartig entlädst du dich ...*

Ich war mir erst gar nicht sicher, wie er auf solch eine Inspiration reagieren würde, doch ich machte ihn damit nur noch heißer. Der Gedanke gefiel ihm außerordentlich gut und wir hatten danach einen sehr ausführlichen Chat, in welchem wir die Geschichte noch weiter ausarbeiteten.

Weil er mir unter anderem schrieb, dass er gerne einmal gefesselt werden würde, kam ich auf diese Idee: *Ich könnte dich fesseln, nicht richtig fest, aber so, dass du mich nicht mehr berühren kannst. Splitternackt liegst du auf dem Rücken, ausgeliefert, aber das macht dich umso schneller geil, denn du weißt, was ich kann. Ich küsse deinen Körper entlang, jeder Zentimeter wird verwöhnt. Gelegentlich leckt meine Zunge über deine Haut. Dann beginnst du, auch meine Fingerspitzen zu fühlen. Meine Hände und Lippen sind überall, streicheln deine Haut. Ich lasse kurz ab von dir, ziehe mich ebenfalls aus und komme wieder her. Ich nehme ein Gefäß in die Hand, benetze mit dem warmen Öl darin deinen ganzen Körper, meine Brüste streifen wie zufällig deine Haut, um deinen schon harten Schwanz massiere ich absichtlich außen herum, eine meiner Brustwarzen berührt ihn sanft. Ich kreise mit meinen Händen auf deiner Brust, durch das Öl gleiten sie auch richtig schön. Ich knie jetzt ganz über dir, sehe in deine Augen, mein Blick ist leidenschaftlich und fordernd. Ich richte mich auf, streichle mich selbst mit meinen öligen Fingern, überall. Ich nehme noch mehr warmes Öl und tropfe es auf deinen Harten, auch lasse ich mir etwas davon über den Rücken in meine Pofalte laufen. Ich komme ein Stück nach vorne, nehme deinen Penis in die Hand und lasse ihn sehr langsam, Stück für Stück in mein Poloch gleiten, bis er ganz in mir ist. Du willst mich anfassen, doch deine Hände sind gebunden. Ich beginne mich langsam auf und ab zu bewegen. Mein enges Poloch schließt sich fest um dich. Ich stimuliere mich mit der Hand an der Klitoris und werde immer erregter, reite dich langsam weiter. Ich stöhne genüsslich. Oh Timo! Zwei meiner Finger stecken in mir, die andere Hand reibt meinen schon ganz prallen Lustknopf. Die Muskeln in meinem Po ziehen sich rhythmisch zusammen, als ich komme. Ich bewege mich jetzt gaaanz laangsam auf und ab. Deinen Höhepunkt zögere ich ewig hinaus, bleibe in der Geschwindigkeit, immer wieder hast du das Gefühl, kurz davor zu sein, dann höre ich kurz auf und mache dann wieder weiter. Ganz tief dringst du immer wieder in mich ein. In deinem Kopf dreht sich schon alles, du willst nur noch kommen, aber ich lasse dich nicht, ich will dich quälen. Deine Finger schließen sich immer fester um die Fessel, die Gelenke werden schon ganz weiß. Dein Atem wird schwerer, du willst, doch ich bleibe in dem Tempo, es fühlt sich an, als würdest du gleich explodieren vor Lust und Erregung, und endlich bahnt sich der lang ersehnte Orgasmus an. Langsam reite ich dich weiter … Dein ganzer Körper zuckt und vibriert. Du kommst, so intensiv und lange wie noch nie und mit einem tiefen Seufzer …*

Eines Morgens hatte ich diese Nachricht von ihm bekommen: *gestern morgen war ich alleine im wald joggen … ich musste ständig an dich denken … bist mir einfach nicht aus meinem kopf gegangen … ich musste daran denken, wie heiß du bist … wie sexy … und auf einmal wurde ich geil … während dem joggen … ich war im wald … ich war alleine … ich war geil … also was sollte ich machen? ich bin also vom weg runter … etwas tiefer in den wald hinein … habe mich an einen baum angelehnt … meine jogginghose heruntergezogen … die augen geschlossen … meinen schwanz fest in die rechte genommen … mit der linken meine eier massiert und dabei an das gedacht, was du mir schon so oft geschrieben hast … wie du meinen schwanz massierst … ihn leckst … ihn wichst … ihn in den mund nimmst … ganz ganz tief … wie du mir dabei die eier massierst …*

tief in die augen siehst ... puhhh ... das war mal ein sehr intensiver schöner orgasmus ... wann gehen wir joggen?

Eines Abends saß ich auf der Couch, mein Mann und ich sahen uns eine DVD an, und plötzlich – völlig aus dem Zusammenhang – hatte ich dieses Bild im Kopf, wie Timo im Wald joggt und seine Gedanken zu mir schweifen, wie er seinen harten Schwanz rausholt, an mich denkt und es ihm dabei kommt. Ich wurde so geil und immer heißer, obwohl ich eine halbe Stunde vorher erst Sex gehabt hatte. Ich war in eine Decke eingewickelt, mein Mann würde nichts sehen können, also griff ich unter meinen Slip, langsam rieb ich mit einem Finger an meiner Klitoris, vorsichtig, denn er sollte ja nichts merken. Er saß nicht direkt neben mir und es war dunkel im Zimmer, also musste ich nur meinen Atem kontrollieren und aufpassen, dass ich mich nicht zu sehr bewegte. Ich rieb weiter, mir wurde immer wärmer, teilweise musste ich die Augen schließen, um nicht die Konzentration zu verlieren. Mit diesem Gedanken von Timo im Wald wurde ich feuchter und geiler, und dass ich es im Beisein meines Mannes machte, wirkte zusätzlich stimulierend. Ich merkte, wie der Orgasmus langsam kam, riss mich zusammen, um nicht zu stöhnen. Dieses prickelnde warme Gefühl breitete sich immer weiter aus, von den Fußspitzen bis zum Kopf, es sammelte sich zwischen den Beinen ... und dann kam ich! Intensiv, aber glücklicherweise nicht zu stark, denn sonst wäre es meinem Mann sicher aufgefallen. An meinem Finger spürte ich die Zuckungen und in meinem Kopf drehte sich alles, ich atmete ein paarmal tief durch, räusperte mich vorsichtshalber und bat dann um eine kurze Pinkelpause. Meine Stimme war fast etwas zu wackelig, genau wie meine Beine, als ich aufstand, aber ich glaubte, er hatte nichts bemerkt. Ich ging aufs Klo und wischte mir erst mal den tropfenden Saft von den Fingern und von der Pussy. Mann, war das geil, ziemlich anstrengend, aber irgendwie wiederholungsbedürftig.

Diesen Mann, Timo, den ich noch nie vorher gesehen hatte, wollte ich so sehr. Und fragte ihn einfach. Er war Single, also, warum sollte er nicht hierher kommen? Ihm schien der Gedanke zu gefallen und so begann ich, alles zu planen. An welchem Tag habe ich keine weiteren Verpflichtungen, wann habe ich meine Tage, wann meinen Eisprung, wann hat Timo Zeit und wann ich, welches Alibi kam infrage? Kurze Zeit später stand ein Termin. Ich hatte fast den ganzen Tag Zeit für ihn und er hatte vor, bereits am Tag vorher anzureisen, damit ich schon morgens zu ihm kommen konnte.

Timo wollte mich anfangs mit dem Hotel überraschen, aber ich konnte ihn doch überreden, es mir zu verraten. Ich war sprachlos! Ein richtig tolles, edles Hotel. Ob er wohl die Luxus-Suite gebucht hatte, mit Badewanne in der Mitte des Raumes? Oder einen der anderen, nicht weniger elegant eingerichteten, Räume? Ich freute mich schon wahnsinnig auf diesen Tag und machte gleich einen Termin beim Friseur aus. Ich wollte doch gut aussehen für ihn.

Drei Wochen vorher war Timos Profil in der Community plötzlich gelöscht. Ich war wie vor den Kopf gestoßen. Das konnte nicht sein! Das durfte nicht sein! Ich sah wieder und wieder nach, doch er blieb von der Bildfläche verschwunden. Da fiel mir ein, dass ich seine E-Mail-Adresse besaß, und schrieb eine verzweifelte Mail. Lange zwei Tage später kam die Antwort, es täte ihm so leid, sein Profil sei gelöscht worden, weil ihn jemand wegen obszöner Andeutungen gemeldet hatte, et cetera. Ich glaubte ihm nicht wirklich, aber er versicherte mir immer wieder, dass alles in Ordnung sei und es bei unserem Date bleiben würde.

Wenige Tage später passierte das Gleiche noch einmal, nur dass er sich auf meine Mails nun auch nicht mehr meldete. Ich war der Verzweiflung nahe und überlegte fieberhaft, was ich denn nun mit dem freien Tag anfangen sollte.

Markus hätte niemals so viel Zeit für mich gehabt, außerdem wollte er ja nicht mehr fremdgehen, Christopher hatte sich gerade von seiner Frau getrennt (was mich übrigens mehr berührte, als ich mir eingestehen wollte) und sonst hatte ich niemanden, der für mich derzeit infrage kam. Es war immerhin ein ganzer Tag.

11

Fremdgehen

Fremdgehen ist Arbeit, harte Arbeit. Ständig nach Gelegenheiten suchen, immer auf der Hut sein, Vorbereitungen treffen, Ausreden planen, einen brauchbaren Ort zum Vögeln ermitteln und nicht zuletzt auch noch den passenden Liebhaber finden. Und man braucht Glück, das ist ganz wichtig! Aber die Mühe wird belohnt, denn egal wie schlecht der Sex auch war, die Vorfreude, das Abenteuer und den Adrenalinschub ist es immer wert.

Beim Fremdgehen kann ich jemand völlig anderes sein. Das heißt aber nicht, dass ich mich verstelle, sondern vielmehr, dass ich mir/mich gewisse Dinge im Alltag niemals (zu-)trauen würde, diese aber mit einem fremden Partner zwang- und skrupellos ausleben kann.

Es gibt zum Beispiel Dinge, die ich mit dem eigenen Ehemann nie machen würde. Nicht weil er es nicht wollen könnte, sondern weil ich jemanden, den ich jeden Tag sehe und jahrelang kenne, nicht anpinkeln will oder ihm ganz bestimmte Dinge nicht sagen möchte, die besser für fremde Ohren bestimmt sind. Der perfekte Lebenspartner ist wohl in den seltensten Fällen auch der perfekte Liebhaber. Und selbst wenn man in einer Beziehung sexuelle Erfüllung genießen kann, ist der Sex mit einem fremden Mann doch immer etwas ganz Besonderes.

12

Gefunden

Eine Woche vor besagtem Tag fand ich durch Zufall im Internet einen Mann, der Single war, drei Jahre älter als ich, gut aussehend auf seinen Fotos, genauso groß wie ich und nicht allzu weit entfernt wohnte. Außerdem sagte er mir, er sei im Intimbereich rasiert. So etwas hatte ich bei einem Mann noch nicht gesehen bis dato. Überglücklich und natürlich aufgeheizt schrieben wir uns die ganze Woche massenweise SMS. Teilweise beide während der Arbeitszeit. Im Gegensatz zu meinen beiden letzten Affären war Steffen kein Computer- beziehungsweise Büro-Mensch, sondern Schweißer. Durchtrainiert und männlich und fordernd. Ich mochte das sehr. Wir telefonierten auch vor unserem Treffen, so konnten wir uns den jeweils anderen noch besser vorstellen.

Dann war der Tag endlich da. Das einzige Problem, Steffen wollte nicht hierherkommen und ich hatte deswegen vor, mit der Bahn zu ihm zu fahren. Ich war noch nie in der Stadt, in welcher er wohnte, gewesen, daher wollte er mich am Bahnhof abholen. Adrenalingeladen und mit einer vollen Tasche bepackt stieg ich morgens in den Zug. Meine Gedanken überschlugen sich. Ich hatte Angst, es könnte sich um einen gestörten Triebtäter handeln, hatte Bedenken, er könnte mich bei sich zu Hause festhalten oder irgendwelche seltsamen Vorlieben haben, die ich noch nicht kannte, beziehungsweise, die er sinnvollerweise vor mir geheim gehalten hatte. Oder der Zug nach Hause könnte einfach nur Verspätung haben, sodass mein Mann Lunte riechen könnte.

Zwei Stationen vor Ankunft stand ich auf und ging zur Toilette. Neben einer vollen Packung Kondome hatte ich auch meine neue Errungenschaft eingepackt. Durch den weißen Stoffbeutel sah ich die Konturen meines Vibrators. Als ich ihn gekauft hatte, war ich zum ersten Mal in einem Sexshop gewesen. Etwas schüchtern hatte ich die Hilfe des Verkäufers angenommen und mich für einen etwa 15 Zentimeter langen, pinkfarbenen Gummidildo entschieden, der mir bis zu diesem Tag schon ein paar unglaubliche klitorale Orgasmen geschenkt hatte.

Daneben lagen, ordentlich zusammengelegt und in einer Plastiktüte verstaut, ein schwarzer String und der passende BH, beides ziemlich knapp und ziemlich heiß. Ich packte sie beide aus und begann, mich umzuziehen. Normale Wäsche aus, Reizwäsche an, Kleidung wieder drüber.

Mit bis zum Hals klopfendem Herzen stieg ich nach etwas über einer Stunde Fahrt aus dem Zug, meine Beine zitterten auf dem Weg aus dem Bahnhof und zu der Kreuzung, wo ich abgeholt werden sollte. Ich stand an der Ampel. Auf der anderen Straßenseite war niemand. Beklommenheit und Enttäuschung machten sich bereits bei mir breit.

Da kam jemand schnellen Schrittes aus einer Seitenstraße zu unserem Treffpunkt. Ich erkannte ihn sofort. Was für ein Mann! Lächelnd und mehr Selbstsicherheit ausstrahlend, als ich zu dem Zeitpunkt tatsächlich besaß, lief ich auf ihn zu.

Mein »Hi« musste ich mit großer Anstrengung herauspressen, meine Kehle war wie zugeschnürt. Er gab mir die Hand … WAS? Hallo, die Hand!! Ich hatte mit einem Kuss gerechnet. Nun ja, er war sich meiner wohl selbst nicht ganz sicher und woher hätte er auch wissen sollen, dass ich wirklich so drauf war, wie ich es geschrieben hatte?

Wir schlenderten zu seiner Wohnung, nachdem ich ihm versichert hatte, nicht unbedingt noch einen Kaffee trinken zu wollen. Die Tatsache, dass die Wohnung im Haus seiner Eltern war, beruhigte mich ein wenig. Immerhin könnte jemand meine Schreie hören, falls er mich misshandeln würde. Abgesehen davon, würde er mich nahe seinen Eltern nicht umbringen. Oder?

Seine Wohnung gefiel mir, modern und ordentlich, da hatte ich schon schlimmere Single-Wohnungen gesehen. Im Flur dachte ich, er würde mir endlich den ersehnten Kuss geben, doch er half mir nur aus meiner Jacke. Er verschwand in der Küche und fragte nach draußen, ob ich was trinken wollte und ob wir uns ins Wohnzimmer setzen sollten. Ich bat ihn, kurz zu mir zu kommen. Mit fragendem Gesicht stand er vor mir und ich ergriff die Initiative, zog ihn an mich und wir küssten uns endlich. Hitze schoss mir zwischen die Beine, unsere Hände begannen zu wandern. Knutschenderweise wollte er mich zur Couch manövrieren, doch ich wurde immer mutiger und sagte ihm, wir sollten doch besser gleich ins Schlafzimmer gehen. Über eine steile Wendeltreppe führte er mich dorthin. Meine Tasche stellte ich neben das Bett und ich setzte mich auf die Matratze. Ich glaube, ich hatte ihn ganz schön überrascht mit meiner Zielstrebigkeit. Aber ich hatte ja nun mal nicht ewig Zeit.

Ich nahm seine Hand und holte ihn zu mir heran. Unsere Zungen spielten miteinander und nach und nach fielen die Hüllen. Sein anerkennender Blick zeigte mir, dass die Unterwäschewahl gut gewesen war, und seine wachsende Geilheit war mir ein echtes Kompliment für meinen Körper.

Auf seine Frage, ob ich das denn wirklich wollte, streichelte ich seine rasierte Brust und sagte augenzwinkernd: »Wenn du noch mal fragst, gehe ich!«

Und so hatten wir Sex, richtig guten, geilen, hammermäßigen Sex. Von vorne, von hinten, seitlich und oral. Er leckte mich, bis ich kaum mehr konnte, zog einen Gummi über, dann steckte er mir seinen schönen, rasierten Schwanz rein und brachte uns beide zum Höhepunkt. Er hatte noch nicht genug und wollte die Zeit bis zu seiner nächsten Erektion nutzen, um mich mit Zunge und Händen zu verwöhnen. Er leckte meine Klitoris, seine Finger steckten in mir und er bog sie immer wieder, immer schneller, reizte meinen G-Punkt, bis ich fast nicht mehr konnte. Ich wollte mich ihm entziehen, doch er ließ mich nicht weg. Meine Finger krallte ich in seine kurzen dunkelblonden Haare und die muskulösen Oberarme. Ich konnte nicht mehr, der Reiz war fast zu stark. Er sah mir tief in meine Augen, ich bäumte mich auf und spritzte ihm auf die Hand. Überrascht blickten wir uns an. Ich wäre wohl völlig perplex gewesen, wäre ich nicht so erfüllt von der heftigen Erregung gewesen.

Den gleichen Punkt fand er wieder und noch einmal wurde seine Hand nass. Grinsend ließ er von mir ab und ging zu seinem Schrank. Ich keuchte und fragte mich, was er jetzt wohl noch tun würde. Er holte ein Handtuch, legte es unter mich und fuhr fort. Wenn ich vorher dachte, ich würde es nicht mehr aushalten, so war ich jetzt einer Ohnmacht nahe. Immer wieder brachte er mich zum Spritzen, bis ich nicht mehr nur um Gnade winselte, sondern nur noch »Stopp!« flüstern konnte.

Eingewickelt in seinen Bademantel, lagen wir kurz darauf auf seiner Couch. Ich schmiegte mich an ihn und fühlte mich unglaublich wohl. Wir kuschelten lange und ausgiebig, bis ich fast ein schlechtes Gewissen bekam. Stand das einem anderen als meinem eigenen Mann zu, dass ich so zärtliche Gefühle hatte? Also beendete ich diese Situation, indem ich meine Hand auf seinen Schwanz legte, der langsam wieder zum Leben erwachte. Ich merkte, wie weich meine Knie noch waren, als wir nach oben gingen. Immerhin hatte ich nur gefrühstückt und es war schon nach Mittag. Aber es war mir so egal. Ich holte meinen Vib raus und Steffen nahm ihn mir gleich aus der Hand. Er stieß mich aufs Bett und zog sich ein Kondom über, nur um mir seinen Harten sofort reinzustecken. Er fickte mich ein wenig, dann zog er ihn raus, machte Platz für mein Spielzeug. Vorher drehte er mich auf den Bauch, brachte mich auf alle viere und stieß den vibrierenden Dildo in meine nasse Pussy. Ich griff nach hinten und führte seinen Penis langsam an mein Poloch. Durch das Kondom und meinen daran haftenden Saft glitt er gut hinein. Steffen stöhnte auf. Mein enges Hintertürchen und die Vibrationen machten ihn wahnsinnig. Ich übernahm den Vib und er fasste mit beiden Händen an meinen Hintern, fickte mich in den Arsch und ich machte es mir mit dem Dildo, bis er stöhnend kam.

Die Zeit verging an diesem Tag wie im Flug. Steffen brachte mich widerstrebend zum Bahnhof, wobei wir immer wieder stehen blieben und uns innig küssten. In dieser fremden Stadt kannte mich ja niemand. Das nächste Mal würde er zu mir kommen, versicherte er mir, und ich sollte ihm unbedingt Bescheid geben, wenn ich wieder Zeit hätte. Wir verabschiedeten uns in der Bahnhofshalle mit einem langen Kuss, ich kaufte mir noch eine Kleinigkeit zu essen für die Heimfahrt und stieg kurz darauf in den Zug. Auf der Fahrt stiegen mir plötzlich Tränen in die Augen. War mir dieser Mann so schnell so sehr ans Herz gewachsen? Oder waren das nur die ganze Aufregung, der Hunger und der gute Sex, die mich das glauben ließen? Ich hatte plötzlich das Gefühl, ich könnte mich verlieben. Dieser Mann war unglaublich, nicht nur der Sex war fantastisch, auch als Mensch mochte ich ihn. In meinem Kopf malte ich mir bereits aus, ohne dass ich es wollte, wie ich mein Leben mit ihm verbringen würde. Ein wenig machte mir das Angst. Ich aß mein Sandwich, obwohl es mir fast im Halse stecken blieb, doch ich musste etwas essen, denn ich war vollkommen unterzuckert und zitterte von der Anstrengung der letzten fünf Stunden.

Zu Hause begrüßte ich meinen Mann mit einem Kuss und dachte dabei noch immer an Steffen. Wie viel wollte ich von ihm? Nur Sex? Einen längerfristigen Liebhaber? Oder mehr? Ich hatte eine nahezu schlaflose Nacht und am nächsten Morgen die Einsicht, erst einmal abzuwarten. Nach einigen Tagen hatte sich die Euphorie gelegt, aber weil ich Gefahr lief, mich tatsächlich zu verlieben, war ich im weiteren Kontakt mit ihm etwas zurückhaltender. Aber nur etwas. Ich wollte vorerst kein weiteres Treffen, nur vorsichtshalber, und sagte ihm daher, dass es schwierig sei mit Ausreden und so weiter. Unsere Chats und SMS blieben aber weiterhin anzüglich und waren voll Begierde.

Ab und zu dachte ich an Timo und wie dieser Tag mit ihm verlaufen wäre. Vielleicht war er ein alter fetter Mann, dessen Aussehen mich abgeschreckt hätte? Oder vielleicht einfach ein Kerl mit wenig Selbstbewusstsein, der deshalb ein Fake-Profil mit einem Fake-Foto hatte? Wenn er nur wüsste. So wie er mich mit seinen Worten heiß gemacht hatte, wäre mir sein Aussehen weitgehend egal gewesen. Ich hatte noch nicht einmal seine Stimme gehört und wusste nichts über ihn. Trotzdem denke ich noch heute gelegentlich an ihn und frage mich, ob wir uns jemals sehen werden.

Nach der Sache mit Steffen wusste ich erst gar nicht, ob ich jemals wieder fremdgehen wollte. Verlieben kam gar nicht infrage. Ich liebte doch meinen Mann und wollte auch keinen anderen lieben, ich suchte nur das Abenteuer.

Und natürlich suchte ich weiter.

13

Vererbt!

Ich glaube, man kann als Mensch einfach nicht raus aus seiner Haut, egal wie sehr man sich bemüht. Man kann es unterdrücken, aber irgendwann bricht es wieder aus einem raus. Manchmal glaube ich, das ist vererbbar. In der Homöopathie kennt man das Prinzip der Miasmenlehre, was ich ziemlich faszinierend finde. Man sagt, dass über Generationen hinweg vergleichbare Erkrankungen vererbt werden, und ich vermute, das ist auch mit dem Wesen eines Menschen so.

Meine Ururgroßmutter hatte mit ihrem Herrn, einem Burggrafen, ein Techtelmechtel, meine Großmutter wurde sehr jung und unverheiratet schwanger und meine eigene Mutter habe ich im Urlaub beim Knutschen mit einem der Kellner erwischt (übrigens der gleiche Urlaub, in dem ich was mit dem Jamaikaner Angelo hatte, das lag wohl an der guten Luft).

Was ich damit sagen will? Ich kann gar nichts dafür, das ist alles genetisch bedingt!

14

Was Längeres?

Am folgenden Wochenende nach meinem kleinen Abenteuer mit Steffen witterte ich bereits die nächste Gelegenheit – in zwei Wochen würde ich Montag und Dienstag frei haben. Es war Samstagabend und mein Mann war ausnahmsweise einmal ohne mich weggegangen, ich hatte folglich viel Zeit für mich. Kaum hatte sich die Tür hinter ihm geschlossen, setzte ich mich an den Computer. Mir wurde es langsam zu heikel, unter meinem richtigen Namen mit fremden Männern zu chatten, daher legte ich mir ein neues Profil unter dem Namen »Sandra Sonne« an. Das Profilfoto zeigte nur meine Beine, von den Knien abwärts, oder besser aufwärts. Auf dem kompletten Bild hätte man mich auf dem Boden liegend gesehen, die Beine nach oben reckend, leicht abgeknickt. Ich trug silberne Satinunterwäsche, halterlose schwarze Feinstrümpfe und hohe Sandalen. Aber allein mit diesem kleinen Ausschnitt des Fotos lockte ich die potenziellen Liebhaber in Scharen an. Natürlich auch durch die nicht falsch zu deutenden Anspielungen in meiner Personenbeschreibung.

Ich machte keinen Hehl daraus, dass ich verheiratet war und nur einen Liebhaber suchte. Mit Sprüchen wie »Ich bin nicht versaut, ich bin moralisch flexibel«, »Wer meint, er hatte schon guten Sex, hatte noch keinen mit mir!« oder »Ich bin nicht süchtig nach Sex, ich kann nur nicht ohne« und Vorlieben, was bestimmte Autoren (natürlich solche, die erotische Literatur schrieben) anging, zeigte ich den Männern gleich, was ich vorhatte. Komischerweise sagte mir an dem Abend keine meiner neuen Bekanntschaften zu und ich wollte schon aufgeben zu suchen, da fand ich in einer meiner Gruppen Martin. Vier Jahre jünger als ich, Single, untenrum rasiert, wie er mir auf meine Frage antwortete, arbeitsloser Automechaniker und so niedlich auf seinem Foto mit dem Hundeblick aus den blauen Augen unter der dunklen Kurzhaarfrisur. Er war ziemlich erstaunt, als ich ihn anschrieb *(Hey, du wohnst in der gleichen Stadt und wir kennen uns noch nicht. Das lässt sich doch sicher ändern? Du gefällst mir nämlich!)* und fragte, ob er in zwei Wochen Zeit hätte. Und er glaubte mir nicht. Nach einer längeren Unterhaltung und einigen Überredungskünsten meinerseits stimmte er aber doch zu. Ich zeigte ihm mein echtes Profil und das schien ihn zu überzeugen, dass ich kein Fake war. Er besaß keine Webcam, daher beschrieb ich ihm, was ich an diesem Abend gerne gemacht hätte und schickte ihm auch Fotos, passend zu meiner Schilderung:

stell dir vor, ich trage eine enganliegende bluse und sitze vor der cam. ich knöpfe den obersten knopf auf und sehe dich verführerisch an.

meine augen sagen dir mehr, als ich schreiben könnte. ich mache einen weiteren knopf auf und stehe langsam auf. unter meiner bluse trage ich nur einen knappen, pinkfarbenen string mit spitze und je weiter die bluse aufgeht, desto mehr siehst du auch von dem dazu passenden bh. meine prallen brüste bilden eine kleine falte zwischen den beiden cups.

ich ziehe die bluse aus und meine hüfte bewegt sich zum rhythmus meines pulses. ich drehe mich um und du siehst meinen knackigen po, den ich dir entgegenstrecke.

langsam ziehe ich den string runter, beuge mich dabei nach vorne und du siehst meine feuchte pussy von hinten. als ich mich umdrehe, siehst du auch, was schon von hinten zu vermuten war: meine glattrasierte haut rund um die schamlippen.

meine hand bewegt sich nach unten und zwischen die beine, um meine klitoris sanft zu massieren, die dabei auch leicht anschwillt. ich komme näher an die cam ran, stecke mir zwei finger rein, dabei beginne ich schon zu stöhnen, das hörst du zwar nicht, aber mein gesicht verrät es dir.

mit der anderen hand öffne ich nun meinen bh, damit du mich ganz nackt sehen kannst. ich setze mich wieder auf den schreibtischstuhl, streichle mich am dekollete, am busen, am bauch. meine andere hand stimuliert noch immer meine muschi, ich reibe mir die klitoris, zwischendurch lecke ich an meinen fingern.

die beine habe ich weit angezogen, sodass du genau sehen kannst, dass ich meinen höhepunkt habe und die muskeln sich rhythmisch um meine finger zusammenziehen. ich habe richtig gänsehaut, meine brustwarzen stehen dir erregt entgegen.

ich habe aber noch nicht genug, hole mir schnell meinen dildo, ramme ihn mir fest rein, er wird ganz feucht von meinem saft. du siehst, wie ich es genieße, dass du mir dabei zusiehst, denn ich schaue lüstern in die kamera. ich stöhne vor erregung und komme ein weiteres mal zu einem orgasmus …

Bis zu unserem ersehnten Date schrieb ich Martin immer wieder meine Fantasien, um ihn richtig heiß auf mich zu machen. Er wollte mich immer mehr, das spürte ich. Und ich wollte ihn auch.

Schon vor meinen beiden freien Tagen nutzte ich einen freien Nachmittag und fuhr mit dem Bus in den Stadtteil, wo er wohnte. Wir hatten uns nun doch eher verabredet, weil wir nicht so lange warten wollten. Er hatte derzeit keinen Job, aus diesem Grund hatte er sowieso den ganzen Tag Zeit. Er wollte mich an der Haltestelle abholen. Es war ein kalter, aber wolkenloser Tag und ich stellte mich zum Warten in die Sonne, um mich von ihren Strahlen etwas aufwärmen zu lassen. Mit suchendem Blick tastete ich die Umgebung ab, nicht nur, weil ich nach Martin Ausschau hielt, sondern auch, weil ich ein paar Jahre vorher noch in dieser Gegend gewohnt hatte und befürchtete, ich könnte von jemand Bekanntem gesehen werden. Ich schwankte zwischen hektischem Beobachten der Menschen um mich herum, und dem Drang, entspannt an einen Zaun gelehnt und mit geschlossenen Augen an diesem sonnigen Tag auf mein Date zu warten und die Vorfreude zu genießen.

Als er auf mich zukam, dachte ich noch: Oh, der ist ja klein. Er war gerade so groß wie ich, aber ein wenig breiter. Ich muss dazu sagen, ich mag es, wenn Männer nicht zu groß sind und vor allem nicht zu dünn. Ein wenig Speck darf gerne sein. Er gefiel mir jedenfalls auf Anhieb.

Später sagte er zu mir, er hatte nicht geglaubt, dass ich kommen würde, und als ich da so selbstbewusst stand und auf ihn wartete, hat er sich fast nicht zu mir hin getraut.

Es wunderte mich oft, wie selbstsicher ich anscheinend auf andere wirkte, selbst wenn mir das Herz bis zum Hals klopfte und ich mit weichen Knien zittrig dastand.

Wir begrüßten uns mit einer kurzen, scheuen Umarmung und er führte mich zu sich nach Hause. Bereits im Flur seiner Wohnung, ich hatte kaum meinen Mantel ausgezogen, kam es zu einer zufälligen Berührung und schon fielen wir übereinander her. Als wir uns knutschend und fummelnd ausgezogen hatten, schob er mich ins Wohnzimmer, wo wir auf dem Boden zu sitzen kamen. Seine Küsse und Berührungen fühlten sich gut an und nicht unerfahren. Wie auch seine Hände. Geschickt fand er in mir den Punkt, der mich erzittern ließ. Immer und immer wieder bog er den Finger durch, stimulierte mich dort. Gleichzeitig begann er, mit dem Mund abwärts zu küssen, begann, mit der Zunge an meiner Klitoris zu kreisen. Ich lehnte mich zurück auf den Boden, genoss es, so heftig erregt zu sein. Er fingerte mich und leckte mich, bis ich mit einem Seufzer kam und leicht abspritzte. Warm lief es ihm die Hand herunter. Das war ihm bislang noch bei keiner Frau passiert und als er von mir abließ, konnte ich ihm noch etwas Neues bieten, was er, wie ich wusste, gerne einmal erleben wollte, nämlich im Mund einer Frau zu kommen. Ich drückte ihn auf den Boden, setzte mich, noch immer erhitzt und schnell atmend, vor ihn und begann, seinen Schwanz mit dem Mund zu verwöhnen. Ich merkte, wie er schon nach kurzer Zeit immer fester wurde, machte langsamer und weniger stark saugend weiter. Ich kreiste mit der Zunge um die Spitze seines Harten, streichelte mit der Hand über seinen Bauch, seine Hoden und die Innenseiten seiner Oberschenkel. Er stöhnte lustvoll, sah mich immer wieder an und ich erwiderte seinen Blick, während ich weiter blies. Jetzt wurde ich schneller und fester, meine Lippen saugten an ihm und ich schrubbte mit der Hand an seinem Schaft. Er wollte mich warnen, dass er gleich käme, doch ich verschlug ihm den Atem mit meiner Behandlung. Er explodierte förmlich in mir, wand sich unter mir, bis ich alles aus ihm herausgeholt hatte, ich wurde langsamer und zärtlicher mit meinem Mund und ließ erst von ihm ab, als er mich zu sich hochzog. Schweigend und glücklich lagen wir nebeneinander, bis ich auf die Uhr sah und erschrocken aufsprang, denn ich musste weg, wollte nach Möglichkeit daheim sein, wenn mein Mann von der Arbeit kommen würde.

Während ich mich anzog, putzte Martin schnell über den Teppich, um die Sauerei zu beseitigen, die mir jetzt im Nachhinein fast ein wenig peinlich war. Er grinste anzüglich dabei und zeigte mir damit, dass es mir ganz und gar nicht unangenehm sein musste.

Er begleitete mich noch ein Stück und die Verabschiedung klang wie ein Versprechen: bis Montag!

Ich grinste auf dem kompletten Heimweg in mich hinein und auch ein wenig aus mir heraus, was sicherlich einige Fahrgäste neben mir irritierte. Aber das war mir egal. Ohne auch nur seinen Schwanz in meiner Pussy gehabt zu haben, hatte er mir das Wochenende versüßt. Die Zeit bis zum nächsten Treffen nahm kein Ende. Ich fragte mich, ob ich wohl diesmal sein Schlafzimmer sehen würde.

Er schrieb mir jede Menge SMS, in welchen er sich zum Teil für den geilen Nachmittag bedankte. Die Freude war ganz auf meiner Seite, aber ich fragte mich ernsthaft, ob man sich für Sex bedanken musste. Normalerweise haben ja beide was davon – wozu sich also bedanken?

In manchen beschrieb er mir auch, was er gerade tat, im Speziellen, was er mit seinem Schwanz tat. Der Gedanke, dass ein Mann einen Ständer hat, wenn er an mich denkt, brachte mich fast um die Beherrschung. Es machte mich einfach nur extrem geil.

Um die Vorfreude noch zu vergrößern, schrieb ich ihm, als mein Mann einmal kurz weg war:

Ich ziehe deinen Schreibtischstuhl nach hinten, drehe dich zu mir … wir küssen uns stürmisch, währenddessen mache ich deine Hose auf, hole deinen noch nicht ganz steifen Schwanz raus, gehe in die Knie und nehme ihn direkt in den Mund … er wird ganz fest zwischen meinen Lippen … ich sauge mit einer Kraft, die du nicht vermutet hättest … du greifst mir in die Haare, ziehst mich fest in deinen Schoß, er ist jetzt tief in meinem Mund … ich bewege meinen Kopf hoch und runter, sauge, lecke, meine Hände liegen dabei immer auf deinen Oberschenkeln, ich mache alles mit dem Mund … ich halte kurz inne, nur um dir zu sagen, dass ich will, dass du tief in meinem Mund kommst … ja, ich will es so … deinen Saft auf meiner Zunge … ich mache weiter, bis du nicht mehr kannst … dein Höhepunkt steht kurz bevor, ich schiebe mir deinen Schaft noch einmal tiefer rein, wo du auch gleich zuckend abspritzt … als ich das erste Mal schlucke, kommt noch ein kleiner Schub hinterher … ich öffne die Lippen, sehe dich an und spiele mit der Zunge damit … dann schlucke ich auch das, du lehnst dich entspannt zurück und ich lecke dir fein säuberlich dein Glied sauber …

Während ich so etwas tippte, wurde mir oft ganz heiß und ich tauchte tief in meine Fantasie ein, erlebte sie, und häufig machte ich es mir danach selbst, um die angestaute Erregung herauszulassen.

Man sollte meinen, dass mir der Sex mit meinem Mann langweilig wurde. Aber auch da wollte ich immer mehr im Laufe der Zeit. Besonders in den Tagen rund um meinen Eisprung kam ich mir vor wie ein Tier. Vielleicht auch, weil ich mir das Fremdgehen in diesen Tagen verbot.

Montagmorgen fuhr ich voll Vorfreude zu Martin. Wieder holte er mich an der Bushaltestelle ab. Die Tür seiner Wohnung war noch nicht ganz ins Schloss gefallen, da fielen wir schon fast übereinander her. Er presste mein Hinterteil an sich, ich kreiste mit meinem Becken, drückte dabei immer wieder mit dem Po an die Beule in seiner Hose. Mit meiner Hand fasste ich zwischen uns, massierte seinen Schritt. Er öffnete meinen BH und begann, meine Brüste erst sanft, dann immer fester und fordernder zu kneten. Erregt schob ich meine Hand nun in seine Hose und stimulierte seinen Harten. Auch seine Finger wanderten zwischen meine Beine. Er machte mich so heiß und ich wollte ihn auf der Stelle spüren. Ich wusste, dass er gerne Analsex machte, deshalb kam ich auf eine Idee. Noch immer im Flur stehend, fiel Stück um Stück unsere Kleidung, bis wir nackt hintereinander standen. Ich befeuchtete mein Poloch, entspannte mich und ließ ihn in mich eindringen. Die Enge machte ihn rasend, ich bewegte mich so von ihm weg, dass er fast aus mir heraus glitt, um seinen Schwanz anschließend wieder komplett aufzunehmen, er wurde immer praller in mir und ergoss sich kurz darauf stöhnend in mich.

Als er etwas durchgeatmet hatte, fiel uns auf, dass wir es wieder einmal nicht bis ins Bett geschafft hatten. Ich machte mich noch schnell im Bad ein wenig frisch, dann erwartete er mich im Schlafzimmer. Ein schönes Schlafzimmer, wobei ich mich ehrlich gesagt hauptsächlich an das Bett erinnere, welches mit schwarzer Satin-Wäsche überzogen war, Martin lag nackt mittendrin, blitzte mich an und ich sah, was ihn so freute: seine größer werdende Erektion. Auf dem Nachttisch befand sich eine Packung Kondome, was mich irgendwie beruhigte. Ich wusste natürlich, anal konnte genauso gefährlich sein, was Krankheiten anging, aber immerhin konnte ich davon nicht schwanger werden.

Er musterte meinen ganzen unbekleideten Körper, als ich auf ihn zuging. Seine wachsende Erregung und sein bewundernder Blick kribbelten auf meiner Haut und ließen mir das Wasser zwischen den Beinen zusammenlaufen. Langsam bewegte ich mich auf ihn zu, legte mich neben ihn aufs Bett und wir begannen, uns überall zu streicheln, zu fingern und zu stimulieren. Die Zeit stand beinahe still in diesem Moment. Fast hielt ich es nicht mehr aus, wollte einfach seinen Schwanz in meiner Pussy spüren. Ich griff nach den Gummis und zog ihm einen über, wollte mich auf ihn legen, doch er umfasste meine Hüften fest, drückte mich auf die Matratze und drang unvermittelt von hinten in meine nasse Spalte ein. Mein Aufstöhnen spornte ihn an und er fickte mich mit festen Stößen, bis ich wieder und wieder kam. Ich krallte mich in die Bettdecke, vergrub mein Gesicht darin, um meine lustvollen Schreie zu dämpfen. Er nahm mich heftig von hinten, was ich unglaublich genoss. Ich spürte, wie er immer praller wurde und schließlich mit einem Aufstöhnen explodierte.

Uns nur leicht bewegend, verharrten wir in dieser Position, fielen irgendwann erschöpft zur Seite und legten uns eng nebeneinander. Fast flüsternd begannen wir ein Gespräch, wir wussten ja beinahe nichts übereinander. Er wollte von meinen bisherigen Affären wissen und ich erzählte oberflächlich ein paar Dinge. Auch wollte er wissen, ob ich noch mehr von diesen heißen Fotos besäße, und ich versprach ihm, am kommenden Tag meinen USB-Stick mit all den Fotos und Fantasien, die ich gespeichert hatte, mitzubringen.

Der folgende Tag verlief ähnlich, nur irgendwie vertrauter. Wir wussten bereits, was der jeweils andere mochte, und konnten sexuell noch besser aufeinander eingehen. Ich zeigte ihm die Fotos und Videos und all den Text, den ich aufgehoben hatte. Es waren nicht alle meine literarischen Ergüsse, denn ich hatte zu spät begonnen, sie zu speichern. Den Stick hatte ich normalerweise zu Hause in einem – meiner Meinung nach – sicheren Versteck liegen.

Ein kleines bisschen wehmütig wurden wir allerdings zum Ende des Nachmittags hin, denn ich würde bald für zwei Wochen in den Urlaub fliegen und bis dahin keine Zeit mehr für ihn haben. Mit einem langen, zärtlichen Kuss verabschiedeten wir uns. Ich wollte mich nach dem Urlaub wieder bei ihm melden, denn als dauerhafter Liebhaber wäre er perfekt gewesen. Vor allem, weil er eine eigene Wohnung hatte, wo wir ungestört vögeln konnten. Solange er keine Freundin hatte und arbeitslos war, würde er auch so gut wie immer Zeit für mich haben. Ich freute mich schon sehr darauf.

Ich war noch unterwegs, da kam schon seine erste SMS:

Mir schwirren nur noch zwei Sachen im Kopf herum: du und deine traumhaften blauen Augen! Der Gedanke daran, dich vier Wochen nicht sehen zu können ... eine Qual! Aber eine Qual mit Vorfreude auf dich und auf das nächste Wiedersehen :)

Zufrieden lächelnd wusste ich, dass die Wochen schon irgendwie vorübergehen würden.

Trotzdem schrieb ich nach wie vor – nicht nur Martin – massenweise Nachrichten und chattete in jeder freien Minute.

15

Vorspiel

Ich mag Spielen. Vorspiel heißt für mich nicht unbedingt, dass man sich lange und ausgiebig streicheln muss oder ewig aneinander rumleckt. Es kann sich auch nur um einen eindeutigen Blick oder Kuss, oder um eine unmissverständliche Geste handeln, vielleicht auch die passenden Worte im richtigen Moment und schon vögelt man halb ausgezogen am Küchentisch oder auf einem Rastplatz.

Wenn ich aber viel Zeit habe, um das Vorspiel auszukosten und dazu zu nutzen, noch erregter und noch geiler auf ihn zu werden, dann kann es auch gerne länger dauern. Was dann besonders wichtig ist: Nicht immer gleich zwischen die Beine fassen! Es ist so viel erotischer und anregender, all die Sexmerkmale erst einmal mit den Berührungen zu umgehen. Nicht sofort die Titten kneten, sondern sanft die Hüfte hoch streichen, das Dekolleté entlang, zwischen den Brüsten durch, dann wieder ein fordernder Kuss …

Das kann manchmal schneller feucht machen als ein beherzter Griff an die Pussy. Und wenn nach langem Streicheln ein Finger wie zufällig eine Brustwarze oder die Klitoris berührt, reicht das schon, um ein wohliges Stöhnen hervorzurufen. Fast das Gleiche wäre es, wenn man den ganzen Tag geil aufeinander ist und das Zusammentreffen schmerzlich herbeisehnt, sich ausmalt, wie es ist, sich zu küssen, zu spüren, zu ficken. Das ist wie ein langes Vorspiel. Sobald man das Objekt der Begierde dann vor sich hat, fällt man heftig übereinander her.

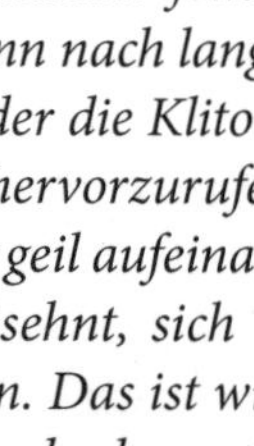

16

Fantasie und Wirklichkeit

Ich lernte mehr und mehr Männer kennen, die sich mit mir treffen wollten, teils aus fremden Städten, teils wohnten sie auch in meiner direkten Umgebung. Noch immer hatte ich Kontakt zu Alex, mit dem ich endlich ficken wollte. Wir planten ein Treffen nach meinem Urlaub, wenn er von seiner Firma, auf ein Seminar geschickt würde. Ein Abstecher hierher sei da möglich, sagte er, und seine Freundin würde dann nichts merken.

Im Urlaub am Strand kam ich mit den Gedanken nicht weg von den Männern. Immer wenn ich die Gelegenheit hatte, kramte ich mein Handy aus der Tasche und beantwortete SMS. Mittlerweile war ich nicht mehr so vorsichtig und gab meine Nummer häufiger her als noch zu Anfang.

Besonders in Erinnerung blieben mir die »Unterhaltungen« mit Marc aus Nordrhein-Westfalen. Nicht nur acht Jahre älter als ich, sondern auch um einiges reifer und erfahrener, so war jedenfalls mein Eindruck. Ich kannte ihn von vielen Fotos in seinem Profil und er gefiel mir. Gute, männliche Figur, ausgebleichte, wilde blonde Haare, braun gebrannt, verschmitztes Lächeln, rockiger Motorradfan und, im Gegensatz zu anderen Männern, intelligent und unaufdringlich.

Oft lag ich am Strand, der Wind streichelte über meine Haut, salzige Luft erfüllte meine Lungen, ich hörte das Meer rauschen und stellte mir vor, wie ich Marc verführte. Wir öffneten uns bei unseren Unterhaltungen völlig, jeder erzählte von seinen geheimsten Fantasien. Ich gestand ihm, dass ich gerne mal einen Dreier hätte, am liebsten eigentlich sogar zwei, einmal mit zwei Männern, einmal mit einer Frau und einem Mann. Und, dass ich schon immer davon träumte, es mal im Wasser zu treiben. Nicht in der Badewanne, sondern im Meer oder Schwimmbad. Leider konnte ich meinen Mann dafür nicht wirklich begeistern. Er hatte viel zu viel Angst vor Zuschauern. Mit einem Liebhaber kam es nur leider nie infrage, denn im Wasser würde es mit Kondom schwierig werden. Nahezu unmöglich. Deswegen würde mir dieser Traum wohl für immer unerfüllt bleiben.

Ich hatte viel Zeit zum Nachdenken und fragte mich manchmal, warum ich das alles machte. Immerhin war momentan eigentlich die denkbar ungünstigste Zeit zum Fremdgehen, wo ich keine Pille nahm. Vielleicht lag es ja genau daran. Die Hormone. Oder möglicherweise hatte ich so eine Art sexuelle Torschlusspanik. Noch schnell alles Mögliche erleben, bevor das Leben vorbei ist. Aber ist es das mit einem Kind? Oder waren es doch die Gene? Ich überlegte und überlegte, kam aber nur zu dem Ergebnis, dass mir in meinem Leben einfach der Kick fehlte. Mein letztes Mal mit Martin lag schon fast vier Wochen zurück und ich fand das unendlich lange. Der Sex mit meinem Mann befriedigte mich zwar in körperlicher Hinsicht, aber der Appetit auf fremde Männer blieb. Ich wollte das Leben auskosten, solange ich noch nicht schwanger war.

Die zwei Wochen in der Sonne vergingen recht schnell und auf dem Heimflug freute ich mich schon auf die wahrscheinlich hundert Nachrichten im Posteingang. Leider musste ich noch so lange warten, bis ich ungestört nachsehen konnte. Ganz so viele waren es nun auch nicht, aber ich brauchte trotzdem eine ganze Weile, sie alle zu beantworten.

Von Martin war auch eine dabei. Er sei jetzt in einer Beziehung und stünde mir deswegen nicht mehr zum Sex zur Verfügung. Schade … nun, dann musste ich eben wieder weitersuchen.

Ich hatte ganz vergessen, einem meiner Flirts zu sagen, dass ich nicht im Lande sei, und so hatte ich einige enttäuschte Nachrichten von Miguel, mit dem ich bisher ein paar Mal – teilweise auf Spanisch – geschrieben hatte. Ich stellte natürlich sofort klar, dass es nicht an ihm lag und ich im Urlaub fleißig Spanisch geübt hätte, damit wir weiterhin so heiß schreiben könnten.

Er kam ebenfalls von hier und wollte mich unbedingt treffen. Ich hatte keine Vorstellung, wie er wirklich aussah, und bekam auch leider kein Foto von ihm geschickt. Nur seine Fantasien. Und die deckten sich mit meinen. Er hatte eine Freundin und meinte nur, wenn wir uns gefiellen, könnte es auch gerne eine längere Affäre werden. Ich mochte die Zielstrebigkeit von diesem Halb-Spanier und so gab ich auch ihm meine Nummer.

An meinem zweiten Arbeitstag nach dem Urlaub fragte er mich immer wieder, ob wir denn nicht mal telefonieren könnten. Ich richtete meine Pause so ein, dass ich alleine war, und schrieb ihm, er solle mich anrufen. Das tat er sofort und während des Gesprächs schilderte er mir, was er jetzt gerne mit mir machen würde und ob ich denn Zeit für ihn hätte, zum Beispiel heute Abend. Er studierte noch und konnte seine Zeit weitgehend selbst einteilen. Ich überlegte, wie ich es irgendwie einrichten konnte, denn meine Sehnsucht nach dem nächsten Kick wuchs, obwohl ich kein richtig gutes Bauchgefühl dabei hatte. Woran das lag, wusste ich selbst nicht genau.

Ich ließ mir seine Adresse, ein Studentenwohnheim, sagen und seinen richtigen Namen, leider ein sehr unspektakulär deutscher Name. Dann kaufte ich noch schnell eine Packung Kondome.

Am Nachmittag in der Arbeit konnte man mich echt vergessen. Ich war nervös und fragte mich andauernd, ob das die richtige Entscheidung war, zumal ich dämliche Kuh völlig vergessen hatte, dass ich kurz vor dem Eisprung stand. Aber nun hatte ich meinem Mann schon Bescheid gegeben, dass ich später heimkommen würde, jetzt musste ich es auch durchziehen. Ich musste heute Abend eben besonders darauf achten, dass der Gummi perfekt saß.

Als ich im Studentenwohnheim zögerlich geklingelt hatte, dauerte es eine ganze Zeit, bis Miguel den Türöffner drückte, und ich spürte bereits für kurze Zeit Erleichterung, weil ich dachte, er wäre nicht daheim. Das war er allerdings und ich machte mich in dem riesigen, unübersichtlichen Gebäude auf die Suche nach seinem Zimmer. Wohnung konnte man das kaum nennen, da war ein Hotelzimmer ja größer. Der Mann, der mich empfing, war so ziemlich das Gegenteil von einem rassigen Spanier. Keine wirklich gute Figur, kein bisschen heißblütig und auch seine Attraktivität hielt sich in Grenzen. Woher er sein Selbstbewusstsein hatte, war mir ein Rätsel. Aber nun war ich schon mal hier, was sollte ich sonst mit meiner Zeit anfangen?

Es war nicht aufgeräumt bei ihm, geschweige denn sauber. Und das konnte ich von ihm selbst auch nicht gerade behaupten. Ein wenig hatte ich den Eindruck, ihm war es egal, was ich von ihm hielt. Ich glaube, er hatte sich nicht extra für mich geduscht, was ich schon irgendwie erwartet hätte. Er trug ein weites T-Shirt und eine Jogginghose, das machte ihn für mich noch weniger verlockend.

Wir setzten uns aufs Bett und begannen eine schleppende Unterhaltung, bis er langsam zum eigentlichen Grund meines Erscheinens kam. Zögerlich kam er auf mich zu und küsste mich. Der Kuss war gut, aber mir fehlte die Leidenschaft. Langsam zogen wir uns aus, lagen bald nackt nebeneinander und ich konnte seinen riesigen Schwanz sehen. Jetzt wusste ich, woher seine Selbstsicherheit rührte. Das war das größte Ding, das ich je gesehen hatte, nicht unbedingt von der Länge her, aber dieser Penis war unglaublich dick.

Das schien er zu merken, denn er grinste anzüglich und machte ein paar geschmacklose Bemerkungen. Ich wollte das Ganze endlich vorantreiben und fragte ihn nach einem Kondom. Fast hätte ich einen Rückzieher gemacht, als er mir sagte, er hätte keines und eigentlich bräuchten wir das doch gar nicht. Auf meine bestimmte Antwort »DOCH!« kramte ich meine eigenen Gummis aus meiner Tasche und zog ihm eines über, nachdem ich ihn noch ein wenig mit dem Mund bearbeitet hatte. Allerdings nicht lange, denn er schmeckte einfach ungewaschen. So was geht ja überhaupt nicht! Er drückte mich im Bett auf meine Knie, leckte ein paar Mal über meine Pussy und drang in mich ein. Seine Größe füllte mich komplett aus, war fast zu viel für mich. Ich war mir nicht sicher, ob ich deswegen gestöhnt hatte, aber ich stöhnte jedenfalls. Er nahm das als Bestätigung und begann, mich zu ficken. Er stieß und stieß. Zum ersten Mal in meinem Leben wurde mir bewusst, dass Sex nicht nur »Rein und Raus« war, sondern so viel mehr – wenn man es versteht.

Dieser Kerl aber hatte überhaupt kein Einfühlungsvermögen, mir war, als würde er nur seine eigene Befriedigung suchen. Ich wollte, dass es vorbei war, und täuschte einen Höhepunkt vor. Das tat seine Wirkung und auch er kam endlich.

Wir lagen nackt nebeneinander, seine Hände fuhren abwesend über die immer gleichen Stellen meiner Haut und ich ärgerte mich innerlich, dass ich nicht auf mein Bauchgefühl gehört hatte. Und ich bereute es wenig später zutiefst, denn Miguel warf mich quasi raus. Er sagte, sein Kumpel würde gleich zum Fußballgucken vorbei kommen und da müsste ich weg sein, damit der nichts merkt, denn sonst könnte wiederum seine Freundin eventuell was mitbekommen von seinem Treiben. Ich war wie vor den Kopf gestoßen. Klar, ich wollte ja eigentlich nicht bleiben, aber mich so rauszuschmeißen, das war zu viel. Ich zog mich so schnell wie möglich an und ging ohne viele Worte.

Wütend auf diesen ungehobelten Kerl und auch auf mich, lief ich nach Hause. Da dieses Gastspiel kaum eine Stunde gedauert hatte, musste ich noch etwas Zeit totschlagen und ging zu Fuß. Die frühlingshafte Luft und der Spaziergang besserten meine Laune ein wenig, doch ich schwor mir, mich ab sofort immer auf mein Bauchgefühl zu verlassen und keine solch spontanen Aktionen mehr einzufädeln.

Kurz überlegte ich sogar, die Verabredung mit Alex abzusagen, auf die ich schon seit Langem hinfieberte. Wir hatten gerade erst den Tag festgelegt, vielleicht hatte er noch kein Hotel gebucht.

Aber nachdem ich eine Nacht darüber geschlafen hatte, verwarf ich den Gedanken. Ich wollte diesen jungen Wilden, und das nicht erst seit Kurzem. Außerdem hatte ich meinem Mann schon gesagt, dass ich an diesem Tag wieder später nach Hause kommen würde.

17

Hygiene

... ist absolut wichtig beim Sex, besonders und auch beim Fremdgehen. Nach ein paar Erfahrungen habe ich die Männer immer gefragt, ob sie rasiert seien. Das war mir zwar grundsätzlich nicht so wichtig, aber ich habe festgestellt, dass rasierte Männer gepflegter sind, vor allem weil sie sich oft kurz vorher noch rasieren, weil sie ja wissen, dass ich es schön glatt mag. Natürlich auch im Gesicht, denn dann bekomme ich vom vielen Küssen keine roten Stellen im Gesicht, die verräterisch aussehen. Ein ungeduschter Mann wird von mir keinen Blowjob bis zum Schluss bekommen, wahrscheinlich würde ich das Blasen aufs Nötigste beschränken, wenn ich ihn überhaupt in den Mund nehme. Ich mag es auch nicht, mit schmutzigen Händen und/oder Fingernägeln angefasst zu werden, im Speziellen meine ich da den Vaginalbereich. Da kann man sich ja sonst was einfangen.

Ich habe überhaupt kein Problem damit, mich schmutzig zu machen, ich trage Autoreifen die Kellertreppe hoch, buddle im Garten, putze fremde Wohnungen oder helfe beim Renovieren. Aber beim Sex ist mir Sauberkeit extrem wichtig, nach Möglichkeit auch in der Umgebung. Mundgeruch und schlechte Zähne, fleckige Kleidung und Bettwäsche, ungewaschene Haut und Haare, daraus resultierender unangenehmer Körpergeruch, Haare in der Nase oder in den Ohren und all diese Dinge wirken auf mich nicht nur abtörnend, sondern auch abstoßend.

18

Stundenhotel

In den folgenden Tagen hatte ich mit Alex viel Kontakt. Er buchte ein günstiges Hotel, das ich nicht kannte. Daher suchte ich es im Internet, wollte sehen, wo ich hinfahren musste. Es war nicht ganz im Rotlichtviertel, aber in einer dort angrenzenden Straße, die unter anderem durch einige Tabledance-Bars geprägt wurde. Was soll's, dachte ich mir, so schlimm wird's schon nicht werden.

Am Nachmittag des besagten Tages arbeitete ich mit zwei neuen Kollegen zusammen, die mich und meinen Mann noch nicht so gut kannten, und wurde wagemutig. Alex schrieb mir per SMS, dass er schon eher in der Stadt sei und ob er mich abholen solle. Ich schrieb ihm die Adresse und kurze Zeit später stand er bei uns im Laden. Ich hatte noch Kundschaft, als er durch die Tür kam, und bekam fast einen Schlag bei seinem Anblick. Wow! Der sah genauso gut aus, wie auf seinen Fotos. Und das Lachen erst! Ich kam fast ins Stottern, bemühte mich aber um Fassung. Mein Kollege wollte ihn schon ansprechen, da deutete Alex auf mich und sagte, er würde warten. Mein Herz klopfte so laut, ich dachte, jeder müsste es hören. Als ich mein Gespräch beendet hatte, schenkte ich Alex mein strahlendstes Lächeln und wir unterhielten uns bis zu meinem nächsten Kunden. Er war ja so süß mit seinen braunen Augen, dem Anzug und diesem sexy Lächeln. Ich fühlte mich wie 16, schwitzige Finger, Puls bei 192 und das Gefühl, ich müsse Eindruck machen, weil Alex es sich sonst vielleicht noch anders überlegen könnte. Als er nach einem kurzen Small Talk weg war, fiel mir ein, was ich hätte fragen können. Ich tippte schnell eine SMS: *Hab ich denn bestanden?*

Sein Urteil fiel sehr positiv aus und er versprach mir, mich nach Feierabend abzuholen. Bevor ich zum verabredeten Treffpunkt lief, zog ich auf der Toilette noch hastig raffiniertere Unterwäsche an. Endlich im Hotel angekommen, zweifelte ich wieder an meiner Entscheidung. Nicht wegen Alex, sondern des Etablissements wegen. Das war definitiv ein Stundenhotel. Noch nie hatte ich so etwas Ekliges gesehen. Gut, ich war auch noch nie in einer Absteige dieser Preisklasse gewesen. Roter, abgelaufener Teppich, die Wände hätten schon vor zehn Jahren einen neuen Anstrich gebraucht und alles war so schmuddelig und runtergekommen. Sogar die Frau an der Rezeption war irgendwie verschlissen. Ich fühlte mich schrecklich unwohl. Hätte ich mich doch nur selbst um das Hotel gekümmert. Aber jetzt waren wir schon hier und ich wollte endlich mit Alex vögeln. Das Treppenhaus war gespenstisch verwahrlost und unser Zimmer zum Weglaufen. Eine absolute Katastrophe. Unser Flur zu Hause ist größer, dachte ich noch. Es gab auch kein Bad, nur ein Waschbecken, das in öffentlichen Bahnhofstoiletten auch nicht sauberer ist, und der Spiegel war uralt und fleckig. Alex schien das alles nicht zu stören, er fiel recht schnell über mich her.

Seine Küsse ließen mich die Zustände hier vergessen und die Gedanken, wer da schon alles in diesem Bett geschlafen oder ganz andere Dinge gemacht hatte, verflogen. Meine mitgebrachten Gummis legte ich vorsorglich auf ein kleines Tischchen neben dem Bett. Alex war kein bisschen zögerlich, er wusste genau, was er wollte. Nicht, dass ich das nicht gewusst hätte, ich wollte ebenfalls Sex, aber ich war es nicht gewohnt, dass ein Mann, den ich nicht einmal eine Stunde lang kannte, so die Initiative ergriff wie er. Aber es störte mich nicht im Geringsten, es machte mich an und ich spürte, wie die Erregung, die ich schon morgens beim Aufstehen verspürt hatte, immer gewaltiger wurde. Er war anscheinend auch der Erste, der mir glaubte, dass ich wirklich so war, wie ich mich immer beschrieben hatte.

Ich knöpfte langsam sein Hemd auf, während er mich überall knetete und berührte, ich strich über seine leicht behaarte Brust und war neugierig auf den jungen Körper vor mir. Kurz ging mir der Gedanke durch den Kopf, dass er ja immerhin sechs Jahre jünger war als ich, und dass das für mich etwas wirklich Neues war. Überhaupt hatte ich noch keinen Jüngeren gehabt. Genau genommen, waren auch Markus und Christopher Premieren gewesen, denn sie waren immerhin knapp zehn Jahre älter. Ich hatte bis zu diesem Zeitpunkt gedacht, 16 Jahre mehr Lebens- und Sex-Erfahrung sollte man merken, aber Alex war definitiv gleichauf mit den beiden, was das Sexuelle betraf.

Er zog mir mein Oberteil aus und begann, meine Brüste zu massieren. Immer wieder küssten wir uns. Unsere Hände forderten mehr, indem sie zwischen die Beine des jeweils anderen griffen und unsere Erregung steigerten. Wir sahen uns an, dann fielen die Hosen zu Boden. Ich stand nur noch in Reizwäsche vor ihm, pink und schwarz mit Nadelstreifen. Ob sie ihm gefiel, kann ich kaum sagen, denn ich war mit seinem Slip beschäftigt, zog ihn aus, ging in die Knie und nahm direkt seinen echt großen Schwanz in den Mund. Dort wurde er noch praller, als er sowieso schon war. Seinen knackigen Hintern nahm ich in beide Hände, knetete ihn beim Blasen. Ich krallte meine Finger hinein und das schien für ihn der Startschuss zu sein. Er drückte meinen Kopf fest an sich und damit seinen Harten tief in mich. Ich hatte nicht gewusst, wie weit das möglich war. Bis hinten nahm ich ihn auf, musste ein Würgen unterdrücken. Er packte meine Haare und stieß sich immer brutaler in meinen Mund. Ich wollte gerade protestieren, da hörte er schon auf. »Ich will dich jetzt ficken«, stöhnte er und auch ich wollte ihn in meiner Muschi spüren.

Schnell riss er mir die Wäsche vom Körper und steckte mir ohne Vorwarnung zwei Finger in meinen feuchten Spalt. Ich stöhnte auf. Er nahm eins der Kondome, zog es über und drückte mich aufs Bett. Kaum hatte mein Rücken das zweifelhaft saubere Laken berührt, legte sich Alex auf mich, stemmte meine Knie auseinander und drang mit seiner vollen Länge und Dicke in mich ein. Jetzt war es an ihm zu stöhnen: »Wow, bist du geil eng!«

Er küsste mich, ich schloss die Augen und genoss seine harten Stöße, die nun folgten. Seine Hände kneteten wieder meine Titten, sein Becken stieß immer wieder zu. Als er kurz innehielt, sah ich ihm tief in die Augen, man konnte sicher die Geilheit in meinem Blick sehen, und er sagte: »Ich will, dass du mich reitest.«

Wir drehten uns, noch vereint, um und ich bescherte ihm den Ritt seines Lebens. Hart und schnell, unsere Haut klatschte nur so aneinander. Plötzlich schlug er mir mit der Hand ins Gesicht, nicht schmerzhaft, aber er brachte mich damit aus dem Konzept. Ich war vollkommen überrascht, damit hatte ich nicht gerechnet, und überspielte es mit einem Stöhnen. Was ich davon halten sollte, wusste ich nicht so genau, deswegen ritt ich ihn noch härter. Ich kreiste mit meinen Hüften auf ihm, die Spitze seines Schwanzes traf mehrmals meinen G-Punkt und ich kam zuckend und heftig atmend. Das war ihm wahrscheinlich zu viel, denn er drückte mich etwas weg und zog sich aus mir heraus. Leicht benommen sank ich aufs Bett und er nutzte das sofort aus, drehte mich auf den Bauch und fingerte an meinem Poloch herum. Ohne zu fragen steckte er seinen Penis hinein. Zum Glück war der noch nass von meinem Saft. Trotzdem war es ein wenig unangenehm so ganz ohne Vorwarnung und bei seinem Umfang. Langsam bewegte er sich vor und zurück, wurde immer schneller. Ich hätte gerne etwas Gleitgel gehabt, denn seine Stöße wurden langsam, aber sicher schmerzhaft. Er griff in meine Haare, zog meinen Kopf zurück und stieß immer fester zu. Er gab mir Klapse auf die Pobacken bei jedem seiner Stöße, die zunehmend energischer wurden. Ich begann, leise zu wimmern, doch das schien ihn nur noch anzutreiben. Er fickte mich einfach weiter, selbst als ich Stopp sagte. Ich wollte mich wehren, doch ich war wohl nicht entschieden genug. Er genoss das sichtlich, begann heftig zu stöhnen, wurde immer größer in mir. Das machte es nicht besser. Er packte mich immer fester an den Haaren und mit der anderen Hand an der Schulter. Er stieß noch einmal fest zu. Und dann kam er.

Apathisch kippte ich nach vorne und nahm nur am Rande wahr, dass er das Kondom entsorgte und am Waschbecken das Wasser aufdrehte. Ich hatte mir schon gelegentlich ausgemalt, wie es wohl mit einem dominanten Mann sein würde, ob ich mich unterordnen konnte. Alex wollte ja keine devote Frau und wirklich dominant war er auch nicht, eher bestimmt. Aber in diesem Moment schwor ich diesem Gedanken völlig ab. Ich wünschte mich nach Hause in mein Bett und fragte mich, wie ich den Rest des Abends noch hinter mich bekommen würde. Er kam zu mir ins Bett zurück und war wie verwandelt. Zärtlich streichelte er mir übers Gesicht, küsste mich und sagte: »Du bist unglaublich.« Das reichte aus, um mich wieder zu beruhigen und um meine Verwirrung, ja, meinen Schock zu dämpfen.

Mir fiel ein, dass ich ein Massageöl dabeihatte, nicht ganz zufällig natürlich. Ich stand mit den Worten auf, dass ich eine Überraschung für ihn hätte. Er sollte sich mit geschlossenen Augen bäuchlings auf das Bett legen. Er lag da so unschuldig und friedlich, dass ich mich fragte, ob das gerade eben tatsächlich passiert war. Ich tropfte etwas Öl in meine Hände, wärmte es an und begann, seinen Rücken in langsamen Kreisen damit zu bestreichen. Noch ein paar Tropfen für den Po, die Arme und Beine und ich bereitete ihm eine entspannende Massage, walkte ihn durch, knetete mit den Händen, leckte mit der Zunge hie und da, streifte mit den Brüsten wie zufällig seine Haut, küsste ihn auf den Hintern und ins Gesicht. Er sah völlig tiefenentspannt aus, jedoch regte sich unter ihm wieder etwas. Nachdem ich ihn ausgiebig verwöhnt hatte, drehte er sich zu mir und seine Erektion löste bei mir ebenfalls Erregung aus. Ich warf ihn auf den Rücken und erforschte mit meiner Zunge in aller Ruhe seinen Penis, leckte seine Eier, die Eichel, den ersten Tropfen von der Spitze, seinen Schaft auf und ab. Alex wollte mich streicheln und fingern, doch ich presste seine Hände über seinen Kopf und bedeutete ihm, sie dort zu lassen und zu genießen. Ich kreiste um das Ende seines Harten, der mir so verführerisch entgegenstand. Ich nahm ihn zwischen die Lippen und begann zu saugen. Erst sanft, dann immer heftiger. Meine Hände umfingen seine Erektion, ich rieb ihn schnell und wurde auch mit dem Mund immer fordernder. Seine Beine zuckten bei meiner Behandlung und sein Atem ging stoßweise. Immer wieder entwich ihm ein Stöhnen, was mich ermunterte weiterzumachen.

Er bäumte sich auf, füllte mit seinem dicken Penis meinen Mund komplett aus und spritzte dann tief in meinen Rachen. Die erste Ladung schluckte ich sofort und was noch hinterherkam, behielt ich im Mund. Als er sich etwas gefasst hatte, sah er zu meinem Mund und wie ich mit seinem Sperma spielte. Dreckig grinsend zog er mich auf sich und gab mir einen langen, ausgiebigen Zungenkuss, den ich definitiv nicht erwartet hätte. Die wenigsten Männer mögen sich selbst schmecken, doch ihm schien das zu gefallen. »Gott bist du geil!«, raunte er mir zu und ich kostete seine Befriedigung voll aus. Eine Weile lagen wir noch streichelnd und uns liebkosend nebeneinander, bis die Zeit für den Abschied gekommen war. Die folgenden Tage verbrachte ich wie im Rausch. Ich wollte mehr von dieser Droge: Sex, Fremdgehen, fremde Männer, sich nur zu diesem einen Zweck treffen. Zur Sicherheit steckte ich mir immer ein Kondom ein, denn ich war in meiner Gedankenwelt, in meiner Fantasie so verrückt, dass ich für alle Fälle gerüstet sein wollte, sozusagen für den Notfall – rein hypothetisch gedacht: Ich würde einem geilen Kerl auf der Straße begegnen, der mich sofort nehmen wollte.

Der Kontakt zu Christopher brach in diesen Tagen leider ab, möglicherweise musste er sich nach der Trennung erst wieder selbst finden, doch ich lernte Chris aus dem Ruhrpott kennen. Bedauerlicherweise wohnte er auch wieder nicht gerade ums Eck. Aber unsere Gespräche liefen gut. Wir erzählten uns von unseren Affären und genossen die Geschichten des jeweils anderen. Bald war klar, dass sich zwischen uns eher eine Freundschaft der besonderen Art anbahnte und es möglicherweise nie zu einem Treffen kommen würde. Aber so wie es war, war es perfekt. Wir schwammen auf einer Wellenlänge, erzählten uns alles bis ins Detail von jeder neuen Begegnung.

19

Unterwürfigkeit

Beim Sex habe ich immer gerne die Kontrolle. Das heißt nicht, dass ich einem Mann nicht die Führung überlasse, aber ich brauche das Gefühl, jederzeit abbrechen zu können. Ich brauche Sicherheit. Angst um einen Kontrollverlust drosselt meine Erregung völlig. Devotion ist nicht mein Metier, ich kann mich nicht unterordnen. Zum Glück mögen die meisten Männer es aber, dass die Frau die Richtung angibt. Was wiederum nicht heißt, dass ich einen unterwürfigen Mann möchte. Es sollte einfach ausgeglichen sein.

Ich mag es, wenn der Mann mir sagt, was ich tun soll, was ihm gefällt, und genauso geil finde ich es, wenn ich im Gegenzug von ihm bekomme, was ich mir wünsche. Ich kann mich völlig hingeben, mich verlieren, das Hirn ausschalten, aber niemals möchte ich das Gefühl bekommen, nicht alles im Griff zu haben.

20

Ausflug

Am Samstag nach dem Date mit Alex schraubte mein Mann den halben Tag an unserem Auto herum. Mich störte das gar nicht, denn so konnte ich ungehindert Nachrichten schreiben und chatten. Mein Selbstbewusstsein war unglaublich, ich hätte mich alles getraut. Mit dem gleichaltrigen Daniel hatte ich schon länger Kontakt, wir schrieben nicht nur platte Sexgeschichten, wir tauschten Zärtlichkeiten via Internet aus. Es lief zwar immer auf das Gleiche hinaus, aber den Weg dahin zelebrierten wir ausgiebig. Ich schilderte ihm, was ich gerne mit ihm gemacht hätte:

ich küsse dich – an allen fingern deiner rechten hand, dann wandere ich den arm hinauf, küsse deinen bizeps, über die schulter am hals entlang, dein ohrläppchen, sanft berühren meine lippen dein gesicht an der wange, der nase und am kinn, dann küsse ich zärtlich deinen adamsapfel, weiter über deine brust, deine brustwarzen … kurz sauge ich an ihnen, damit sie fest werden, übersäe deinen bauch mit küssen, dann deine leisten, an einem oberschenkel wandere ich übers knie zu deinen füßen, küsse am anderen fuß nach oben an der innenseite deines beins hinauf, bis ich bei deinen bällchen angelangt bin. meine lippen berühren sie, dann lecke ich mit der zunge daran. ich liebe diesen duft, den sie ausstrahlen, so männlich, so nach leidenschaft, viel besser als jedes parfum, er erregt mich richtig. vorsichtig sauge ich an ihnen, lecke dann an deinem schaft entlang nach oben, mein letzter kuss auf deine eichel, beim hochgehen zieht sich ein faden deines lusttropfens. ich lecke über meine lippen, sehe dir tief in die augen und sage: »ich will dich! jetzt und hier!«

Unsere Unterhaltung wurde zunehmend deutlicher. Er wohnte knapp zwei Stunden von hier. Da er kein Auto besaß, fragte er mich, ob ich nicht einfach zu ihm kommen könnte. Ich verneinte sofort, was hätte ich auch meinem Mann sagen sollen? Ich hätte natürlich gar nichts sagen können, einfach, dass ich mit meinen Freundinnen einen Mädelsabend machte. Aber wie hätte ich nach dem Abend die 300 Kilometer mehr auf dem Tacho erklären sollen?

Ich überlegte und überlegte. Schlussendlich kam ich auf die Idee, mit einer Freundin in München auszugehen, was etwa genauso weit weg lag. Besagte Freundin war derzeit im Urlaub und würde mich an diesem Abend sicher nicht anrufen.

Kaum hatte ich diesen Plan geschmiedet, lief ich die Treppe hinunter zu meinem Mann und erzählte ihm diese Geschichte. Ich glaube, mein schauspielerisches Talent war wirklich ganz gut, denn er nahm es mir ab. Was aber nicht hieß, dass er es gutgeheißen hat. Er wollte mich überzeugen, dass das Quatsch war, so weit zu fahren, dass es vielleicht gefährlich war, wo ich doch so wenig Fahrpraxis hatte, dass es besser wäre, er würde einfach mitkommen. Ich redete ihm alles aus und irgendwann hatte er verstanden, dass ich einfach auch mal alleine meinen Spaß haben wollte und ein kleines Abenteuer im tristen Alltag brauchte. Zügig machte er unser Auto wieder fahrtüchtig, nachdem er es gerade eben erst halb auseinandergenommen hatte, und ich schrieb derweil Daniel, dass ich kommen wollte.

Doch der antwortete plötzlich nicht mehr. Ich schrieb meine Handynummer und dass er sich möglichst bald melden sollte, denn ich müsste ja bald losfahren, um noch pünktlich bei ihm zu sein. Eine halbe Ewigkeit verging und er schrieb nicht. Mein Mann kam wieder in die Wohnung und ich musste vom Computer weg, denn er hätte sonst etwas merken können. Fahrig blickte ich immer wieder auf mein Handy und sagte ihm, ich warte auf die Nachricht meiner Freundin.

Ich gab fast das Hoffen auf, da kam die heiß ersehnte Nachricht mit Daniels Zusage und seiner Adresse. Er schrieb mir, dass sein Rechner abgestürzt und er plötzlich nicht mehr ins Internet gekommen sei. Ich war echt erleichtert und begann sofort, mich für den Abend fertig zu machen. Bloß nicht zu aufreizend, dachte ich, das würde meinem Mann nicht gefallen. Aber auch nicht zu wenig, denn sonst würde ich vielleicht Daniel nicht gefallen. Auf seinen Fotos fand ich ihn echt gut aussehend. Dunkle Haare, sanfte Augen, süßes Lächeln. Und diese fast schüchterne Zärtlichkeit, mit der er mich umgarnte …

Auf der Autobahn gab ich kräftig Gas und holte alles aus dem Wagen heraus. Pünktlich stand ich vor Daniels Haustür und hoffte inständig, alles würde an diesem Abend gut laufen. Als ich die Treppe zu seiner Wohnung hochstieg, verriet mir Daniels Gesichtsausdruck, dass er vollkommen überrascht war, mich nun tatsächlich hier zu sehen. Oben angekommen, drückten wir uns kurz. Er war sichtlich nervös. Wir wollten zusammen ausgehen, also zog er rasch seine Schuhe an und wir gingen wieder zum Auto. Er war ursprünglich nur mit seinem Kumpel verabredet gewesen, den wir nun abholen wollten. Dessen Name war mir sofort wieder entfallen, so aufgeregt war ich. Wir fuhren dort mit dem Aufzug ins oberste Stockwerk. Besagter Kumpel war anscheinend noch nicht ganz fertig, denn wir warteten vor seiner Tür. Unsere Blicken trafen sich zum ersten Mal an diesem Abend und schon küssten wir uns. Der Kuss schien kein Ende zu nehmen, war unglaublich weich und vertraut und einfach toll. Als sich die Tür öffnete, standen wir schon wieder nebeneinander und blickten leicht verlegen.

Wir liefen miteinander Richtung Altstadt, die mir auch sehr gefiel. Der ganze Abend war so romantisch, das hatte ich bei einem Seitensprung nicht unbedingt erwartet. Jede Situation und jeder Mann ist eben anders, dachte ich, deshalb genoss ich es in vollen Zügen. Wir schlenderten von Bar zu Bar, immer wieder küssten wir uns, tanzten eng umschlungen und liefen Hand in Hand durch die Straßen dieser für mich fremden Stadt, rissen uns aber trotzdem noch zusammen, denn Daniels Freund war ja dabei, den wir nicht ganz außen vor lassen wollten. In Gedanken malte ich mir aus, wie wir zu dritt … Nein, das ließ ich lieber, ich wollte mein Glück nicht überstrapazieren, außerdem war Daniel nicht so gestrickt, dass er das mitgemacht hätte.

Schnell war klar, dass die Frühlingsgefühle uns voll im Griff hatten. Zufällige Berührungen setzten Stromstöße frei und die Küsse machten so viel Lust auf mehr. Die Hände wanderten wie von selbst, streichelten über Rücken, Beine und Gesicht. Ein paar interessierte Blicke von den Menschen um uns herum holten uns aber dennoch langsam zurück aus unserem Rausch. Eigentlich viel zu früh beendeten wir den Abend und liefen langsam zum Auto zurück. Den Bekannten setzten wir wieder vor seinem Haus ab und fuhren dann zu Daniel.

Er sah mich ganz verlegen an, seine Stimme zitterte leicht, als er mich vor seinem Haus im Auto ganz vorsichtig fragte, ob ich noch was bei ihm trinken wollte. Natürlich wollte ich das, wofür war ich denn extra so weit zu ihm gefahren? Seine Augen begannen zu glitzern, als er meinem Blick begegnete. Ich machte es ihm leicht, denn ich konnte mich auch kaum beherrschen, wollte ihn.

Ihm war anzumerken, dass er so etwas noch nicht oft gemacht hatte, denn seine Hände taten sich richtig schwer mit dem Schlüssel an seiner Haustür. Ich überlegte mir, ob das die Aufregung war, die Geilheit, oder vielleicht beides zusammen? Ich trat ganz nahe an ihn heran, mein Busen berührte seinen Rücken, dann drehte er den Schlüssel um und wir gingen in den Hausflur, wo er mich an die Hand nahm, gerade so als ob er dachte, ich würde gleich wieder weglaufen. Diese leichte Unsicherheit machte mich nur noch mehr an, ich folgte ihm bereitwillig die Treppe hinauf zu seiner Wohnung. Er schloss die Tür auf und bat mich in seine schöne, aufgeräumte und moderne Dachgeschoss-Wohnung.

Nachdem ich mir die Schuhe ausgezogen hatte, fragte er mich nervös, ob ich irgendwelche Wünsche hätte, und rechnete wohl eher mit etwas Normalem, wie einem Glas Wasser, nicht aber damit, dass ich sagte: »Ja, komm endlich her und küss mich noch mal so unglaublich wie vorhin!«

Das ließ er sich nicht zweimal sagen, legte den Arm um mich und küsste mich leidenschaftlich. Ich erwiderte seinen Kuss, legte meine Hand auf seinen Oberschenkel und spürte schon deutlich an seinem Atem, dass er immer erregter wurde. Ich hatte so das Gefühl, dass er sich seiner Sache noch immer nicht sicher war, deswegen ergriff ich einfach die Initiative, unterbrach den Kuss, um ihn ins Schlafzimmer zu schieben, ihn aufs Bett zu werfen und mich kurzerhand auf ihn draufzusetzen. Meine Mitte berührte seine Erektion und er stöhnte leicht auf, sah mich an und endlich begann er, fordernder zu werden. Seine Hände strichen meinen Rücken unter meinem Oberteil hoch, an meinen Seiten entlang und über meine Brüste. Meine Finger gruben sich in seine Haare, als er meine erregten Nippel unter dem BH sanft zwickte. Ich zog ihm sein Shirt aus und streichelte über seine Brust, küsste ihn unterm Ohr den Hals entlang und weiter über die Schulter. Er nahm mein Gesicht in seine Hände, sah mir tief in die Augen und schob mir dann wieder seine Zunge in den Mund. Auch ich atmete schon heftiger. Er öffnete meinen BH, liebkoste meine erhitzte Haut darunter und zog ihn mir mitsamt meinem Oberteil aus. Im schummrigen Licht seines Schlafzimmers fühlte ich mich nicht nur wohl, sondern auch geborgen, das lag aber vielleicht auch an diesem tollen Mann.

Als unsere nackten Oberkörper sich berührten, gab es kein Halten mehr für ihn, er drückte mich aufs Bett, kniete über mir und leckte mit seiner Zunge jeden Zentimeter vom Mund abwärts bis zu meinem Hosenbund. Er öffnete den Knopf und quälend langsam auch den Reißverschluss, küsste und leckte weiter nach unten, zog mir auch die Hose aus, mein Slip rutschte dabei mit runter, er wollte ihn wieder sorgfältig richten, doch ich fasste hin und zog ihn mit aus. Er hatte nun einen perfekten Blick auf meine rasierte und schon ganz nasse Muschi, küsste die Innenseiten meiner

Oberschenkel hoch und erreichte meinen Venushügel. Er atmete meinen Duft ein, sein Kinn berührte wie versehentlich meine Klit, ich gab ein leichtes Stöhnen von mir. Seine Hand fuhr von meiner Schulter über meine Brust zum Bauch und streichelte zärtlich über meine Pussy. Die federleichten Berührungen seiner Fingerspitzen machten mich willig und noch nasser. Er stellte meine Beine auf und leckte mir fest vom Poloch bis zur Klit die Nässe weg. Er schloss die Augen, schien den Geschmack zu testen. Dann kreiste er mit spitzer Zunge um meinen geschwollenen Liebesknopf, machte mich wahnsinnig damit, ich atmete heftig, drückte mein Becken immer wieder nach oben in sein Gesicht, doch er machte nur so weiter, kreisend, mich stimulierend. Ich stöhnte, wand mich, war kurz vorm Kommen. Das schien er zu merken, hielt kurz inne, grinste mich an.

Ganz langsam steckte er mir einen Finger in meine feuchte Spalte, dann noch einen zweiten. Ich zog scharf die Luft ein. Sein Daumen ruhte mit sanftem Druck auf meiner Klit, ich merkte, dass ich nicht mehr viel nötig hatte, bis ich explodieren würde. Ich bog mich ihm entgegen, doch er verharrte einfach so. Ich schob ihn sanft von mir weg und aus mir heraus, machte mich an seiner Hose zu schaffen, zog sie aus. Ich sah den nassen Fleck auf seinen Shorts, berührte ihn, sein harter Schwanz zuckte mir darunter entgegen.

Ich lächelte ihn an und wollte zu meiner Tasche gehen, die am Boden im Flur stand. Er hielt mich zurück und holte Kondome aus seinem Nachttisch, als hätte er meine Gedanken gelesen. Ich zitterte vor Erregung, doch das hielt mich nicht davon ab, seine Shorts langsam auszuziehen. Ein perfekter, himmlisch nach Männlichkeit duftender harter Schwanz sprang mir entgegen und ich konnte einfach nicht anders, als ihn abzulecken. Sein Saft zog Fäden von meiner Lippe zu seiner Spitze. Er stand jetzt vor dem Bett, ich saß auf der Kante und begann mein Spiel mit dem Mund. Ich leckte erst alles sauber, dann nahm ich ihn in den Mund. Ich saugte sanft, wurde dann fester, merkte, wie immer mehr Tröpfchen nachkamen. Das machte mich nur noch geiler. Er schien auch höchst erregt zu sein, denn nicht lange nachdem ich begonnen hatte, unterbrach er mich.

Er wollte sich auf mich legen, doch ich ließ ihn sich nur neben mich hinsetzen, streichelte zärtlich seine Eier und küsste ihn noch einmal innig. Seine Hand fand auch wieder den Weg in meine Mitte, aus der heraus schon die Nässe tropfte. Er schien das zu merken und seine Erektion wurde immer fester und größer, als er mit dem Finger in mich glitt. Ich berührte seine volle Länge. Ich war noch immer so geil, dass ich ziemlich schnell zum Höhepunkt kommen würde.

Deswegen nahm ich ihm das Kondom aus der Hand und zog es ihm über. Er legte sich auf mich und begann, mich mit langsamen Stößen zu lieben. Das fühlte sich nicht nur einfach wie Ficken an, das war Liebemachen. Jedenfalls bis zu dem Zeitpunkt, als ich ihm sagte: »Nimm mich von hinten, und zwar richtig fest!« Das tat er sofort. Ich krallte mich ins Kissen, stöhnte auf, drückte mein Becken rhythmisch und fest an seines. Meine Pussy zog sich zusammen, saugte seinen Schwanz regelrecht ein und ich kam mit lautem Stöhnen. Ich schloss meine Augen und kostete diesen intensiven Moment voll aus.

Als ich langsam zu mir kam und die Augen wieder öffnete – ich hatte keine Ahnung, wie viel Zeit vergangen war –, bemerkte ich, wie Daniel neben mir lag, mich einfach nur ansah, meinen Körper musterte, sich scheinbar jede Kleinigkeit einprägte. Ein verstohlener Blick zu seinem Schwanz verriet mir, dass ihm gefiel, was er sah, und dass er wohl vorhin gekommen war, denn das Kondom war weg. Er bemerkte, dass ich ihn ansah, grinste mich an und ich erwiderte seinen Blick mit einem alles sagenden Lächeln und einer unmissverständlichen Geste. Damit war ihm klar, dass ich definitiv noch mehr wollte, und auch ihm war anzusehen – vor allem zwischen den Beinen –, dass ihm eine zweite Runde gefallen würde.

Er zog sich noch einmal ein Kondom über seinen Harten. Ein prüfender Griff zu meiner Muschi zeigte ihm, dass ich mehr als bereit für ihn war. Ich legte mich in die Mitte des Bettes und er sich auf mich. Er versenkte seinen Schwanz in mir, Stück für Stück. Langsam vögelte er mich, tief, genüsslich und mit seiner ganzen Länge. Er wurde nicht schneller und auch nicht fester und doch merkte ich, wie sich ein Orgasmus anbahnte. Er atmete mir ins Ohr und an den Hals. Ein schneller, fester Stoß tief in mich brachte mich in Sekundenschnelle zum Kommen. Überrascht stöhnte ich auf. Dieses verdammt gute Timing bescherte mir noch weitere Höhepunkte. Immer wieder, bis ich fast schrie vor Verlangen und Geilheit. Die unglaublichste Explosion hatte ich mit ihm zusammen. Sein Glied schwoll noch einmal richtig an, zuckte in mir und er kam mit einer solchen Wucht, dass ich nur noch stöhnen und schreien konnte. Meine Finger verkrampften sich um die Bettdecke unter mir, meine Beine zogen ihn an mich und ich drückte ihn noch tiefer und fester in mich, bis wir schließlich total fertig nebeneinander fielen.

Mit kurz aufkeimender Panik sah ich auf die Uhr, dann ihm in die Augen, er wusste, ich musste sofort gehen. Es war schon viel zu spät und ich hatte ja noch die lange Autofahrt vor mir. Küssend und streichelnd verabschiedeten wir uns und ich versprach, ihn das nächste Mal bei mir auszuführen.

Die Heimfahrt ging schneller als erwartet, niemand ist samstagnachts um zwei noch auf der Autobahn unterwegs. Zum Glück, denn ich war nicht hundertprozentig konzentriert.

21

Komplimente

Komplimente machen es einem Mann einfach, die Frau zu bekommen, die er begehrt. Frauen brauche ich das nicht zu erklären und für alle Männer gilt:

Schaut euch die Frau bei jedem Treffen ganz genau an. Was ist besonders, was ist anders als bei anderen Frauen, was ist anders als beim letzten Treffen? Und genau daraus könnt ihr ein Kompliment machen. Es reicht dieses eine, denn je häufiger man solche Dinge sagt, desto unglaubwürdiger kommen sie rüber. Lasst euch lieber zu viel Zeit und überlegt genau, wie ihr es formulieren wollt. Es sollte nicht falsch zu deuten sein und lieber zu lang als zu kurz. Und wenn ihr euch nicht ganz sicher seid, sagt lieber nichts, sondern lasst bewundernde Blicke sprechen. Auch wenn ihr etwas bemerkt, was anders als beim letzten Mal ist (hast du eine andere Frisur/ deine Augen anders geschminkt/ ein anderes Parfum?), kann das schon ein Kompliment sein, denn das zeigt, dass ihr die Frau genau angesehen habt.

Hier ein paar Beispiele für Horror-Komplimente:

- *Ich mag deine Nase. (Warum? Ist sie irgendwie zu groß oder hat sie eine komische Form?)*
- *Deine Beine sind toll. (Ach, mehr fällt dir dazu nicht ein? Hast du meine Cellulite noch nicht bemerkt, oder etwa doch?)*
- *Du hast schöne Haare/Augen. (Aha …)*

Und so könnte es bei mir funktionieren:

- *Jedes Mal, wenn du lachst, würde ich am liebsten deine süßen Grübchen küssen.*
- *Du hast so schöne, weiche Hände.*

- *Ich mag den Duft deiner Haare, er erinnert mich immer an den Frühling.*
- *Bist du geil eng!*

Und hier das beste Kompliment, das ein Mann mir beim Sex einmal gemacht hat: Wow, hast du eine schöne Muschi!

Welche Frau hat sich nicht schon einmal gefragt, ob ihre Pussy wirklich ansehnlich ist. Wirklich oft kommt man ja nicht in den Genuss, sich im Intimbereich mit anderen Frauen zu vergleichen. Und abgesehen davon sieht jede Pussy anders aus, mal mehr, mal weniger faltig. Da ist es doch absolut förderlich für die Selbstsicherheit und für hemmungslosen Sex, wenn der Mann einer Frau bestätigt, dass sie ihm auch zwischen den Beinen gefällt.

22

Daniel, die 2.

Bereits zwei Wochen später löste ich mein Versprechen ein. Ich reservierte Daniel und mir ein Hotelzimmer für eine Nacht, mit Frühstück – allerdings nicht für mich –, und sagte meinem Mann, ich würde mit meinen Freundinnen an diesem Samstagabend ausgehen.

Es war ein warmer, frühlingshafter Tag, die Sonne schien und ich lief gut gelaunt zum Hotel, um alles zu regeln. Ich bezahlte das Zimmer, ging nach oben, legte eine Packung Kondome und eine Flasche Wasser bereit und plante schon für die weitere Zukunft. In diesem Haus gab es keine Schlüssel, sondern nur Zimmercodes. Das würde die Sache mit dem Fremdgehen vereinfachen, denn man brauchte nicht auszuchecken.

Daniel würde bis zum nächsten Morgen bleiben, aber ich merkte mir die Location für eventuelle weitere Abenteuer.

Dann holte ich ihn am Bahnhof ab. Gemütlich schlenderten wir Richtung Innenstadt, wir hatten alle Zeit der Welt. Die Sonne ging gerade unter und ich führte ihn zu einem Ort, wo man die halbe Stadt überblicken konnte. Ein Insider-Tipp, deswegen waren wir da oben auch ganz alleine und blickten in den Himmel. Der Sonnenuntergang zauberte einen rosa Schleier über die Stadt und die wenigen pummeligen Wölkchen bildeten kleine Farbtupfer darin. Daniel umarmte mich von hinten und so standen wir eng umschlungen eine ganze Weile einfach nur da und genossen die Romantik dieses Abends. Ich lehnte meinen Kopf zurück an seine Schulter, drehte ihn zur Seite und unsere Lippen trafen sich zu einem innigen Zungenkuss. Es fühlte sich alles richtig an. Immer wieder sahen wir uns tief in die Augen und versanken dann ineinander. Er konnte so unglaublich gut küssen.

Wir hatten beide nicht nur Hunger aufeinander, sondern auch noch kein Abendessen gehabt, also kauften wir uns unterwegs noch eine Kleinigkeit zu essen und liefen langsam Richtung Hotel. Daniel war überrascht, was ich da für ein schönes Zimmer gebucht hatte. Was soll ich sagen? Ich wollte nicht wieder in einem Stundenhotel landen. Das erzählte ich ihm natürlich nicht.

Ich knipste das helle Oberlicht aus und die indirekte Beleuchtung an, was eine gemütliche Atmosphäre schuf.

Genauso genüsslich, wie wir schon den ganzen Abend verbracht hatten, arbeiteten wir auf den Sex hin. Langes Streicheln, unendlich viele lange Küsse, auch sprachen wir über das, was uns gefiel. Er sagte mir auch, er hätte Anal noch nie probiert. Ich grinste ihn an und fragte, ob er es denn mit mir testen möchte. Natürlich wollte er. Wir ließen uns aber nicht hetzen, machten uns immer heißer aufeinander, bis wir es kaum mehr aushielten. Nackt lagen wir nebeneinander, bis der Punkt gekommen war, an dem wir uns nicht mehr beherrschen konnten. Er legte sich auf mich und drang langsam in meine Pussy ein. Ganz eng vor Verlangen umschloss ich seine ganze Länge.

Wir fickten, bis mir fast die Kondition ausging. Ich fragte mich, woher er seine wohl hatte. Auch in mein Hintertürchen ließ ich ihn und schlussendlich streifte ich das Kondom ab und brachte ihn mit dem Mund zum Kommen. Danach lagen wir noch eine gefühlte Ewigkeit nur da, sahen uns an, berührten uns, redeten, lachten und ich spürte wieder einmal, dass es doch so seine Vorzüge hatte, einen Liebhaber zu kennen. Denn auch wenn das erst unser zweites Treffen war, wir hatten schon richtig Vertrauen zueinander und wussten, was dem anderen gefiel.

Es war schon nach Mitternacht, als ich ging. Er hatte mir das Geld für das Zimmer geben wollen, aber ich kam mir irgendwie blöd vor, nach dem Sex Geld zu nehmen, deswegen sagte ich nur, er solle sein Frühstück genießen und am nächsten Tag gut nach Hause kommen.

Als ich zurück kam, lag mein Mann schon lange im Bett und ich schlich mich in die Wohnung. Leise, ich traute mich kaum zu atmen, wischte ich das Make-up vom Gesicht, zog mein Nachthemd an und schlüpfte zu ihm unter die Decke. Warum eigentlich? Ich war doch nur mit meinen Mädels unterwegs gewesen …

23

Küssen

Jemand hat einmal zu mir gesagt: In einer Beziehung geht immer zuerst das Küssen verloren. Ich denke, dass es nicht immer ganz verschwindet, aber es verändert sich. Der besondere Teil des Küssens kommt abhanden. Der Sex selbst verändert sich nicht viel, er wird nur seltener im Laufe der Jahre, aber das Küssen ist irgendwann nicht mehr wie am Anfang. Die ersten Küsse bewirken so unglaublich viel im Bauch, sie erregen und wühlen auf. Gelegentlich bräuchte es auch gar nicht mehr, als einen solchen intensiven, innigen Kuss, um wieder glücklich zu sein. Manchmal wird man vom eigenen Mann geküsst und die Welt steht still, man weiß wieder genau, wie man anfangs empfunden hat, wie die Leidenschaft aufflammte. Diese Momente sind leider sehr selten, dafür sollte man sie umso mehr genießen.

Jede Frau, die denkt, es fehle etwas in ihrer Beziehung, sollte einmal ausführlich fremdküssen, um zu sehen, ob es vielleicht genau dieser spezielle Sinnestaumel war, den sie vermisst hat. Möglicherweise reicht das schon, um ihre Ehe »nachzusalzen«. Wenn man aber einen perfekten Kuss will, sind Gefühle nötig. Ich meine damit nicht Liebe, sondern Leidenschaft, Verlangen, Begehren, Glück, Angst, Hingabe, Aufregung, Ruhe, Hitze, Gänsehaut, noch so viel mehr und das alles zusammen in dem Moment, in dem die Lippen sich berühren.

24

Bus

Etwas mehr als eine Woche später war ich wieder einmal im absoluten Gefühlschaos. Es war Frühling, genauer gesagt Ende April, ich stand kurz vor dem Eisprung, der erste richtige Sommertag kündigte sich an, schon morgens schien die Sonne und es war warm genug, um ohne Jacke aus dem Haus zu gehen. Zudem war ich noch berauscht von meinem Seitensprung mit Daniel. So viele Kleinigkeiten fügten sich zu einer großen Bereitschaft, einen Mann anzusprechen. Erschwerend kam hinzu, dass ich an genau diesem Morgen einen passenden Kandidaten an der Bushaltestelle traf.

Wie jeden Morgen stand ich dort und wartete auf den Bus, der mich direkt vor der Arbeit absetzen würde. Mein Blick scannte die Umgebung ab und blieb bei einem jungen Mann hängen. Dunkelblond, helle strahlende Augen, in Uniform und im Gespräch mit einem älteren Kollegen desselben Verkehrsunternehmens. Immer wieder sah ich zu ihm hin und gelegentlich erwiderte er leicht irritiert meinen Blick. Als mein Bus kam, verabschiedeten sich die Kollegen voneinander und der Blonde löste den Fahrer ab. Ich setzte mich auf einen Platz, wo ich ihn genau in seinem Rückspiegel beobachten konnte. Auf der Fahrt trafen sich unsere Blicke ziemlich oft und ich überlegte, wie ich es bewerkstelligen konnte, ihm meine Nummer zukommen zu lassen. Ich kramte in meiner Tasche nach einem Zettel, wurde fündig und schrieb darauf meine Handynummer, meinen Vornamen und fügte vorsichtshalber den Hinweis dazu: bitte nur SMS!

Kurz bevor ich aussteigen musste, stellte ich mich genau hinter ihn, schenkte ihm ein Lächeln und wusste noch immer nicht, ob ich es wirklich tun konnte. Flüchtig sah ich mich um, ob nicht jemand in der Nähe stand, der mich kannte. Der Bus stand, die Tür öffnete sich und ich hörte meinen Herzschlag in den Ohren pochen. Meine Hand zitterte, als ich ihm nun doch den Zettel zuschob. Ich schwebte hinaus, ging vorne um den Bus herum und zwinkerte ihm noch einmal zu, bevor ich über die Straße zum Laden lief.

Den ganzen Tag war ich wie auf Droge, adrenalingeladen und ich konnte an nichts anderes denken. Hatte er die Nummer bekommen? Hatte er gesehen, dass ich sie ihm hingeschoben hatte? Würde er mir schreiben? Oder war er vergeben? Solche Gedanken kannte ich bisher nicht, hatte ich doch alle Männer im Internet kennengelernt und wusste genau, worauf es hinauslaufen würde.

Immer, wenn an diesem Tag der Bus vorbeifuhr oder an der Station direkt vor der Tür hielt, sah ich verstohlen durchs Schaufenster, ob er vielleicht darin säße. Ich sah ihn aber nicht mehr. Auch nahm ich ständig mein Handy in die Hand, um zu sehen, ob er bereits geschrieben hatte. Abends lief ich gerade den Weg von der Haltestelle nach Hause, als ich eine SMS bekam. Sie war von einem Tim, der mich fragte, warum er denn nur SMS schreiben dürfe und ob wir uns mal treffen sollten.

Ich hätte einen Luftsprung machen können in diesem Moment, blieb jedoch abrupt stehen, bevor ich um die nächste Ecke bog, wo ich direkt auf unser Haus schauen könnte. Schnell antwortete ich, ob er denn spontan an diesem Abend Zeit hätte, und ging dann weiter. Ich fieberte der nächsten Nachricht entgegen und versuchte, mir meine Aufregung nicht anmerken zu lassen, als ich die Wohnung betrat.

Ich wäre abends ins Fitnessstudio gegangen, hatte also die perfekte Ausrede. Und Tim hatte tatsächlich Zeit. Ich schrieb ihm eine Uhrzeit und einen Ort und hoffte, er würde wirklich kommen.

Unruhig stand ich drei Stunden später am verabredeten Treffpunkt, trat von einem Bein aufs andere und fragte mich, was mich wohl erwarten würde. Ein Auto fuhr auf den Parkplatz, Sportwagen, tiefer, breiter, lauter, darin ein Mann mit Sonnenbrille, lässig die Hand auf dem Lenkrad, parkte er routiniert ein. Ich konnte nichts dafür, mein erster Gedanke war: Was für ’nen Checker hab ich mir da nur angelacht?

Wir liefen zusammen in einen nahe gelegenen Park und schon auf dem Weg dahin fragte er mich, was ich denn von ihm wolle und warum er nicht anrufen durfte. Ich wollte nicht damit hinterm Berg halten und erzählte ihm genau, was Sache war. Dass ich verheiratet war und nur einen Liebhaber, ein Abenteuer suchte. Ich hatte das Gefühl, er wollte am liebsten gleich wieder weg. Das passte wohl in seine Moralvorstellungen nicht hinein. Trotzdem verbrachten wir den Abend zusammen im Park. Wir unterhielten uns und immer wieder wollte er von mir wissen, welche Beweggründe ich für mein Treiben hatte. Wenn ich das nur selbst gewusst hätte! Langeweile, Abenteuerlust, Experimentierfreudigkeit, Torschlusspanik, Angst vorm Älterwerden? Keine Ahnung.

Tim war in meinem Alter, Single mit eigener Wohnung, etwas größer als ich und ich mochte sein Aussehen und die Art, wie er mit mir zu flirten begann. Er war humorvoll und man konnte sich gut mit ihm unterhalten. All das waren gute Voraussetzungen für eine Affäre und als wir auf einer Bank zum Sitzen kamen, begannen wir uns endlich zu küssen. Am liebsten hätte ich ihn an Ort und Stelle vernascht, aber wir waren auf öffentlichem Gelände und nicht alleine in diesem Park. Ich überlegte bereits, wie ich es einrichten konnte, ihn wiederzusehen, im Speziellen, ihn zu besuchen, um mit ihm zu vögeln. Wir sprachen auch davon, einmal miteinander zu kochen, und ich hatte schon eine wunderbare Idee für den Nachtisch.

Am folgenden Wochenende erzählte ich meinem Mann, ich würde mich mit einer Freundin in der Stadt zum Kaffeetrinken treffen. Vorsorglich telefonierte ich tags zuvor mit ihr, damit sie mich nicht an genau dem Sonntag anrufen würde, an dem ich mich mit Tim treffen wollte.

Wieder einmal betrat ich eine fremde Wohnung. Diese gefiel mir richtig gut; hell, modern, aufgeräumt und es roch nach Kaffee, frischer Wäsche und einfach sauber. Tim begrüßte mich grinsend und wir setzten uns erst einmal ins Wohnzimmer. Wie jedes Mal beim Fremdgehen war auch diesmal meine Zeit nur begrenzt und so küssten wir uns schon, kaum dass wir auf der bequemen Couch saßen. Er wusste genau, was ich wollte, er hatte mich ja bereits kennengelernt, und er wollte das Gleiche. Küssend und fummelnd drückten wir uns aneinander. Ich genoss die Reaktion seines Körpers auf mich und sein unmissverständliches Hinarbeiten auf das, was wir beide beabsichtigten. Nämlich Sex (was sonst?), unverbindlichen Sex ohne lange Umschweife.

Er zog mir das Top über den Kopf und öffnete meinen BH. Während ich mir den BH über die Schultern streifte, setzte ich mich kurzerhand auf Tim. Erst küssten wir uns noch einmal lange und ausgiebig, dann nahm ich seinen Kopf in meine Hände und drückte ihn zwischen meine Titten, wo er mich zu lecken begann. Er saugte an meinen Brustwarzen, die sich ihm schnell entgegenreckten. Zwischen meinen Beinen spürte ich meine Erregung und seinen Harten, der gegen seine Hose und meinen Schritt stieß. Kreisende Bewegungen meines Beckens machten uns beide noch heißer. Ich zog sein T-Shirt aus, unsere nackten Oberkörper berührten sich. Wir rieben unsere Körper aneinander, die Küsse und Berührungen wurden zunehmend fordernder. Ich ließ kurz von ihm ab und öffnete seine Hose. Auch er griff nach meinem Hosenknopf. Wir standen kurz auf und zogen unsere Hosen aus, dann versanken wir, noch stehend, in einem langen Kuss, pressten uns aneinander. Ich rieb mit der Hand durch den Slip an seinem Schwanz, der sich nicht nur schön hart, sondern auch schön groß anfühlte. Er fragte mich, ob wir vielleicht ins Schlafzimmer gehen sollten, doch ich ging vor ihm auf die Knie und zog den Slip herunter. Sein Penis schnellte mir entgegen, ich hatte mich mit meiner Einschätzung nicht getäuscht. Außerdem roch er gut und ich wollte gleich testen, ob er auch so schmeckte. Sanft leckte ich mit der Zunge über seine Eichel, sah nach oben und fing seinen erregten, entrückten Blick ein. Stück für Stück nahm ich seine Härte auf, kreiste dabei mit der Zunge spielerisch an ihm entlang, und begann schließlich erst zart, dann immer fester zu saugen. Meine Augen wendete ich nicht von seinem Gesicht ab und so sah ich, wie er geiler wurde und den Kopf nach hinten warf. Seine Knie gaben langsam nach, und sein Atem ging immer schneller, deswegen hörte ich auf, denn ich wollte noch gefickt werden. »Na los, gehen wir ins Schlafzimmer«, raunte ich und er zog mich hoch und in den nächsten Raum, wo ich ihn direkt auf sein Bett stieß. Im Nachtkästchen seien Kondome, sagte er und ich fackelte nicht lange, machte die Schublade auf, holte sie raus und zog ihm schnell eins über. Ich war schon mehr als feucht und extrem erregt, setzte mich direkt auf ihn und steckte mir seinen Schwanz rein. Das fühlte sich gut an, er fühlte sich gut an. Ich ritt ihn schnell und fest und er kam mir mit seinem Becken bei jedem Stoß entgegen. Ich atmete heftig, genau wie er, und genoss es, dass er immer wieder leicht bei mir hinten anstieß. Meine Finger krallten sich in seine Brust, unsere Hüften klatschten aneinander und ich stöhnte auf bei meinem nun folgenden Höhepunkt. Kaum war ich gekommen, warf er mich ab, stellte sich neben das Bett und nahm mich dann von hinten. Sein Harter füllte mich total aus, er stieß nun etwas weiter hinein in mich und brachte mich nach wenigen Bewegungen erneut zum Kommen. Ich keuchte in die Bettdecke, so geil fand ich das. Und dann wurde es noch besser, er stöhnte meinen Namen! Das brachte mich vollends um den Verstand und mein Hirn setzte aus. Oh Gott, und er wurde immer größer und härter in mir, ich hielt die Höhepunkte kaum aus. Er würde gleich kommen, sagte er und ich konnte nur noch ein heiseres »Ja, komm!!« äußern, bevor wir beide zu einem heftigen Orgasmus kamen.

25

Baby, sag mir schmutzige Sachen!

Ich steh drauf, wenn der Mann mir beim Sex sagt, wie gut ich mich anfühle, wie geil es mit mir ist, oder wie eng ich bin. Dafür sage ich ihm auch gerne, was mir an ihm gefällt. Das beste Wort, das je ein Mann im Bett zu mir gesagt hat war … mein Name!! Mit der passenden Betonung und einem Stöhnen in der Stimme bringt es mich auf Hochtouren.

Und ich mag die Reaktionen der Männer, wenn ich obszön werde und Sachen wie »Fick mich« sage.

Was ich im Bett nicht so besonders leiden kann, ist ein zu starker Dialekt. Das bringt mich dann eher zum Lachen.

Aber mal so ganz grundsätzlich gesagt: Lieber zu wenig als zu viel! Lieber weniger Worte benutzen und mehr stöhnen. Gar kein Geräusch dagegen finde ich immer eher befremdlich, ich habe dann das Gefühl, ich bin nicht gut genug und bringe ihn nicht zum Stöhnen.

Wenn es möglich ist, werde ich gerne laut, denn zum einen ist der Sex dann besser, gelöster, ungehemmter, zum anderen ist das fürs männliche Ego wie Balsam und der jeweilige Mann wird ebenfalls besser und ungehemmter, weil er das Gefühl hat, richtig gut zu sein. Allerdings, wenn der Sex nicht gut ist, bin ich auch nicht laut.

26

Essen gehen

Die folgenden zwei Wochen fühlte ich mich wie verliebt, nur ohne wirklich verliebt zu sein. Tim war nicht so der Typ Mann, in den ich mich verknallt hätte, aber der Sex war endgeil und ich wollte mehr davon. Tim hatte keine Freundin, oft Zeit und ich hatte seine Moral überlistet, was stand dem Ganzen also im Weg?

Schon zwei Tage später traf ich ihn abends nach der Arbeit wieder. Er machte gerade Pause und wir hatten uns auf einem Parkplatz verabredet, wo um diese Zeit fast niemand mehr war. Dieser lag direkt an einer Hauptstraße und an Sex war eigentlich nicht zu denken, aber man konnte sich ja küssen. Küssen allein ist auch gut. Und das taten wir dann auch. Kaum dass er mit mir im Auto saß, begannen unsere Zungen schon zu spielen. Die Hände griffen fordernd an Stellen, die uns immer heißer machten. Weil es wirklich zu gefährlich war für Sex, dachte ich mir, ich könnte ihm doch trotzdem eine Freude machen. Ich öffnete seine Hose und er blickte hektisch um sich, hatte Bedenken, erwischt zu werden. Ich grinste ihn nur an und holte seinen bereits steifen Schwanz raus, beugte mich zu ihm herunter und nahm ihn in den Mund. Meine Lippen umschlossen ihn fest und ich saugte, während meine Zunge Kreise um seine Eichel zog. Meinen Kopf bewegte ich langsam auf und ab, nahm auch meine Hand zu Hilfe. Er entspannte sich nur zögerlich, doch seine Erregung konnte er kaum verbergen. Die Scheiben im Wagen beschlugen schon, es war ein wenig kühl heute Abend, und so hätte uns sowieso niemand sehen können.

Er griff in meine Haare und ermutigte mich damit, weiterzumachen. Ich lutschte an ihm, bis er heftig zu atmen begann und sich ihm das ein oder andere Stöhnen entrang. Kurz hörte ich auf und küsste ihn, meine Hand massierte sein Glied weiter. Dann saugte ich wieder kräftig an ihm, bis er sich schwallartig in mich ergoss, dabei sagte er mir immer wieder, wie geil das sei.

Ihn so gut befriedigt zu haben verschaffte mir selbst so viel sexuelle Erfüllung in diesem Moment, dass ich gar keinen Sex nötig hatte. Gut, auf Dauer natürlich schon, aber in diesem Moment reichte es mir völlig aus. Zufrieden fuhr ich nach Hause, gab meinem Mann zur Begrüßung einen Kuss und lebte mein normales Leben mit den unnormalen Gedanken und Gelüsten in mir weiter.

Immer wenn in der folgenden Zeit ein Bus an mir vorbeifuhr oder wenn ich in einen einstieg, hoffte ich, Tim zu sehen. Wir begannen, uns zu »verabreden«, er schrieb mir eine SMS, wann er an meiner Arbeitsstelle vorbeifahren oder halten würde, und ich kam, wenn ich gerade konnte, ans Fenster zum Winken. Wann immer es möglich war, verabredeten wir uns zum Sex und ich fuhr zu ihm, um durchgevögelt zu werden. Einfach war das nicht, denn Beruf, Freizeit und Ausreden unter einen Hut zu bekommen war echte Arbeit und erforderte gute Koordination. Nach dem Sex blieben wir manchmal nebeneinander liegen und genossen einfach die Befriedigung. Gekuschelt haben wir so gut wie nie. Wir wollten wohl beide keine Gefühle in diese Affäre einbringen. Mir war das schon recht. Zärtlichkeiten bekam ich auch zu Hause.

Nebenbei hatte ich immer noch Kontakt zu früheren Lovern, die aber alle zu weit weg wohnten. Daniel schrieb mir so wundervolle Mails, ich schmolz regelrecht dahin. Immer wieder kam er darauf zu sprechen, wie schön es mit mir war, wie toll der Sex und wie wunderbar die Zeit mit mir war. Und er sprach mich nicht einfach nur mit meinem Namen an, nein, er fügte immer noch ein »Bezaubernde«, »Heiße«, »Mein Engelchen« oder »Süße« hinzu. Zur Verabschiedung bekam ich innige Küsschen und Umarmungen geschickt, die ich jedes Mal sehr genoss.

Steffen hätte mich auch so gerne noch mal gefickt, aber irgendwie klappte es bei ihm überwiegend nur am Wochenende, wo ich meist nicht konnte. Ich hätte ihn schon gerne noch einmal getroffen und behielt ihn im Hinterkopf, wollte ihn anschreiben, sobald ich eine Gelegenheit witterte. Nun ja, vielleicht wollte ich ihn auch einfach als Reserve, ich will mir da nichts vormachen. Es war echt geil mit ihm, aber da er so weit weg wohnte, war die ganze Planung um so viel schwieriger, als bei jemandem, der in meiner Umgebung wohnte. Möglicherweise hatte ich auch nur Angst, dass die gleichen Gefühle wie beim ersten Mal aufkeimen konnten.

Mit Chris schrieb ich weiter freundschaftlich heiße Mails. Wir erzählten uns meist sofort, wenn wir wieder etwas Neues erlebt hatten, und freuten uns mit dem anderen.

Zwei Wochen, nachdem ich Tim kennengelernt hatte, hatten wir schon mehrmals Sex in seiner Wohnung und in verschiedensten Stellungen gehabt. Die Couch hatten wir manches Mal gar nicht verlassen, oder wir kamen nicht weiter, als in den Flur, bevor wir übereinander herfielen. Der Sex war einfach grandios. Allein mit seinen Fingern brachte er mich zum Winseln. Dann kam der Tag, an dem er Zweifel äußerte und mir eröffnete, dass er Sex ohne Liebe nicht möchte.

Ich war völlig vor den Kopf gestoßen. Wir hatten doch so schön gevögelt, warum jetzt plötzlich dieser Sinneswandel? Wir redeten und schrieben das Thema fast tot und ich sah ein, dass ich ihn nicht umstimmen konnte, jedenfalls nicht mit Worten. Daher wollte ich es anders versuchen. Ich schrieb und sagte immer wieder Andeutungen, gab mich betont sexy, und ich bot ihm natürlich an, wenn er seine Meinung doch ändern sollte, wieder sexuell für ihn verfügbar zu sein. Bis dahin konnten wir ja erst einmal rein freundschaftlich miteinander verkehren.

Trotzdem schliefen wir an besagtem Tag noch einmal miteinander. Vielleicht sollte es so eine Art Abschluss sein, vielleicht wollten wir es auch als Abschiedssex bezeichnen. Ich weiß nicht, was es war, es war gut, aber irgendwie stimmte es mich traurig. Ein wenig, wie der letzte Abend im Urlaubshotel, wenn man beim

Abendessen wehmütig durch den Raum schaut und sich noch einmal alles genau einprägt für die Erinnerung. Wir trafen uns also weiterhin gelegentlich, allerdings nur mal auf einen Kaffee in meiner Mittagspause oder zum Frühstück bei ihm, wenn ich später zur Arbeit musste, ohne dass wir übereinander herfielen. Mir fiel das echt schwer und ich glaube, er merkte das, grinste mich an und machte ebenfalls Andeutungen. Mehr passierte allerdings nicht.

Einen Monat später kam wieder eine gute Gelegenheit für einen Seitensprung. Ein paar Freundinnen wollten sich zum Essen verabreden und ich sollte mitkommen. Da das Ganze ohne Männer stattfand, würde ich alleine gehen. Ich witterte meine Chance und beschloss, zu Hause so zu tun, als würde ich mitgehen. Meinen Freundinnen wollte ich kurz vorher absagen und ihnen erzählen, ich sei krank geworden.

Ich wollte auf keinen Fall irgendeine Möglichkeit verpassen, um geilen Sex zu haben. Also ging ich auf die Suche. Markus konnte sich für mich keinen ganzen Abend freikämpfen und wegen einer halben Stunde hätte es sich nicht gelohnt, meine Freundinnen zu versetzen. Marc hatte keine Zeit, hierherzufahren, genau wie auch Alex, Steffen und Daniel, es war auch einfach zu kurzfristig. Miguel wollte ich definitiv nicht noch mal sehen, Martin war vergeben und Tim wollte mich eigentlich nicht mehr. Nachdem aber wirklich niemand konnte, fragte ich Tim trotzdem. Wir konnten ja auch nur essen gehen und es musste nicht zwangsläufig auf Sex hinauslaufen. Natürlich wollte ich es versuchen. Wenn es nicht klappen würde, hatte ich wenigstens einen »verbotenen« Abend mit einem fremden Mann verbracht.

Ich wollte einfach noch so viel wie möglich erleben. Noch immer war ich nicht schwanger, aber es hätte ja sein können, dass ich es im nächsten Monat schon war und dann nichts von alledem mehr möglich wäre, vor allem dann, wenn das Kind da sein würde.

Tim hatte an dem Abend tatsächlich Zeit und wir verabredeten uns zum Essen.

Tags zuvor schrieb ich Chris, was ich für dieses Treffen geplant hatte: *Ich werde einen knielangen Rock anziehen, halterlose Strümpfe und einen Hauch von einem String oder evtl. auch gar nichts drunter und dann lasse ich's mir so richtig besorgen, irgendwo in einem dunklen Eck … oder vielleicht gehen wir auch in eine Bar, wo man in so einer kleinen Nische auf einem Sofa sitzen kann, da setze ich mich auf ihn, werde meinen weiten Rock über seinen Schoß legen, ihm die Hose öffnen, ein Kondom überziehen, mir den geilen harten Schwanz reinstecken und sehr langsam meine Hüfte bewegen, bis es uns beiden kommt. Wir werden uns die ganze Zeit küssen, sodass es aussieht, als würde da nur ein knutschendes Pärchen sitzen …*

Es war schon seltsam, mit Tim in einem Restaurant zu sitzen. Normalerweise saß ich so nur meinem Mann gegenüber. In einer fremden Wohnung, im Hotel oder im Wald et cetera Sex zu haben ist eine Sache, mit jemandem so vertraute Dinge zu tun, wie essen gehen, durch die Stadt schlendern, auf andere Menschen so wirken, als wäre es der eigene Partner, das ist schon eine ganz andere Geschichte. Plötzlich kommt man sich viel weniger abgebrüht vor, als wenn man einfach nur irgendwo rumvögelt.

Wir plauderten locker beim italienischen Essen, lachten über gemeinsam Erlebtes, erzählten ein wenig aus unserem Leben. Jetzt, wo wir nicht mehr miteinander schliefen, interessierte er mich auch als Mensch. Vorher wollte ich eigentlich nur Sex.

Okay, ertappt, den wollte ich an diesem Abend natürlich auch, aber trotzdem hatte sich zwischen Tim und mir eine Art Freundschaft entwickelt. Immerhin konnte ich ihm auch mal erzählen, wenn ich wieder fremdging, das hatte mir bisher so gefehlt. Einfach mal mit jemandem reden. Ich hatte mich noch immer nicht getraut, eine Freundin oder irgendjemand anderen einzuweihen in mein Treiben. Ich erzählte Tim zwar nicht jedes Detail (so wie ich es Chris manchmal schrieb), aber ich plauderte trotzdem munter drauflos. Wer weiß, vielleicht machte ich ihn damit heiß oder ein wenig eifersüchtig oder möglicherweise dachte er: Bevor sie wieder mit anderen Kerlen vögelt, dann doch lieber mit mir. Jedenfalls spürte ich schon, dass er mich plötzlich wieder so ansah wie noch vor ein paar Wochen.

Er versuchte nun schon seit unserem letzten Mal, mich vom Fremdgehen abzuhalten und zur Treue zu bekehren. Natürlich vergeblich. Als wir mit unserem Essen fertig waren, fragte ich ganz provokativ, ob er denn noch Nachtisch möchte. Er lehnte leider dankend ab. Na, den Kerl würde ich heute schon noch herumbekommen, dachte ich mir. Wir gingen nach einem Espresso und dem Bezahlen aus dem Lokal und schlenderten noch ein wenig durch das Industriegebiet in der Nähe. Es gab einen kleinen Park, der vollkommen menschenleer war um diese Zeit. Ich war in Gedanken schon ganz wo anders. Ich stellte mir vor, wie er sich, nachdem er mir unter den Rock gefasst hatte, auf den Rand des Brunnens setzte, an dem wir gerade vorbeigingen, wie ich mich schwungvoll auf seinem Schoß niederließ. In meiner Fantasie freute ich mich über die passende Kleiderwahl, öffnete seine Hose, holte seinen Schwanz raus, schob mein Becken vor und …

»Hallo! Hörst du mir zu?« Er riss mich aus meinem Traum und ich entschuldigte mich knapp, ich war wohl nicht ganz bei der Sache, oder eben bei einer anderen, aufregenderen Sache.

Er wusste natürlich genau, woran ich gerade gedacht hatte, hielt sich aber mit Kommentaren zurück. Wahrscheinlich war er sich selbst nicht ganz sicher, ob er keinen Sex mehr mit mir haben wollte. Irgendwie respektierte ich seine Entscheidung ja auch, es war immerhin nicht ohne, der Liebhaber einer verheirateten Frau zu sein, die zudem mitten in der Kinderplanung steckte. Das hatte ich ihm bereits erzählt, denn ich mochte ihn und wollte ehrlich sein. Ich wusste auch, dass es nicht an mir lag, sondern an seinem schlechten Gewissen. Gelegentlich fragte ich mich noch immer ernsthaft, ob ich selbst überhaupt ein Gewissen besaß.

Ich achtete darauf, ihn nicht so offensiv scharf zu machen, aber trotzdem arbeitete ich kontinuierlich darauf hin, dass er mich berührte und vielleicht doch noch das alte Begehren dabei aufflammte. Und ich hatte mich nicht geirrt, denn als wir kurz zum Stehen kamen, fasste er mir zielstrebig an den Hintern und streichelte langsam meine Beine herunter. Unsere Blicke verschmolzen, in meinem war die Erregung sicher zu sehen, seine Hand wanderte nach oben unter meinen Rock, blieb auf meinem Po liegen. Er spürte nackte Haut, denn ich trug nur einen knappen String.

Unsere Körper drängten aneinander, ich spürte schon seine Erektion an meiner Hüfte, dann küssten wir uns. Am liebsten hätte ich es sofort und mitten hier im Park mit ihm getrieben, aber er war immer noch etwas verhalten. Ab und an kamen doch ein paar Menschen an uns vorbei, hauptsächlich Jugendliche, die mir vollkommen egal waren. Sollten sie doch glotzen, vielleicht würden sie noch was von uns lernen. Aber Tim konnte mich überreden, es zu lassen und stattdessen zu einer Bar zu fahren, die wir uns bereits im Vorfeld ausgesucht hatten.

Dort standen wir in der Tür und blickten skeptisch in die Runde. Hier war definitiv kein Platz mehr für uns, geschweige denn eine Couch in der Ecke frei, wo wir ungestört knutschen konnten. Randvoll mit jungen Menschen und zwei Junggesellinnenabschieden, drohte dieser große Raum zu bersten. Kurz darauf saßen wir wieder nebeneinander in Tims Auto und überlegten. Ich sagte ihm, mir sei es egal, wohin wir gingen. Doch er konnte darauf nur erwidern: »Ich weiß doch ganz genau, was du willst.«

Gut, er hatte mich durchschaut, also schlug ich vor, zu ihm zu fahren. Er rang mit sich und nahm meinen Vorschlag an. Ein wenig fragte ich mich, wie er das so lange durchgehalten hatte. Meine bisherigen Männer hätten das nicht so lange geschafft.

Bei ihm zu Hause saßen wir kaum zwei Minuten auf der Couch, bis wir übereinander herfielen. Das tat so gut, endlich hatte ich meinen Liebhaber wieder. Der Sex war nie besonders zärtlich, aber das brauchte ich auch nicht, denn Zärtlichkeiten konnte ich von meinem Mann haben. Hier war es einfach nur Sex. Durch das große Fenster in seinem Wohnzimmer hätten uns die Nachbarn durchaus zusehen können, hatten wir doch das Licht an, aber es war mir egal. Die Nachbarn kannte ich nicht. Ich konnte bei Tim einfach abschalten, konnte vergessen, dass das alles heimlich war und mich eigentlich niemand beobachten sollte. Womöglich lag das auch daran, dass wir es nicht irgendwo heimlich im Wald oder Hotel tun mussten, sondern in der angenehmen Atmosphäre seiner Wohnung.

Er griff schnell unter meinen Rock, zog den String zur Seite und steckte mir zwei seiner Finger in meine schon ganz nasse Pussy, bog die Finger ein wenig durch und stimulierte mich dann mit schnellen Bewegungen, bis meine Knie weich wurden. Ich begann, zu stöhnen und immer geiler zu werden, hielt ihn aber auf, kurz bevor ich kam. Ich ließ ihn stehen, sprang eilig ins Schlafzimmer, holte seine Kondome aus dem Nachttisch und zog ihm eins über, als ich wieder bei ihm stand und seine Kleider vom Leib gerissen hatte. Hastig streifte ich meinen String runter, stieß Tim auf die Couch und setzte mich auf ihn, um ihn heftig zu reiten. Kaum dreimal gestoßen, kam ich schon zum Höhepunkt. Ich musste mich in seine Kissen krallen, um nicht noch lauter zu schreien, als ich es schon tat. Ich war wie ausgehungert, fickte ihn, bis mir schwindelig war und meine Beine nachgaben. Er riss mich von sich runter, legte mich über die Lehne des Sofas, ich kniete auf der Sitzfläche, da drang er von hinten tief in mich ein. Mit festen, schnellen Stößen brachte er uns beide zu einem gemeinsamen Orgasmus, er stöhnte laut, sagte meinen Namen und brachte mich so heftig zum Kommen, dass mir schwarz vor Augen wurde.

Wie immer zog er seinen Schwanz danach zügig wieder aus mir heraus, streifte das Kondom ab und verknotete es, um es gleich im Abfall verschwinden zu lassen. Er hatte ziemlich Angst vor einer ungewollten Schwangerschaft, da war es natürlich nicht verwunderlich, dass er eigentlich keinen Sex mehr mit mir wollte. Immerhin nahm ich keine Pille und wollte schwanger werden. Natürlich nicht von ihm!

27

Unverbindlichkeit

Wenn ich einem Mann Sex ohne jegliche Verpflichtung – außer natürlich der Verhütung – anbiete, fällt es ihm sichtlich schwer zu widerstehen. Da ist es ganz egal, ob er andere Moralvorstellungen hat, seine Frau auf ihn wartet oder er meinen Mann kennt und Gewissensbisse hat. Unverbindlichkeit ist sozusagen eine erogene Zone beim Mann.

28

Immer mal wieder was Neues

Eine gute Woche später war ich wieder bei Tim. Mittlerweile war ich vor solchen Treffen praktisch gar nicht mehr nervös. Ich will nicht sagen, dass es langsam normal wurde, mich zum Fremdgehen zu verabreden, aber ich hatte eine gewisse Routine entwickelt. Aufregend war es trotzdem weiterhin.

Wir unterhielten uns also, saßen nebeneinander auf der Couch und wir wussten beide ganz genau, weshalb ich dort war. Ich glaube, bei dem, was er wollte, waren wir beide nicht so sicher. Also plauderten wir weiter, bis er mich zwinkernd ansah und sagte: »Na, komm schon her, ich weiß doch, du kannst mir nicht widerstehen.«

Natürlich konnte ich das nicht und kurze Zeit später waren wir in seinem Bett gelandet und fickten.

Zwei Wochen danach, wir hatten gerade Sex gehabt, startete er einen erneuten Anlauf, mir zu sagen, dass er keinen Sex mehr mit mir wolle. Er könne das einfach nicht, waren seine Worte.

Ich hatte mich sowieso schon wieder auf die Suche gemacht, weil ich das geahnt hatte und auch, weil ich wieder mal einen Tapeten- beziehungsweise Liebhaber-Wechsel brauchte. Trotzdem baggerte ich weiter an ihm herum, wollte ich ihn doch nicht als Liebhaber verlieren. Ich meine, er war gut im Bett, wohnte nicht allzu weit weg und er war Single mit einer eigenen Wohnung.

Seit ein paar Wochen hatte ich häufigeren Kontakt zu Jan. Ich hatte ihn mit meinem ersten »Sandra Sonne«-Profil kennengelernt. Meine Füße waren ja damals auf dem Profilfoto zu sehen und so war es nicht verwunderlich, dass jemand wie er darauf ansprang. Er war ein richtiger Fußfetischist. So einen kannte ich bis dato noch nicht. Genauso alt und genauso vergeben wie ich, suchte er nach einer Affäre und wir planten schon länger ein Treffen. Er wollte eigentlich gar nicht ins Hotel, das sei ihm zu teuer. Sein Vorschlag, ein Stundenhotel oder eine Art Stunden-Seitensprung-Etablissement aufzusuchen, stieß bei mir nicht gerade auf freudige Zustimmung. Außerdem hätten wir vielleicht zehn Euro gespart, das Hotel war selten teurer als 50. Mein Bauchgefühl sagte mir, dass ich es lieber lassen sollte. Ich war Jan das Geld nicht wert, was sollte ich mit dem? Aber er kannte mich ja noch nicht, konnte also gar nicht wissen, was er eventuell verpassen würde, und ich antwortete meinem Bauch, er solle sich nicht so anstellen, ich würde schon meinen Spaß haben.

Nach zwei langen Wochen Planung hatten wir einen Termin und ich reservierte in einem Hotel ein Zimmer für uns. Ich hatte Jan versprochen, zu bezahlen, denn er hatte Angst, es könnte seiner Frau auffallen, wenn Geld fehlte.

Ich muss dazu sagen, mir fiel es auch nicht leicht. Wir hatten ein gemeinsames Konto und jede Geldabhebung konnte für meinen Mann verdächtig sein. Ich hatte in den letzten Monaten oft – mal hier, mal da – ein paar Euro abgezweigt, die nicht auffielen und das Geld für das Zimmer hatte ich schon lange beisammen. Auf Dauer war das aber schwierig. Alleine konnte und wollte ich das nicht tragen. Für dieses Mal war es mir aber recht und wir verabredeten uns an meinem freien Tag.

Nun wartete ich im Zimmer auf ihn, hatte ihm bereits die Zimmernummer per SMS geschrieben. Ich hatte tags zuvor extra meine Füße für ihn pedikürt, denn ich wollte ihm ja gefallen. Er hatte mir schon Fotos geschickt, auf welchen er mit seinem heißgeliebten Fahrrad zu sehen war, blond, groß, schlank und braun gebrannt.

Als ich ihm die Tür öffnete, musterten wir uns ausführlich, begrüßten uns kurz und ich wusste schon in diesem Moment, dass es kein perfekter Nachmittag werden würde.

Er konnte gut küssen und auch seine Berührungen waren nicht unerfahren. Stück für Stück fielen unsere Kleider, bis ich nur noch in Spitzenwäsche vor ihm stand. Unter seinen engen Shorts zeichnete sich deutlich eine große Erektion ab.

Ich fragte mich gerade, wie viel man in so wenigen Sekunden eigentlich denken kann. Jedenfalls dachte ich, mir fehlt etwas. Vielleicht eine Bemerkung über meine Wäsche, mich, meine Füße, irgendetwas. Ein bewundernder Blick wäre toll gewesen. Oder das Gefühl, er begehrt mich. Mir fehlte die Leidenschaft, einfach *irgendein* Gefühl. Es kam mir vor, als wäre nicht ich selbst das Objekt der Begierde, sondern das Fremdgehen und der Sex. Ja, genau so war das: Ich fühlte mich austauschbar. Und so etwas geht ja gar nicht!

Ich dachte kurz an das Treffen mit Miguel und ärgerte mich maßlos darüber, schon wieder meinen Bauch ignoriert zu haben. Wie dämlich von mir!

Gut, jetzt war ich nun mal hier mit Jan und schon so gut wie nackt, da wollte ich ihn und seinen Schwanz nicht einfach stehen lassen. Ich wusste nämlich ganz genau, wie es war, wenn Lust nicht erwidert wird.

Ich setzte mich auf die Bettkante, zog seine Shorts herunter und begann, ihm einen zu blasen. Ich weiß genau, wie gut ich es kann, und merkte auch, wie er sofort darauf ansprang. Er stöhnte und wurde noch praller in meinem Mund. Ich bearbeitete ihn mit Händen und Zunge, bis er fast nicht mehr konnte. Er schubste mich ein wenig von sich, drehte mich auf den Bauch und ich streckte ihm meinen Po entgegen. Fest knetete er ihn und zog dann meinen String aus. Nun hatte er einen guten Blick auf meine rasierte Muschi und ich erwartete, seinen Finger oder seine Zunge gleich dort zu spüren. Doch er zog sich nur ein Kondom über und kam mit seinem Schwanz ganz nah an mich ran. Langsam steckte er ihn mir rein, fickte mich von hinten, wurde allmählich immer schneller. Seine Stöße waren lang und tief, selbst wenn er so noch eine halbe Stunde weitergemacht hätte, wäre ich kaum gekommen, denn es war unglaublich gefühllos, so als ob er nur auf seinen eigenen

Spaß aus wäre. Rein, raus, fertig. Ich wollte das aber nicht. Wenn ich schon einen ganzen Nachmittag für ihn freigenommen hatte, wollte ich auch was davon haben.

Ich rückte ein Stück nach vorne, so dass er aus mir herausglitt, zog ihn neben mir aufs Bett und setzte mich auf ihn. Ich nahm seine ganze Länge mit meiner Pussy auf, kreiste mit meinem Becken, krallte mich in seine Brust. Ich sah an seinem Blick, dass ihm dabei nicht ganz wohl zumute war. Er hatte wahrscheinlich Angst, ich würde Kratzwunden hinterlassen und seine Frau könnte was merken. Natürlich würde ich so etwas nicht mal tun, wenn ich total weggetreten bin, und in diesem Moment war ich bei klarstem Verstand. Ich ritt ihn, erst zögerlich, dann immer härter, bis unsere Haut aneinanderklatschte. Ich schloss die Augen und … dachte an Tim, dachte daran, wie er meinen Namen stöhnt und … kam. Nur wenige Sekunden später kam auch Jan. Fix und fertig stützte ich meine Arme neben seinen Schultern ab. Ich sah ihn an und wusste genau, dass auch er nicht (nur) wegen mir gekommen war. Keiner von uns dachte daran, den anderen zu küssen, es war klar, dass der Sex hier endete. Ich hob meinen Po ein wenig an und es versetzte mir einen Adrenalinstoß, bei dem mir fast schwindelig wurde, als ich seinen Penis ansah. Das Kondom war runtergerutscht. Ich fischte es aus meiner tropfenden Muschi. Auch in seinem Blick sah ich die Panik und er fragte hektisch: »Du nimmst doch die Pille, oder?«

Ich sagte ohne mit der Wimper zu zucken: »Ja.«

Heute oder morgen würde ich meine Tage bekommen, die Zeit war also günstig (wenn man das so bezeichnen konnte). Trotzdem hatte ich natürlich erst mal Angst. Angst vor irgendwelchen Krankheiten. Das hätte ich meinem Mann nie erklären können, ohne zu beichten.

Ich fragte Jan einfach frei heraus, ob er infrage kommende Krankheiten hatte, und er verneinte zum Glück. Trotzdem blieb ein Restrisiko.

Ich ging ins Bad und wusch mich erst einmal sorgfältig, einfach fürs Gewissen. Als ich zurückkam, zog Jan sich bereits wieder an und stammelte herum, er müsse nach Hause. Mir war das ganz recht. Ich verabschiedete ihn knapp, wir wollten in Kontakt bleiben.

Die Tür schloss sich hinter ihm und ich sah auf die Uhr. Etwas Zeit hatte ich noch und legte mich aufs Bett. Ich sah zur Decke.

Was machte ich hier eigentlich? Wie blöd war ich eigentlich, mich wieder auf so etwas einzulassen? Meldete sich nun mein Gewissen? Oder war ich vielleicht schon schwanger? Ich geißelte mich in Gedanken für meine Blödheit.

Ich nahm mein Handy und schrieb eine Nachricht an Tim:

Ich hab's schon wieder getan … Ich bin so dämlich. Warum kann ich nur nicht widerstehen, warum bin ich nur so süchtig? Scheiße!! :(

Wirklich aufbauend war seine Antwort nicht, aber immerhin lud er mich ein, in ein paar Tagen zum Frühstück zu ihm zu kommen und ihm (mit einem Augenzwinkern) einen Trost-Blowjob zu verpassen.

Das hellte meine Stimmung wenigstens ein bisschen auf, denn ich glaubte, er war vielleicht eifersüchtig, hatte es einfach nur nötig, oder möglicherweise wollte er mich tatsächlich trösten. War mir eigentlich egal, diesen Trost konnte ich jedenfalls brauchen!

Am nächsten Tag bekam ich meine Periode und ich muss sagen, das erleichterte mich irgendwie, auch wenn ich natürlich enttäuscht war, dass es wieder einmal nicht geklappt hatte mit dem Schwangerwerden. Meinen Mann nahm das auch ziemlich mit und so sprachen wir an dem Abend so gut wie gar nicht miteinander. Mir ging es wirklich schlecht. Der missglückte Seitensprung, Bauchschmerzen, Bluten und dazu noch ein enttäuschter Mann, der nicht reden wollte. Aus Verzweiflung ging ich ins Internet, auf der Suche nach Trost, Ansprache, vielleicht auch nach interaktivem Sex.

Ein paar Gespräche blockte ich ab, das war mir zu flach, zu hirnlos. Da schrieb Daniel mich an. Wir chatteten über zwei Stunden, mein Mann war bereits im Bett, als wir uns Küsschen zum Abschied schickten. Er hatte mich aufgebaut, war so unglaublich zärtlich und lieb zu mir. Er fand immer die richtigen Worte, wusste genau, welche virtuellen Knöpfe er bei mir drücken musste, um mich aufzuheitern. Und er hörte einfach zu. Bislang wusste er ja nichts von all meinen Sorgen, auch nicht von den vielen anderen Kerlen. Ich erzählte ihm alles und Daniel störte es nicht, er versuchte mich nicht zu belehren oder gar abzuhalten. Er war so verständnisvoll, fast glaubte ich, er nahm mich wirklich in den Arm.

Seit diesem Gespräch hatte ich unglaubliches Vertrauen zu ihm, konnte mein Herz ausschütten, und das in jeglicher Hinsicht und mit all meinen Problemen.

Ich hatte ja auch noch Chris zum »Reden«, aber meine Ehe-Probleme hätte ich nicht mit ihm besprechen wollen.

Ich beherzigte Daniels Rat und sprach am nächsten Tag mit meinem Mann. Er hatte gar nicht bemerkt, wie sehr mich sein Verhalten verletzte. Er nahm mich in den Arm, küsste mich und da wusste ich, dass alles gut werden würde.

29

Warum Männer fremdgehen?

Aus genau demselben Grund, warum auch Frauen es tun! Ein leidenschaftlicher Mann, der im Bett richtig Gas gibt, kann meiner Meinung nach gar nicht treu sein.

Ich habe selbst so viel zu geben, dass es für mehr als einen Mann reicht. Anfangs fragte ich mich, ob mein Mann noch genug von meiner Leidenschaft und Lust abbekam, aber er musste sie nicht mit anderen Männern teilen, sondern ich entwickelte mehr davon, sodass für alle genug da war. Manchmal auch zu viel, dann musste eben mein Vibrator herhalten.

Der wichtigste Grund ist aber wahrscheinlich der, dass der eigene Partner einem nicht mehr genug Aufmerksamkeit schenkt. Die muss man sich dann eben leider wo anders holen.

30

Daniel, die 3.

Das Frühstück bei Tim endete damit, dass ich seinen Schwanz im Mund hatte, also mit dem Trost-Blowjob. Ich wollte keinen Sex, zum einen hatte ich meine Tage, zum anderen fühlte ich mich noch immer schlecht wegen dem Treffen mit Jan. Tim zu befriedigen machte auch mir gute Laune.

Mittlerweile war bereits Mitte Juli, das Wetter sonnig und heiß, also genau nach meinem Geschmack. Je mehr Sonne, desto besser.

Nachdem ich Daniel vor Kurzem mein Herz ausgeschüttet hatte, hatten wir wieder mehr Kontakt. Wir schrieben auch bald wieder anzüglichere Mails und gelegentlich auch heiße SMS, die mich immer sofort aufheiterten. Manchmal musste ich während der Arbeit gut aufpassen, nicht loszugrinsen oder ständig auf mein Handy zu sehen. Es sollte ja nichts auffallen.

Zwei Wochen später würde ich einen freien Tag haben und außerdem das Auto zur Verfügung haben. Daniel hatte sich für diesen Tag auch frei genommen. Wir hatten vor, uns in der Mitte zu treffen, so hätte jeder nur die halbe Fahrtzeit. Er buchte ein Hotelzimmer in einem kleinen Ort und ich musste grinsen, wenn ich daran dachte, dass dort womöglich selten Paare nach drei Stunden wieder auscheckten.

Auch mit Marc hatte ich wieder mehr Mail-Verkehr. Natürlich ging es nicht nur, aber hauptsächlich, um Sex. Einmal schrieb ich ihm einen lange gehegten Wunsch:

Ich habe schon so eine Fantasie, die eigentlich gar nicht so abwegig ist, aber irgendwie hab ich mich bisher nicht getraut, sie einem Mann zu verraten … Irgendwie hab ich einfach das Gefühl, dass ich dir das erzählen will … Also, ich hab beim Sex mit einem Mann eigentlich fast immer »nur« vaginale Orgasmen, auch gerne mal mehrere, aber klitorale meist nur beim Onanieren. Das liegt sicher daran, dass ich selbst über fünf Minuten dazu brauche, und ich weiß genau, welche Stelle ich stimulieren muss …

Das hab ich noch nie einem Mann gesagt, weil ich immer denke, er könnte sich dadurch unter Druck gesetzt fühlen, oder irgendwie … na, du weißt schon … er könnte meinen, er bringt's nicht, weil ich nicht seinen Schwanz zum Kommen »benutze«. Aber so ist es natürlich nicht! Ein vaginaler Höhepunkt ist genauso geil und mit einem Mann zusammen ist es sowieso viel besser, als mit mir alleine. Zu klitoralen Höhepunkten schaffe ich es, wie gesagt, meist immer nur alleine, bzw. mit Vib oder dem Massagestrahl vom Duschkopf. Und das wäre dann auch meine Fantasie … Ich stelle mir vor, ich stimuliere mich selbst bis kurz vorm Höhepunkt, während er zusieht, und dann leckt mich der Mann weiter, bis ich komme …

Na ja, vielleicht haben wir jetzt noch eine Kleinigkeit mehr, die wir miteinander machen könnten … also, nur wenn du magst. Hast du schon mal einer Frau beim Onanieren zugesehen? Ich habe noch keinen Mann dazu gebracht, es vor mir zu tun … Hättest du dazu vielleicht auch mal Lust? Und dann schön auf mich abspritzen? Mmmmhhhh …

Wahrscheinlich hab ich dich jetzt total geil gemacht, was? Ich bin es jetzt auch, und sei dir sicher, gleich greife ich zu meinem Vib und mache es mir, sonst trage ich diese Spannung den ganzen Tag mit mir rum!

Ich wünsch dir einen wundervollen Tag mit ganz vielen versauten Gedanken …

Das tat seine Wirkung. Anscheinend hatte ich etwas gefunden, was ihn (endlich) davon überzeugte, dass er unbedingt hierherkommen musste. Wir planten ein Treffen für seinen Herbsturlaub. Bis dahin war zwar noch viel Zeit und ich hatte keine Ahnung, ob es wirklich so weit kommen würde, aber wir wollten es im Hinterkopf behalten. Bei Marc hatte ich auch ein gutes Bauchgefühl.

Gelegentlich telefonierten wir, wenn ich alleine daheim war. Seine sehr tiefe und männliche Stimme machte mich wahnsinnig heiß. Ich schloss die Augen und stellte mir vor, wie dieser Mann vor mir stand, mich berührte, in mich eindrang. Zum ersten Mal war ich beim Telefonsex wirklich gekommen, meine Finger hatten sich fest um den Hörer geklammert und die Finger der anderen Hand waren nass von meinem Saft.

Auch er hatte abgespritzt und sagte mir immer wieder, dass er mich so gerne mal in echt sehen würde. Er könne gar nicht glauben, dass es so eine Frau wie mich tatsächlich gab. Das war ein echtes Kompliment für mich. Will nicht jede Frau hören, dass sie etwas Besonderes ist? Und mir war es egal, dass ich eben besonders versaut war.

Als ich zu meinem Date mit Daniel fuhr, hatte ich vorsorglich meinen Vibrator eingepackt, denn ich konnte nicht noch über zwei Monate warten, bis ich endlich Marc treffen würde.

Ich holte Daniel am Bahnhof ab und wir fuhren zum Hotel. Wir saßen nebeneinander im Auto und konnten die Spannung regelrecht spüren. Ich hatte das Bedürfnis, ihm meine Hand auf den Oberschenkel zu legen, doch ich musste mich zu sehr darauf konzentrieren, den Weg zu finden, denn ich kannte die Gegend so gut wie gar nicht. Kaum standen wir auf dem Parkplatz, fielen wir uns schon an und küssten uns wild. Ich hatte fast den Eindruck, Daniel war ein wenig nervös und nicht ganz sicher, ob ich wieder mitspielen würde. Warum eigentlich? Ich war doch hier.

Bevor wir das Hotel betraten, wollte Daniel noch schnell eine rauchen. Ich mag Raucher eigentlich nicht so besonders, denn meist schmecken die nach Zigarette beim Küssen und alles an ihnen riecht nach kaltem Rauch. Daniel roch zum Glück ganz gut und um den Rauch-Geschmack nicht so zu merken, zog ich einfach einmal an seiner Kippe. Seine Finger zitterten leicht vor Aufregung, als er sie mir hinhielt, und ich nahm das als Kompliment.

Er kümmerte sich dann an der Rezeption um alles, ein paar Minuten später betraten wir das Zimmer. Da ich offiziell nur »Besuch« war, musste er auch nur ein Einzelzimmer bezahlen. Leider gab es daher auch nur ein einzelnes Bett. Eine große Spielwiese wäre zwar schöner gewesen, aber zur Not tat es auch eine schmale Matratze.

Ich setzte ihn kurzerhand aufs Bett und begann, mich dann langsam auszuziehen. Stück für Stück fiel meine Kleidung, bis ich in meiner schönsten Wäsche vor ihm stand, willig und bereit für ihn. Er musterte mich ganz genau, sein bewundernder Blick schmeichelte mir sehr, er konnte ihn gar nicht von mir abwenden und machte mich damit noch geiler. Seine Hände streichelten über meine Haut, durch die Berührungen wurde mir heiß und kalt zugleich. Die Zärtlichkeit löste bei mir so vieles aus, was ich bei keinem anderen Liebhaber bisher erlebt hatte. Ich war so entspannt und konnte ich selbst sein, mich einfach fallen lassen. Er erwartete nichts und das erhöhte meine Bereitschaft, alles zu tun, um ihn zu befriedigen und glücklich zu machen. Draußen nieselte es leicht und der Himmel war von dunklen Wolken verhangen. Trotzdem kam noch genug Licht durchs Fenster, um mir bewusst zu machen, dass wir zum ersten Mal nicht mitten in der Nacht Sex haben würden, dass wir nicht müde waren und daher noch im Vollbesitz all unsrer Kräfte und Sinne.

Wir streichelten uns gegenseitig, lagen nach einiger Zeit nackt nebeneinander im Bett, so hätte das noch ewig gehen können. Heute hatten wir auch viel Zeit füreinander, keinen Stress, keine Verpflichtungen. Deswegen genossen wir es, uns einfach zu liebkosen, die Lust zu steigern, den eigentlichen Akt noch hinauszuzögern, bis wir nicht mehr konnten. Ich flüsterte ihm zu, dass ich meinen Vibrator dabei hätte, und er wollte, dass ich ihn auspacke. Schnell stand ich auf und holte ihn aus meiner Tasche. Daniel hatte noch nie zuvor einen gesehen und betrachtete ihn kritisch.

Zum Glück ist das Teil ziemlich klein und somit keine wirkliche Konkurrenz für einen echten Schwanz. Ein größerer wäre wohl auch nicht geeignet fürs Liebesspiel, da wird der Mann ja eifersüchtig. Das vermute ich jedenfalls.

Ich legte mich wieder aufs Bett und steckte den Vib in meine Muschi, um ihn nass zu machen. Dann schaltete ich ihn ein, zog ihn raus und begann, meinen Kitzler zu stimulieren. Ich sagte Daniel, er solle einfach zusehen, denn sonst könnte ich es vielleicht nicht. Ich hatte Vertrauen zu diesem Mann und ich hatte das Gefühl, ihm alles sagen zu können. Kreisend umspielte ich meine Klitoris, lehnte mich an die Wand am Kopfende des Bettes zurück und schloss die Augen. Ich spürte Daniels warmen Blick auf meiner Pussy und das machte mich echt geil. Mein Atem wurde langsam schneller und die Hitze schoss mir zwischen die Beine.

Ich atmete heftig, musste aber nach einigen Minuten immer wieder daran denken, dass ich wohl alleine schon gekommen wäre. Daniel war sehr geduldig, sah mir einfach nur zu. Mir hätte gefallen, wenn er seinen Schwanz in die Hand genommen hätte, doch ich wollte nichts sagen, weil ich befürchtete, meine Erregung könnte abflachen und ich schaffte es dann nicht, das erste Mal vor einem Mann klitoral zu kommen.

Ich rieb mich weiter mit dem vibrierenden Dildo, stimulierte immer die gleiche Stelle, da merkte ich, wie mein Orgasmus sich anbahnte. Jetzt konnte fast nichts mehr passieren und ich stöhnte Daniel zu: »Ich komm gleich!«

Als ich spürte, dass es kein Zurück für meinen Höhepunkt geben würde, zog ich Daniel zu mir und befahl ihm knapp, mich zu lecken. Er senkte seinen Mund zu meiner Pussy und strich zärtlich mit der Zunge über meine Klitoris. Ein paar Berührungen reichten aus, dann bäumte ich mich schon auf, stieß den Atem aus und kam mit einer Wucht, die mich vollkommen mitriss. Der Gedanke, dass er mit seinen Lippen meine Zuckungen spüren musste, machte mich schwindelig vor Erregung. Er leckte noch ein paar Mal an mir, bis ich die Stimulation fast nicht mehr aushielt, so empfindlich war ich nun an dieser Stelle.

Er sah mich an und in seinen Augen spiegelte sich meine Befriedigung wider. Ich genoss diesen Moment. Lächelnd zog ich seinen

Mund an meinen und wir küssten uns lange und ausgiebig. Ich schmeckte mich selbst und ich schmeckte ihn. Lange lagen wir nur da und küssten uns weiter, bis ich meine Hände auf Wanderschaft schickte.

Mit meinen Fingerspitzen fuhr ich über seinen erhitzten Körper, berührte seine Brust, hauchte ihm dabei sanft ins Ohr. Sein Schwanz stand die ganze Zeit, immer wieder hinterließ er feuchte Spuren auf meinen Oberschenkeln, er hatte bis jetzt noch viel zu wenig Aufmerksamkeit genossen. Das wollte ich ändern. Ich drückte Daniel nach hinten auf die Matratze, machte es mir bequem zwischen seinen Beinen und begann mein Zungenspiel mit seinem Harten. Langsam und zurückhaltend leckte ich ihn erst von der Wurzel bis zur Spitze, dann lutschte ich sanft, wurde fester dabei. Kräftig saugte ich mehrmals seine feuchte Eichel in meinen Mund, sodass seine Beine zitterten. Dann bewegte ich meinen Kopf auf und ab, nahm auch meine Hände zu Hilfe, streichelte seine Hoden, massierte seinen Steifen. Ich genoss seine Hingabe und wie er sich mir auslieferte in diesem Moment. Zwischendurch wurde ich wieder langsamer, ließ ihn auch ein wenig meine Zähne spüren, ganz sanft und vorsichtig. Dann nahm ich seine volle Länge in mir auf und saugte heftig, bis er stöhnte und mir bedeutete, er würde gleich kommen. Ich machte weiter, ich wollte, dass er in mir kam, seinen Saft in mich spritzte. Und das tat er dann auch, stöhnend und mit einem Schwall Sperma, welches ich gleich schluckte, um ihn endlich wieder küssen zu können.

Ich legte mich neben ihn, wir liebkosten uns, streichelten des anderen Haut. Minutenlang sahen wir uns in die Augen, versanken dann wieder in einem innigen Kuss, berührten uns erst zärtlich, dann immer fordernder, bis uns die Erregung wieder voll im Griff hatte. Wir hatten schönen, unglaublich intensiven Sex, stundenlang, bis wir nicht mehr konnten und erschöpft nebeneinander zusammenbrachen. Grinsend blickten wir uns an, befriedigt, glücklich und total fertig. Wackelig stand ich auf und trank einen gefühlten Eimer Wasser, verschluckte mich dabei und es war mir nicht im Ansatz peinlich. Vor Daniel war mir nichts mehr unangenehm. So schade, dass er so weit weg wohnte. Wir aßen meine – in weiser Voraussicht – mitgebrachten Müsliriegel und als wir wieder einigermaßen zu Kräften gekommen waren, checkte Daniel aus, ich lief derweil zum Auto, wo ich mich erschrocken im Spiegel betrachtete. Die Augen strahlten, aber sonst sah ich recht mitgenommen aus. Er kam aus dem Hotel, das sah ich im Rückspiegel, und sah auch nicht frischer aus. Beim Einsteigen blickte er in mein Gesicht und sagte überzeugend: »Du bist so schön.«

Das brachte mich zum Lächeln. Er wusste immer genau, was er sagen musste, um mich glücklich zu machen.

Wir fuhren zum Bahnhof, wo wir uns küssend, umarmend und fast ein wenig zu sentimental verabschiedeten.

Auf meinem Heimweg ließ ich die vergangenen Stunden noch einmal Revue passieren. Der Sex mit ihm war einfach unbeschreiblich schön.

Wenn ich bis zu diesem Moment dachte, ich hätte nach der Aktion mit Christopher den schlimmsten Muskelkater meines Lebens gehabt, wurde ich tags darauf eines Besseren belehrt. Natürlich wurden die »Schmerzen« gegen Abend noch schlimmer und hatten ihren Höhepunkt knapp zwei Tage nach dem Sex mit Daniel. Ich konnte mich kaum noch rühren und musste so aufpassen, dass mein Mann nichts mitbekam, denn er dachte, ich war den ganzen Tag zu Hause geblieben.

31

Cunnilingus

Was für ein schreckliches Wort für etwas so Schönes! »Die Pussy lecken« klingt doch viel appetitlicher, nicht wahr? Und das ist einfach nur die Übersetzung dieses Fachbegriffes. Lecken ist für die Frau aber nur dann genussvoll, wenn der Mann Geduld hat und weiß, was er tut. Ich für meinen Teil würde gerne mal eine Frau lecken, sie stimulieren, so wie mir es gefallen würde, um zu sehen, ob das ein großer Unterschied ist von Frau zu Frau beziehungsweise von ihr zu mir.

Ich würde für ihren Orgasmus ackern, mindestens eine viertel Stunde würde ich einplanen. Ich würde nur die Klitoris stimulieren und auch die Finger bei mir lassen. Nur mit der Zungenspitze kreisen, kitzeln, lecken, stimulieren. Saugen mag ich selbst nicht besonders, ich habe immer Angst, meine Schamlippen werden dadurch noch größer, als sie es ohnehin schon sind. Und nur am Kitzler zu saugen, das hat bisher noch keiner bei mir so richtig geschafft. Ich habe festgestellt, je mehr Pausen der Mann macht, desto länger dauert es, bis ich explodiere. Also, weiter im Programm: sie einfach nicht ablenken, weitermachen. Und wenn sie sich windet und stöhnt, vielleicht auch sagt, sie kommt gleich, langsamer werden, sanfter kreisen. Sobald ihre Pussy eng wird und anfängt zu zucken, dann stecke ich ein oder zwei Finger in sie, um das Pulsieren ihres Höhepunktes zu spüren. Danach lecke ich nur noch ganz sanft mit der Zunge über ihre tropfende Muschi und merke bei jeder Berührung, wie sich ihre Muskeln dabei zusammenziehen und meine Finger einsaugen.

32

Einer folgt dem anderen

Ich schrieb Chris von meinem Treffen mit Daniel, erzählte, wie schön der Sex mit ihm war und dass ich es trotzdem schade fand, dass Daniel so wenig wild war. Ich meine, Daniel war echt geil, aber eben nicht so richtig heißblütig. Eher ein Mann zum Verlieben und Liebhaben.

Chris fragte mich, ob ich denn verliebt sei, und ich musste bei meiner Antwort echt grinsen. Ich entgegnete ihm nämlich, dass ich am folgenden Tag das nächste geplante Treffen hätte, aber nicht mit Daniel, sondern mit Markus, den ich endlich wieder so weit hatte.

Chris wollte natürlich detailliert wissen, was an dem Tag gelaufen war, und ich schilderte ihm, was geschehen war, als ich von dem Treffen nach Hause kam:

Ich hatte mich spontan mit einem (schon bekannten) Mann im Wald verabredet, leider hatte er nur wenig Zeit. Es war ziemlich kühl und regnete in Strömen, und das Anfang August! Da er nach unserem Treffen in die Arbeit musste, konnten wir nicht einfach Sex im Wald haben, wir wären sonst völlig durchgeweicht worden. Egal, feucht war ich trotzdem. Ich bin an diesem Tag das erste Mal in meinem Leben ohne Unterwäsche außer Haus gegangen. Ich hatte einen Rock, knielange Stiefel und halterlose Strümpfe an und trug einen engen, weit ausgeschnittenen Pullover. Als er am Waldparkplatz durch den Regen in mein Auto gehechtet war, sagte er mir, er fände es total geil, wenn ich es mir selbst machen würde, und da hab ich meine Schuhe ausgezogen, mein rechtes Bein zu ihm auf den Beifahrersitz geschwungen. Er hatte direkt einen geilen Blick auf meine frisch rasierte Möse, denn der Rock ist zurückgerutscht. Ich fingerte mich, immer wieder haben wir uns heiß und innig geküsst, er knetete meine Brüste unter dem Pulli, streichelte mein Bein vom Fuß fast bis zur Pussy, ich sah schon die Beule in seiner Hose. Er wollte mich nicht an der Muschi selbst berühren, zu groß war seine Angst, er könnte später nach mir riechen. Ich machte demnach alleine weiter und kam schließlich stöhnend und mit ganz nassen Fingern. Wenn noch Zeit gewesen wäre, hätte ich ihm gerne einen geblasen, aber er musste leider los und so blieb seine Beule leider unbearbeitet … Schade drum!

Ich konnte mir bildlich vorstellen, wie Chris auf diese Geschichte reagieren musste. Tatsächlich war ich zwar nicht gekommen, sondern hatte nur so getan als ob, aber für meine Schilderung hätte das so nicht gepasst, deswegen habe ich es einfach behauptet. Ich hatte gewusst, dass ich nicht genug Zeit gehabt hätte, um wirklich kommen zu können, und ich wollte Markus eigentlich unbedingt noch in mir spüren. Leider war nicht nur zu wenig Zeit, sondern auch zu viel Angst seinerseits vorhanden.

Wenn Chris nicht so weit weg gewohnt hätte, er wäre wahrscheinlich direkt nach dem Lesen der Geschichte ins Auto gestiegen und zu mir gefahren. Aber er hatte ja immerhin auch noch eine Frau zu Hause, die nichts mitbekommen sollte. So blieb es für ihn bei den Liebschaften in seiner Umgebung und für mich stellte sich die Frage, ob ich wieder suchen oder alte Kontakte aufwärmen sollte. Ich machte kurz darauf einen Tag krank und verabredete mich mit Tim. Seit ein paar Monaten hatte ich im Schnitt alle zwei Wochen einen Seitensprung und ich wollte immer mehr. Jede Möglichkeit, jemanden kennenzulernen oder zu treffen, versuchte ich auszunutzen. War ich wirklich süchtig danach? Als ich zu Tim fuhr, kam es mir fast so vor. Extra zum Fremdgehen einen Tag blauzumachen, das ist schon eine andere Sache, als nur den Sport oder das Shoppen ausfallen zu lassen. Aber ich wollte unbedingt fremdvögeln.

Wie üblich saßen wir bei ihm im Wohnzimmer und er wartete anscheinend darauf, dass ich über ihn herfiel. Manchmal war ich nicht sicher, ob er mich tatsächlich wollte oder mich nur nahm, weil ich grade heiß auf ihn und greifbar war. Sexmangel kann Männer ganz schön verändern. Ich hatte fast das Gefühl, er hatte nur Sex mit mir, weil ich ihn dazu überredet hatte. Irgendwie faselte er was von: »Na ja, einmal geht schon …«

Natürlich landeten wir wie immer im Bett und hatten geilen Sex. Ich hatte danach noch immer Lust. Wir lagen zusammen unter seiner Decke, nur nebeneinander und ohne uns zu berühren. Eine Hand hatte ich zwischen meinen Beinen und begann, mich zu streicheln. Wir redeten belanglos und so merkte er erst nicht, dass ich mich fingerte. Dieses Spiel fing langsam an, mir zu gefallen, und ich wollte es immer wieder spielen. Irgendwann fiel ihm auf, was ich da machte, und er schüttelte in gespielter Empörung den Kopf, konnte dabei allerdings sein Grinsen kaum verbergen. Ich entspannte mich, nahm meinen Vibrator, den wir schon für unser Liebesspiel verwendet hatten, zur Hand und führte ihn an meinen Kitzler. Durch das lange Stimulieren mit meinen Fingern und den vorangegangenen Sex war ich schon aufgeheizt und wusste, dass ich nicht sehr lange brauchen würde. Ich schaltete ihn gleich auf höchste Stufe, schlug die Decke zur Seite und ließ Tim zusehen, wie ich zum Höhepunkt kam.

Das machte ihn natürlich total heiß und brachte ihn von seinem Vorhaben ab, es nur einmal mit mir tun zu wollen. Schön fest nahm er mich von hinten, fickte mich in meine ganz nasse Muschi. Zu Hause hätte ich mich das nie getraut, aber hier konnte ich einfach stöhnen: »Sag meinen Namen!« – »Oah Sandra …«

Das war der Hammer und brachte mich sofort erneut zum Kommen. Ich glaube, ich schrie das ganze Haus zusammen, aber es war mir vollkommen egal.

Er wusste einfach mit seinem Schwanz umzugehen. Mit ihm machte es mir derzeit eben doch am meisten Spaß, wenn ich so darüber nachdachte. Ich hoffte sehr, Tim würde mich auch weiterhin noch ab und zu wollen.

33

Schwänze

Manche Männer wissen mit ihrem umzugehen, manche nicht. Die Größe ist, wie es in so vielen dämlichen Sprüchen heißt, nicht entscheidend. Wichtig ist nämlich auch die Festigkeit. Ich will da mal näher darauf eingehen.

Es gibt Schwänze, die bei einer Erektion sofort stahlhart sind und vom Körper abstehen, teilweise sogar nach oben gebogen sind. Solch einer sollte in voller Länge genutzt werden, das heißt, möglichst weit raus und wieder rein. Kurze, feste Stöße sind eher was für die Schwänze, die erst kurz vorm Kommen ihre volle Härte erreichen.

Wenn der Schwanz sehr lang ist, sollte der Mann gut aufpassen, wie weit er bei der Frau wirklich rein kann, bevor er hinten anstößt. Hinten anzustoßen kann sehr erregend, aber auch sehr schmerzhaft sein. Bei einem sehr dicken Schwanz ist es am besten, darauf zu achten, dass die Frau bereit und schön nass ist, wenn er möglichst langsam eingeführt wird.

Je nach Größe und Härte sollte natürlich auch die Stellung ausgewählt werden. Wow, das klang ja jetzt richtig wissenschaftlich. Schwänze sind einfach toll.

34

Zu jung?

Trotzdem reizte es mich, einen neuen Kerl zu finden, daher hatte ich mir ein paar Tage zuvor wieder einmal ein neues Profil im Internet angelegt, wieder unter dem Namen Sandra Sonne, diesmal aber mit einem noch heißeren Foto. Man sah meinen Hintern, den ich im Stehen in die Kamera gereckt hatte. Ich trug einen weißen Spitzenslip, der ziemlich durchscheinend war. Das Bild und mein Beitritt zu vielen Gruppen, die in irgendeiner Weise mit Sex zu tun hatten, zeigte Wirkung, ich hatte innerhalb von nur drei Tagen Hunderte Freundschaftsanfragen und Nachrichten. Weil ich gezielt nach einem neuen Liebhaber suchte, filterte ich nur die Männer heraus, die in der Nähe von mir wohnten und die mir optisch gefielen. Ich suchte auch zum Teil in deren Freundeslisten nach potenziellen Kandidaten.

Mit ein paar Kerlen kam ich dann per Chat ins Gespräch, zeigte ihnen mein echtes Profil und chattete dort weiter, denn ich konnte mich fast nicht retten vor Männern. Vielleicht war ich doch zu offensiv vorgegangen. Nach etwas mehr als einer Woche löschte ich mein Sonne-Profil wieder und vertiefte mich stattdessen in die Gespräche mit meinen neuen Errungenschaften. Einer davon wollte mich treffen, sagte aber kurz vorher doch ab, weil er mich wohl für vollkommen durchgeknallt hielt, und meldete sich danach nie wieder.

Mit Tobias, den ich ebenfalls kennengelernt hatte, blieb ich locker in Kontakt, auch per SMS, und ich versprach ihm, sobald sich was ergab bei mir, würde ich mich melden. Ich behielt ihn erst einmal als Reserve im Hinterkopf. Er kam aus einem Dorf in der Nähe, wohnte allerdings noch zu Hause bei seinen Eltern. Er war gerade erst 21 geworden. Vielleicht war es auch das, was mich an ihm reizte, er war der bisher jüngste meiner Kontakte. Sogar noch ein wenig jünger als Alex. Ein bisschen fühlte ich mich geschmeichelt, aber ich wollte ihm irgendwie auch zeigen, was Frauen Ende 20 besser draufhaben als die in seinem Alter.

Wenn er mir schrieb, kam mir oft ein Adjektiv in den Sinn: niedlich. Das erzählte ich ihm natürlich nicht, er sollte sich ja als gleichwertiger Sexpartner behandelt fühlen.

Er drängte mich immer mehr, ein Treffen zu organisieren. Ich überlegte, wie ich es hinbekommen sollte, und fand einen Samstagnachmittag, an welchem mein Mann schon etwas vorhatte und an dem ich in Ruhe »shoppen« gehen konnte.

Weil ich wusste, Chris war ganz gespannt auf meine neue Errungenschaft, teilte ich meine Freude mit ihm und erzählte ihm das Treffen mit Tobias in allen Einzelheiten:

Ich habe uns – weil mir absolut nichts Besseres eingefallen ist – ein Zimmer in einem Hotel reserviert. Ich war 20 Minuten eher da, um mich umzuziehen. Als es zaghaft an der Tür klopft, trage ich ein BH-Hemdchen aus Spitze in Schwarz und dunklem Türkis und den passenden String dazu. Untenrum meine schwarze Stoffhose, obenrum nichts darüber. Bis zu diesem Moment war ich mir nicht sicher, ob er wirklich kommt. Ich öffne die Tür, sehe aber nur mit dem Kopf um die Tür herum und frage ihn (auf seine letzte SMS antwortend) flüsternd: »Warum sollte ich dich gleich wieder rausschmeißen?« Er sieht mich an und zuckt mit den Schultern. Er trägt ein Sakko, darunter ein T-Shirt und eine Jeans. Sieht gut aus! Sein Blick hat mich gleich verzaubert – so unschuldig und doch so entschlossen.

Ich öffne die Tür weiter, er kommt rein und erst, als ich sie wieder schließe, kann er mich ganz sehen. Man kann die Spannung in der Luft spüren, als er mir näher kommt und mich küsst. Wow, was für ein Kuss! Ich schmelze dahin, werde augenblicklich noch nasser zwischen den Beinen, schließe die Augen und gebe mich ihm völlig hin. Seine Hände ruhen auf meiner Taille, wo ich sie in diesem Moment sehr intensiv wahrnehme. Ich ziehe ihm erst mal das Sakko aus. Meine Finger streichen über seinen Rücken, während seine immer fordernder werden und meine Haut suchen.

Ich presse mich an ihn, spüre schon die Erregung in seiner Hose, was mich nur noch geiler macht. Er berührt mich überall, zieht mich an sich, dann streicht er mir das Hemdchen runter und knetet meine Brüste. Und die ganze Zeit dabei sind unsere Lippen vereint, man könnte meinen, sie ziehen sich an wie Magneten, und es ist wunderbar. Seine Hand wandert in meine Hose, noch ein wenig vorsichtig, doch als er merkt, wie ich es genieße, steckt er seinen Finger in mich, spürt, wie feucht ich bin. Dann streife ich sein Shirt ab, nach und nach fallen alle Kleidungsstücke. Er drängt mich ganz sanft zum Bett. Meine Hand hat schon seinen Harten gefunden und bearbeitet ihn. Die ersten Tröpfchen verteile ich an der Spitze. Meine Wade berührt das Bett, ich küsse mich an seinem Hals nach unten über die Schulter, die Brust, den Bauch, setze mich auf die Bettkante und lecke an seinem schönen Schwanz, der gerade noch an meinen Brüsten entlangstreifte. Ich sehe noch mal nach oben in ein teils verwundertes, teils forderndes Gesicht und beginne damit, seinen Schwanz langsam zu lutschen, mal sanft, mal ganz fest, mal kreisend um die Spitze, mal tief im Rachen. Ich nehme die Hände zur Hilfe, massiere seine Bällchen, dann greife ich mit beiden Händen an seinen knackigen Po und ziehe ihn rhythmisch zu mir.

Ich merke, dass er gerne meinen Kopf packen und mir einfach in den Mund ficken will, doch ich glaube, er traut sich noch nicht recht, ist etwas zaghaft. Doch ich lasse es mit mir machen, will es sogar, das scheint ihm zu gefallen, denn sein Harter wird immer praller in mir. Ich halte kurz inne, sehe ihn an, er lächelt und küsst mich wieder. Ich fahre fort und er meint, er würde gleich kommen, ich nicke nur, mache weiter, bis er sich wirklich in mir ergießt, heiß, lecker, nur leider ohne einen Ton. Ich lecke sein Glied sauber, kein Tropfen wird verschwendet. Er geht in die Knie und unsere Zungen spielen wieder dieses wundervolle Spiel, was mich ungeheuer geil macht. Seine Hände finden meine Pussy, nass und heiß und nach mehr lechzend, dringen ein in sie und finden den Punkt, der mich aufstöhnen lässt. Sein Kopf geht tiefer und jetzt ist es an ihm, mich mit dem Mund zu stimulieren. Er kniet vor dem Bett, meine Beine habe ich an mich herangezogen. Die Finger noch in mir, leckt er mich und hört erst auf, als ich gekommen bin.

Jetzt will ich ihn endlich in mir spüren, sage ihm das auch, ziehe ihn aufs Bett neben mich, bearbeite ihn noch mal mit Hand und Mund, während er mich weiter mit den Fingern fickt. Ich ziehe ihm ein Kondom über seinen wieder erigierten Schwanz und setze mich auf ihn, langsam dringt er in mich ein, es fühlt sich soo gut an. Ich reite ihn, sehr lange, ausgiebig, mal schneller, dann wieder langsam, koste es richtig aus. Die meiste Zeit sind unsere Lippen aneinander und die Zungen vereint. Immer wieder komme ich und als meine Knie langsam nachgeben, wechseln wir die Position und er legt sich auf mich. Eine gefühlte Ewigkeit vergeht, bis ich endlich wieder seinen Schaft in mir spüren darf. Er stößt ihn in mich, mein Orgasmus lässt nicht lange auf sich warten. Dann sieht er mich an mit diesem bettelnden Blick und fragt: »Kannst du noch mal blasen? Bitte, bitte …«

Natürlich tue ich ihm den Gefallen, lege ihn auf den Rücken dafür und wieder schlucke ich seinen Saft, aber erst nachdem ich mit der Zunge damit gespielt habe, verbunden mit seinem Blick …

Küssend verwöhnt er mich mit seinen geschickten Fingern, bis ich wieder explodiere. Ich stöhne, winde mich, genieße es in vollen Zügen. Küssend und kuschelnd und streichelnd liegen wir nebeneinander. Es fühlt sich verdammt gut an! Wir können uns fast nicht voneinander trennen, doch wir müssen, denn ich muss heim. Ich weiß aber, das wird sicher nicht das letzte Mal gewesen sein …

Und so war es dann auch. Tobias war manchmal zögerlich, vielleicht ein wenig schüchtern. Und er war so jung. So unschuldig sah er mich immer mit seinen braunen Knopfaugen an. Aber seine Zunge, sein Schwanz und seine Finger wussten in all meinen Löchern immer genau, was sie tun mussten. Der Sex mit ihm war verdammt gut.

Leider war Tobias nur beim Sex recht erfahren für sein Alter, bei den zwischenmenschlichen Beziehungen konnte man das nicht behaupten, denn er konnte es einfach nicht verstehen, dass ich nicht mehr Zeit für ihn hatte. Immer wieder drängte er mich, wir sollten uns wieder treffen. Ich wollte ja auch, doch es war eben nicht so einfach.

Eines Abends konnte ich aber doch etwas für ihn tun. Wir trafen uns im Wald, schon auf der Suche nach einem passenden Ort zum Vögeln konnten wir kaum die Finger voneinander lassen. Wir küssten und küssten und küssten uns. An einer schönen Stelle blieben wir stehen, zogen unsere Hosen herunter und ich machte ihn erst mal mit meinem Mund ein wenig heißer und härter. Ich blies ihn, bis ich es nicht mehr aushielt und ihn in mir spüren wollte. Ich zog ihm einen Gummi über, drehte mich um und versenkte seinen Schaft in meiner Pussy. Er fickte mich schnell und fest, schön tief und brachte mich schnell zum Orgasmus. Er hatte mir geschrieben, dass er es noch nie anal gemacht hatte, und deswegen wollte ich ihm auch diesen Gefallen tun, wechselte das Loch. Sein Schwanz war ganz nass von meinem Lustsaft, dadurch glitt er schön in mich, stieß vorsichtig zu und wäre beinahe schon gekommen.

Heftig atmend wollte ich es mit dem Mund bei ihm zu Ende bringen und saugte ihn richtiggehend aus.

Im Gegensatz zu mir kam er völlig geräuschlos. Mein eigenes Stöhnen war im Wald zwischen den Bäumen verhallt, aber ich konnte ihm kaum einen Vorwurf machen. Vor ein paar Jahren konnte ich mich auch noch nicht so gehen lassen wie jetzt.

Als wir unsere Hosen wieder hochzogen, waren wir von den Mücken schon halb aufgefressen worden. Die folgenden Tage musste ich aufpassen, dass mein Mann nicht meine völlig zerstochenen Beine sah, denn dafür hatte ich definitiv keine Ausrede. Tobias war ähnlich zugerichtet worden, wie er mir per SMS schrieb. Aber wir fanden beide, dass es das wert gewesen war.

Wochenlang danach hörte er nicht auf, mich ständig zu einem weiteren Treffen zu bewegen. An meinem freien Tag konnte er so gut wie nie frei nehmen. Er hatte chronisch kein Geld und in den Wald wollten wir auch nicht. Auf Dauer würde ich aber nicht die Zimmer für uns finanzieren können. Außerdem konnte oder wollte er einfach nicht verstehen, dass ich einen Mann zu Hause hatte, dem ich immer absolut wasserdichte Ausreden auftischen musste. Die Wochenenden fielen also auch meist weg.

Tobias' Selbstbewusstsein war nicht das allerbeste und so dachte er, es läge am Sex, an ihm, an was auch immer. Er machte mir zunehmend mehr Stress als Freude und ich ließ den Kontakt langsam einschlafen, wollte mir das nicht antun, ich hatte schon genug damit zu tun, überhaupt Alibis zu finden, da sollte er mich nicht auch noch ständig drängen. Er erdrückte mich regelrecht.

Es tat mir ehrlich leid, aber im Nachhinein denke ich, es war besser so. Wir hatten seitdem noch ein paar Mal Kontakt per Mail und es endete immer nach ein paar Nachrichten so, dass er beleidigt oder eingeschnappt war, egal wie feinfühlig ich ihm beibringen wollte, dass ich nicht immer Zeit habe, wenn es ihm gerade passt. Er verstand mich einfach nicht und das ist absolut keine Basis für eine Affäre.

Ich nahm mir fest vor, mir nie wieder einen Liebhaber unter 30 anzuschaffen – vorsichtshalber.

35

Eifersucht

… ist nicht unbedingt ein Zeichen für Liebe. Eher für mangelndes Selbstvertrauen. Wenn man genau weiß, was der andere von einem hat, ist man nicht mehr eifersüchtig. Hier ein paar Beispiele:

Wenn der Liebhaber genau weiß, er ist der Einzige, wird er auf den Ehemann nicht eifersüchtig sein, weil er als Affäre einen ganz anderen Stellenwert hat. Die zweite Liebhaberin kennt zwar die erste nicht, sie ist sich aber im Klaren darüber, dass die andere ganz unterschiedliche Vorlieben hat. Warum sollte sie also eifersüchtig sein, wenn sie weiß, ihr Liebhaber steht auf Blasen und Analsex, was ihm nur eine der beiden jeweils geben kann und will?

Und warum sollte ich als Ehefrau auf eine mögliche Affäre meines Mannes eifersüchtig sein, wenn er trotzdem bei mir bleibt? Gut, das ist natürlich nie sicher, aber wenn ich so darüber nachdenke, gebe ich ihm ganz andere Dinge, die er bei einer Affäre wahrscheinlich nie bekommen würde. Solche Dinge wie Geborgenheit, Zuhause, sein Erstgeborenes, die lange gemeinsame Vergangenheit, all die Dinge, die wir erlebt haben und miteinander geteilt haben. Ich jedenfalls würde ihn schon alleine wegen dieser Gründe niemals verlassen. Und es gibt noch viele mehr.

36

Alte Bekanntschaft neu definiert

Keine zwei Wochen nach dem Ende der Affäre mit Tobias:

Liebes Tagebuch, Nach so vielen Jahren habe ich Joachim wieder getroffen. Mein Mann und ich waren früher gut mit Joachim befreundet gewesen, aber irgendwann sahen wir uns immer seltener, bis der Kontakt ganz verebbte. Fast ein ganzes Jahr musste ich jetzt fremdgehen, um durch ihn zu erfahren, dass ich es gar nicht brauche.

Ich habe ihm meine ganze Geschichte erzählt, er weiß jetzt – bis auf Details – alles. Letzte Woche kam er einfach so bei meiner Arbeit vorbei, um Hallo zu sagen. Wir haben E-Mail-Adressen ausgetauscht und ich habe ihm eine Mail geschrieben, in der ich ihm gebeichtet habe, dass der Kontakt damals deswegen abgebrochen ist, weil ich ihn so anziehend fand und kein Risiko eingehen wollte. Bisher haben wir uns zweimal getroffen.

Nur Berührungen und Blicke waren fast genug. Trotzdem habe ich ihm beide Male einen geblasen. Nur deswegen hatte ich ihm doch gebeichtet, was ich empfinde. Eben weil ich Sex mit ihm wollte. Er sagte mir, dass er so gerne sehen würde, wie ich unter meinen Kleidern aussehe und so vieles mehr, aber er hätte meinem Mann gegenüber ein schlechtes Gewissen. Deswegen ließ er mich machen, aber hielt sich selbst sehr zurück. Wir hatten weder einen Kuss, noch hatte ich seinen Schwanz in mir, und genau das zeigt mir, dass es das gar nicht ist, was ich brauche. Er hat mich dann doch mit Hand und Zunge verwöhnt, es war sehr schön. Ich hätte zwar mehr gewollt, aber er kann es nicht, wegen meinem Mann. Mit seinen Worten und Taten hat er mich heute dazu gebracht, ihm eine Mail zu schreiben, in der ich ihm versprochen habe, dass das nächste geplante Sex-Treffen das letzte sein wird. Ich will es so, denn es ist wirklich besser für alle Beteiligten. Ich werde jetzt nach und nach alle Kontakte auf ein Minimum reduzieren.

Wirklich Lust habe ich auf das ganze Heimlichgetue nämlich nicht mehr! Ich hoffe, diese Einsicht bleibt und lässt sich nicht durch meine »Sucht« zerstören. Und ich hoffe auch, noch rechtzeitig die Kurve gekriegt zu haben …

Endlich hatte ich jemanden zum Reden. Ich hatte schon Vertrauen zu Tim, aber er hätte mich nie verstanden und hätte mich immer davon abhalten wollen, fremdzugehen. Joachim wusste einfach, wie er mich nehmen musste.

Das geplante Sex-Treffen, von dem ich geschrieben hatte, war das lang und heiß ersehnte Date mit Marc. Das wollte und konnte ich uns beiden nicht antun, so kurz vorher einfach abzusagen. Ich wollte ihn ja auch endlich spüren. Da er so weit weg wohnte, bestand auch kein Risiko, dass es sich zu einer längeren Affäre entwickeln konnte. Von Beginn an war klar, dass es wahrscheinlich nur dieses eine Treffen geben würde.

So, und nun von Anfang an:

Als Joachim plötzlich im Laden vor mir stand, war bei mir sofort wieder das alte und auch neues Verlangen da. Früher hatte ich mich nicht getraut und wollte auch eigentlich brav sein, außerdem war er damals wie ich in einer Beziehung, aber jetzt, mit all meinen Erfahrungen, wusste ich genau, was ich wollte. Er hatte mir erzählt, dass er momentan Single war. Der Entschluss, ihn verführen zu wollen, reifte den Nachmittag über immer weiter in meinem Kopf. Ich hielt den Abend fast nicht aus, denn mein Mann war zu Hause und ich fand es zu gefährlich, Joachim zu schreiben. Am nächsten Morgen war meine erste Handlung, als mein Mann außer Haus war, mich an den Computer zu setzen und Joachim zu schreiben, was mir auf der Seele lag.

Am Nachmittag kam eine SMS, in der er mich fragte, ob wir uns treffen könnten. Ich freute mich sehr darüber und hoffte, er würde auf meine Mail anspringen.

Wenige Tage später saßen wir abends zusammen beim Essen und warteten anscheinend beide, dass der andere den Anfang machte. Ich wollte aber warten, bis *er* darauf zu sprechen kam. Irgendwann begann er herumzudrucksen, dass die Mail ihn schon ziemlich überrascht hatte und er damit zwar nicht gerechnet hätte, sich aber sehr geschmeichelt fühlen würde. Er wollte wissen, was ich denn die letzte Zeit so erlebt hätte, dass ich so offen über all das reden und schreiben konnte. Ich wusste, ich konnte ihm vertrauen, und erzählte ihm alles. Ohne Ausnahme. Obwohl ich genau wusste: Sollten mein Mann und er sich wieder sehen, würde er ein sehr schlechtes Gewissen ihm gegenüber haben. Aber ich wollte ja noch mehr von ihm, als nur Reden. Da würde das Gewissen noch einiges aushalten müssen.

Nach dem Essen liefen wir noch durch die mittlerweile dunklen Straßen der Stadt und redeten und redeten und redeten. Er wusste genau, was ich von ihm wollte, aber er konnte und wollte es mir nicht geben. Noch nicht.

An einer dunklen und verlassenen Häuserecke nahmen wir uns in den Arm und unsere Unterhaltung wurde zunehmend leiser, bis wir nur noch flüsterten. Er sagte, er könne mich nicht küssen, was ich zwar verdammt schade fand, aber hinnahm. Eng umschlungen raunten wir uns ins Ohr, was wir alles sexuell erlebt hatten, was wir noch nie gemacht hatten und was wir gerne machen würden. Ich erzählte ihm vom NS, vom Umschnalldildo, vom Sex im Wald und im Hotel. Er beichtete mir, dass ihm Blasen und Analsex sehr gefallen würden und dass er Frauen mag, die wissen, was sie wollen und sich beim Sex fallen lassen können. Meine Antwort ließ ihn scharf einatmen, denn ich konnte alles für ihn tun, was er sich wünschte. Ich spürte auch eine Erektion in seiner Hose, das zeigte mir, dass ich auf dem richtigen Weg war. Wir liefen langsam weiter und ich fragte ihn einfach, ob wir nicht zu ihm gehen könnten. Ein wenig zögerte er noch, aber wir waren sowieso schon in Richtung seiner Wohnung unterwegs.

Er wollte mir dort etwas zu trinken anbieten, doch ich wollte nur, dass er sich zu mir aufs Sofa setzte. Schnell lagen wir uns in den Armen, mein Kopf ruhte auf seiner Schulter, meine Hand auf seinem Oberschenkel. Deutlich sah ich die Beule in seiner Hose, während wir plauderten. Das Gespräch wurde zunehmend intimer.

Ich war die treibende Kraft in diesem Moment und ich wusste das. Er sagte mir unmissverständlich, was er sich wünschen würde, aber dass er das mit seinem Gewissen nicht vereinbaren könne. Ich wollte ihn und deswegen machte ich einfach weiter, öffnete seine Hose und als er sich nicht wehrte, zog ich sie aus und schenkte ihm beim Anblick seines großen Schwanzes unter den Shorts einen geilen Blick und ein sehr aufrichtiges »Mmmmhhh …«.

Weil er so gerne meine Brüste gesehen hätte, zog ich mein Oberteil aus und öffnete meinen BH. Berühren wollte er sie jedoch nicht. Ich kniete neben ihm auf der Couch, seine bewundernden Blicke und die Reaktion seines Körpers schmeichelten mir sehr und waren mir ein wunderbares Kompliment.

Langsam senkte ich meinen Kopf in seinen Schoß. Er beteuerte mir immer wieder, dass ich das nicht machen musste, doch ich wollte es, wollte ihn verführen, ihn für mich haben, ihn vollkommen abhängig von mir machen in diesem Moment.

Den Blowjob, den er von mir bekam, würde er nicht so schnell vergessen, denn ich tat mein Bestes, entwickelte einen Ehrgeiz, von dem ich selbst nichts wusste. Tief sah ich Joachim in seine dunklen Augen, beobachtete, wie immer mehr Entrückung in seinen Blick trat, und brachte ihn heftig zum Kommen. Er nahm sich kein bisschen zurück, stöhnte laut auf, doch leider zog er seinen Schwanz vor dem Höhepunkt aus mir, denn er wollte nicht in meinem Mund kommen. Er hatte das Ejakulat nicht nur über seine komplette Brust verteilt, sondern bis zu seinem Kinn gespritzt. Später sagte er mir auf die Frage, warum ich nicht schlucken durfte, dass es nicht daran lag, dass er nicht wollte, sondern daran, dass er es nicht konnte. Noch keine Frau hatte das für ihn machen wollen und so dachte er, ich würde es nur für ihn machen und nicht für mich. Wie rücksichtsvoll! Eigentlich hatte er ja recht. Aber trotzdem wäre es mir eine wahre Freude gewesen, das für ihn zu machen, und nur für ihn!

Aber ich kam noch zu meiner Freude. Und natürlich auch zu seiner.

Ich hatte ihm bereits erzählt, dass ich gerne erotische Geschichten schrieb. Eine ließ ich ihm zukommen, um ihn für unser nächstes Treffen richtig geil zu machen:

»Stelle mir gerade vor, wie du in der Badewanne liegst. Ein schöner Gedanke! In meiner Fantasie sitze ich dir gegenüber. Du könntest mich ein wenig mit dem Massagestrahl vom Duschkopf verrückt machen, mich stimulieren. Ich setze mich auf den Badewannenrand und du massierst damit meinen Kitzler. Immer wieder zucke ich zusammen. Kurz vorm Kommen schiebe ich den Duschkopf weg und drücke dein Gesicht in meinen Schoß. Du leckst meine pralle Klit vorsichtig weiter, ich stöhne auf. Dann schiebst du mir die Zunge so weit es geht in meine Spalte und spürst den klitoralen Orgasmus, das rhythmische Pulsieren. Ich winde mich und der Höhepunkt durchzuckt mich.

Du ziehst mich in die Wanne auf die Knie, mit dem Po zu dir, schiebst mir von hinten langsam deinen nach mir lechzenden Schwanz in die noch ganz empfindliche und enge und leicht zuckende Pussy, Stück für Stück, und als du ganz hinten angelangt bist, triffst du genau den Punkt, der mich rasend macht, und bringst mich gleich wieder zum Orgasmus, diesmal ein vaginaler. Ich stöhne und habe Gänsehaut vor Erregung und Geilheit. Jetzt packst du meine Hüfte und stößt mich richtig fest, ziehst mich immer wieder ruckartig an dich ran, gleitest in meiner Nässe schön vor und zurück. Ich genieße es, atme heftig, kralle mich an den Badewannenrand. Deine Hüften klatschen an meinen Po, das Wasser schwappt fast über, als ich ein weiteres Mal komme.

Du hältst kurz inne, weil du selbst fast so weit bist, ziehst ihn langsam aus mir. Ich taste mit einer Hand nach der Seife, finde sie und beginne, meinen Po einzuseifen. Erst die rechte Pobacke, dann die linke, kreisend wandere ich Richtung Mitte und spiele um mein Poloch, deine Finger verteilen die Seife. Mit deinem Zeigefinger streichst du den Rücken runter über mein Poloch bis zu meiner Muschi und wieder zurück und dann führst du ihn mir langsam anal ein, ganz vorsichtig. Ich entspanne mich. Langsam gehst du rein und wieder raus, beim nächsten Einführen schiebst du mir deinen Mittelfinger vaginal ein und verwöhnst mich doppelt. Deine andere Hand reibt deinen schon so steifen Schwanz, der an der Spitze tropft. Du kommst mir näher, ziehst deine Finger aus mir und vermischst deinen Saft mit dem meinen und der Seife. Ich spüre deine Schwanzspitze an meiner hinteren Öffnung. Sehr langsam drücke ich meinen Po zu dir und du dringst in mich ein. Meine Enge macht dich wahnsinnig und du musst kurz so verharren, um nicht gleich zu kommen. Fest umschließen dich meine analen Muskeln. Ich bewege mein Becken vor und zurück. Du hörst meine Erregung in meinem Stöhnen, spürst, wie sich in diesem langsamen Stoßen dein Höhepunkt anbahnt. Kurz bevor du kommst, drückst du ihn mir noch mal tief rein und ich spüre, wie er zuckt, als du in mich spritzt. Ich richte mich etwas auf und unsere Oberkörper schmiegen sich aneinander, die Hände streicheln über unsere Haut, wir genießen den Moment der Entspannung, dann sinken wir erschöpft gegenüber in die Wanne, sehen uns tief in die Augen und versinken in einem langen innigen Kuss …«

Bei unserem nächsten Treffen gingen wir dann tatsächlich schon weiter, er verwöhnte mich mit seiner Zunge und brachte mich mit ihr und seinen Händen heftig zum Kommen. Er genoss es sichtlich, dass ich mich bei ihm fallen lassen konnte. Das war auch nicht schwer, so heiß wie er mich machte. Er war der Mann, der mir im Bett das Kompliment meines Lebens machte, jedenfalls bezüglich meines Körpers: »Wow, hast du eine schöne Muschi!«

Ist es nicht genau das, was wir Frauen beim Sex hören wollen? JA! Definitiv.

Ich durfte ihm dann bis zum Schluss einen blasen, Sex hatten wir allerdings nicht und Küssen war ihm auch viel zu intim. Ich nahm es hin, denn ich hatte das Gefühl, dass es perfekt war in diesem Moment und dass es genau richtig war, was wir taten.

Ich glaube, er dachte, dass er mich doch noch von dem geplanten Treffen mit Marc abhalten konnte, doch ich wollte es so sehr, dass er nie eine Chance hatte.

Der Tag war schon vollkommen durchgeplant. Ich wollte extra meine Mittagspause für Marc verlängern, sodass ich schon mittags zu ihm ins Hotel fahren konnte. Später wollten wir dann den Abend miteinander im Zimmer verbringen. Marc schrieb mir, dass wir ja zusammen was essen konnten, doch ich antwortete nur: »Ach nee, die Zeit geht doch nur vom Sex ab.«

Wir sprachen auch wieder über unsere Wünsche und Träume. Er wünschte sich, dass ich nur einen Rock trug, mit nichts darunter, so dass er mich möglichst schnell und einfach nehmen konnte. Ich für meinen Teil wollte, dass er mich nackt an der Zimmertür empfing.

So hatten wir beide etwas, worauf wir uns freuen konnten – zusätzlich zum eigentlichen Zweck dieses Dates.

Drei Tage, bevor ich Marc endlich treffen würde, schrieb ich Joachim eine Mail. Ich schickte sie ab und fuhr dann zu ihm. Er hatte sie noch nicht gelesen, als ich ankam, doch das war mir nur recht. Ich sagte ihm, er würde überrascht sein, wenn er sie später lesen würde. Und das war er auch, denn er konnte in allen Einzelheiten lesen, was ich gerade mit ihm gemacht hatte. Es war für mich wie ein Drehbuch, das ich genau befolgt hatte. Und es war richtig gut. Immerhin war es meine eigene Fantasie, die ich da getippt hatte:

»Ich male mir gerade aus, wie wir zusammen die Wohnung betreten und kaum ist die Tür zu, versinken wir in einer langen innigen Umarmung. Unsere Körper drücken wir fest aneinander, die Hände streichen über den Rücken, durch die Haare, unsere Wangen berühren sich, wir spüren den Atem des anderen im Ohr. Noch im Flur fallen die ersten Kleidungsstücke. Wie ausgehungert beginnen wir übereinander herzufallen. Ich drücke dich an die Wand und meine Finger streicheln dich überall. Ich öffne deine Hose und ziehe sie dir aus, berühre wie zufällig die feuchte Stelle an deinem Slip. Gehe langsam, während ich deinen Oberkörper mit Küssen übersäe, in die Knie, meine Hände greifen deinen Po und mein Gesicht vergrabe ich zwischen deinen Beinen. Du greifst in meine Haare, drückst mich fester an dich. Ich kann spüren, wie hart dein Schwanz ist, und befreie ihn auch endlich aus der Enge. Sofort beginne ich, ihn mit der Zunge zu umspielen. Du siehst mich an, willst auch irgendwas machen, doch ich lehne dich nur wieder an die Wand und mache weiter. Eine Hand von mir massiert jetzt sanft, aber bestimmt deinen mir entgegen stehenden Harten, während mein Mund immer fordernder wird. Meine Zunge spielt mit deiner nassen Eichel, dann nehme ich ihn ganz in den Mund, soweit es geht, und sauge. Ich bemerke, wie deine Knie etwas nachgeben, was mich nur noch mehr anspornt. Ich gönne dir keine Pause, bearbeite dich nach allen Regeln der Kunst. Halte nur kurz inne, um dir zuzuflüstern: ›Sag mir, wenn du kommst!‹ Du kannst nur nicken. Ich lecke, sauge, massiere. Du spürst, wie du immer praller wirst, wie sich dein Höhepunkt anbahnt … kannst nur kurz ›gleich‹ stöhnen … ich drücke dich mit meinem Arm an die Wand, meine Finger umfassen deinen Schaft, ich öffne den Mund, spiele weiter mit der Zunge an dir, ich sehe dich an, dir tief in die Augen, dann kommst du … explosionsartig spritzt mir dein geiler Saft in den Mund, auf die Zunge … ich genieße es, dass du fast weggetreten bist vor Erregung. Du öffnest wieder die Augen und beobachtest mich, wie ich mit der Zunge mit deinem Sperma spiele, ein Lächeln in den Augen und auf den Lippen … Ein bisschen davon schlucke ich, dann komme ich nach oben, um dich auf die Mundwinkel zu küssen …

Ich nehme dich an der Hand und führe dich ins Schlafzimmer, deine Hose bleibt auf dem Boden liegen. Du setzt dich aufs Bett und siehst mir zu, wie ich mich langsam entkleide. Ich möchte, dass du dich ins Bett legst, mit dem Bauch nach unten. Während du dich hinlegst, gehe ich kurz aus dem Raum. Als ich wiederkomme, habe ich irgendwas in der Hand, was du aber nicht genau sehen kannst. Ich knie mich neben dich, streichle dir über den Rücken, küsse deine Haut und dann weißt du, was ich gerade geholt habe. Mit öligen Fingern beginne ich, dich zu massieren, mal sanft, mal fester, den Rücken, den Nacken, die Schultern, den Po … bis du völlig entspannt bist …«

So etwas hatte ich mir lange ausgemalt. Etwas genau zu planen und nach Drehbuch zu »arbeiten«. Ich wusste ja nicht, ob er mich weitergehen lassen würde, deswegen hatte ich auch nicht mehr geschrieben. Wir verwöhnten uns anschließend noch lange mit den Händen, mit dem Mund und mit Worten. Nur geküsst hatten wir uns noch immer nicht.

37

Aufmerksamkeit

Ich merkte bei Joachim, dass es nicht der Sex allein war, den ich brauchte, sondern vor allem Aufmerksamkeit. In einer langjährigen Partnerschaft ist irgendwann alles eingefahren und routiniert. Man ist nicht mehr so achtsam dem Partner gegenüber, weil man ja auch keine Angst zu haben braucht, dass der andere einen plötzlich nicht mehr sehen will. Ich denke, wenn man einer Liebhaberin einem Liebhaber zu langweilig wird, wird man aussortiert. Bei einem Ehepartner geht das nicht so einfach.

Und »Aufmerksamkeit« meine ich nicht nur im Sinne von Komplimenten, sondern in jeglicher Hinsicht: beim Sex, beim Reden, bei flüchtigen Berührungen. Warum berührt man sich eigentlich nach gewisser Zeit nicht mehr so wie am Anfang einer Beziehung?

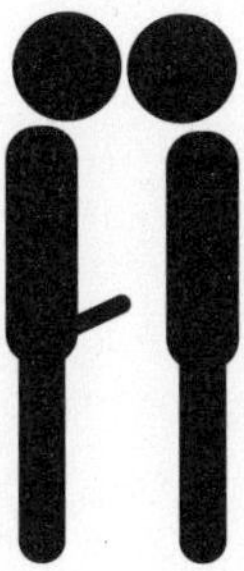

38

Mittagspause

Eine Mail von Marc, als Antwort auf zwei Videos, die ich ihm geschickt hatte, welche mich nackt beim Onanieren und Streicheln zeigten, war diese (kurz vorher hatten wir miteinander telefoniert, ich war noch völlig neben mir):

Hab mir gerade deine Videos angeschaut … ICH WILL DICH !!!! Gott, ich bin so geil. Freu mich schon auf Oktober. Ein Schritt von dir in mein Hotelzimmer und ich fall über dich her. Am vorteilhaftesten wäre es, wenn du 'nen Rock ohne was drunter an hättest. Dann könnt ich dich direkt über 'nen Stuhl lehnen und dir meinen harten Schwanz tief von hinten reinstoßen. Ohne auch nur groß ein Wort gewechselt zu haben, sofort ordentlich von hinten durchficken. Kurz bevor ich komme, zieh ich ihn dann raus, das Kondom runter und spritz dir alles ins Gesicht.

Eigentlich schade, dass ich dir das schon am Telefon erzählt habe, aber ich konnte nicht widerstehen :)

Ich freu mich auf dich.

Marc

Ich hoffte inständig, dass wir unsere Erwartungen nicht zu hoch geschraubt hatten. Seit Monaten sprachen wir davon, wie wir es uns gegenseitig besorgen würden, und wir stellten uns detailliert vor, wie es sein würde.

Den ganzen Morgen des besagten Tages fieberte ich auf meine Pause hin. Mit Hin- und Rückfahrt würde mir im Hotel mit ihm etwas mehr als eine halbe Stunde Zeit bleiben. Ich stieg in den Bus, meine Hände zitterten vor Aufregung und ich fragte mich ernsthaft, wo meine Abgebrühtheit plötzlich war. Die Sonne schien und es war angenehm warm draußen, im Bus allerdings brach mir fast der Schweiß aus.

Marc hatte mir per SMS schon seine Zimmernummer mitgeteilt und ich stand kurze Zeit später im Hotelflur, eine Ecke von seinem Zimmer entfernt, und zog meine Hose aus und einen Rock an. Dann streifte ich den Slip herunter und ließ ihn, wie die Hose, in meiner Tasche verschwinden. Ich überlegte kurz, entschied mich dann aber, meine Schuhe in die Hand zu nehmen.

Ich atmete noch einmal tief durch und bemühte mich, nicht zu zaghaft dreimal an die Tür zu klopfen. Es öffnete ein nackter, lecker aussehender Marc mit verschmitztem Lächeln und nervösem Blick. Das beruhigte mich. Eine leise Begrüßung ging einem wilden Akt voran. Ich ließ meine Tasche und meine Schuhe einfach fallen. Kaum dass die Tür geschlossen war, begannen wir uns zu küssen und zu berühren. Wir wussten beide, was wir wollten, und jetzt wussten wir auch, dass der jeweils andere genau das Gleiche wollte.

Meine Finger streichelten seinen Rücken, seine wanderten zwischen meine Beine, wo er meine Nässe und Hitze spürte. Die nackte Haut unter meinen Händen machte mich wahnsinnig, genau wie seine Küsse und die ganze Situation. Ich wollte ihn einfach nur in mir spüren und das sofort. Wir fielen regelrecht übereinander her. Kaum, dass er ein Kondom über seinem Harten hatte, drehte ich mich um, lehnte mich nach vorne und stützte mich mit den Armen auf dem Bett ab. Er hob nur kurz meinen Rock und drang dann endlich tief in mich ein. Ich stöhnte auf, nur dieser eine Stoß machte mich schon völlig benommen. Den ganzen Vormittag und auch schon seit vielen Tagen, Wochen, Monaten wollte ich diesen Mann und jetzt endlich war er in mir und fickte mich von hinten. Ich ließ meiner Lust freien Lauf, schrie sie heraus, spürte seine Erektion in mir immer größer und fester werden. Ich hatte schon zwei Orgasmen gehabt, so heftig, dass ich mich ins Bettlaken krallen musste, um nicht noch lauter zu werden. Deswegen ließ ich mich nach vorne fallen, drehte mich um, nahm seinen Schwanz in die Hand, befreite ihn vom Kondom und brachte es mit dem Mund zu Ende. Fest saugte ich ihn aus, schluckte seinen Saft, als er heftig in mir kam. Ein bisschen Sperma lief mir den Mundwinkel herunter und ich nahm es mit dem Finger auf, um es dann genüsslich abzulecken, ohne den Augenkontakt zu ihm zu verlieren.

Wir fielen nebeneinander ins Bett. Nun hatten wir Zeit, um ein paar Worte zu wechseln. Ich kannte seine Stimme bisher nur vom Telefon und heute hatten wir noch nicht viel Konversation betrieben. Diese Stimme kribbelte jedoch genauso schön in meinem Bauch wie beim Telefonieren. Wir waren uns auf Anhieb sympathisch und auf einer Wellenlänge, aber das wussten wir ja bereits aus unseren Mails. Trotzdem waren wir wohl beide nicht hundertprozentig sicher gewesen, bis zu diesem Moment. Viel Zeit blieb mir nicht mehr, daher zog ich mich wieder an und versprach ihm, am Abend nach der Arbeit wiederzukommen. Glücklich, befriedigt, beflügelt und breit grinsend verbrachte ich den Nachmittag, der mir unendlich vorkam. Nach Feierabend ging ich schnell zur Toilette, zog meine schönste Reizwäsche an und freute mich auf Marc.

Den zweiten Teil des Abends gingen wir ruhiger und auch entspannter an. Wir wussten ja jetzt, was uns erwartete und dass wir mehr Zeit als mittags haben würden. Daher begannen wir langsam, streichelnd, liebkosend, küssend unseren nächsten Akt.

Stück für Stück fielen die Kleidungsstücke, bis wir in unserer Unterwäsche auf dem Bett lagen, den Blick tief ineinander und aufeinander versunken. Bald waren wir vollkommen nackt. Er leckte mich ausgiebig, ich machte ihn mit dem Mund hart und zog ihm dann einen Gummi über. Wir vögelten lange, mal ganz zärtlich, mal fest, so lange, bis absolut nichts mehr ging. Eigentlich hatte ich noch vorgehabt, mich danach noch einmal selbst zum Höhepunkt zu bringen, aber ich war fix und fertig und so befriedigt, dass ich das nicht mehr brauchte und konnte. Er hatte es anscheinend auch vergessen, dass wir das »vorhatten«. War auch nicht wirklich schlimm, ich hatte ja bereits vor einiger Zeit das Vergnügen gehabt.

Marc fuhr mich noch nach Hause, natürlich nicht ganz bis vor die Haustür. Im Auto lief Rockmusik – was hatte ich auch anderes erwartet? Es passte in diesem Moment, zu ihm, zu uns und zu dem ganzen Abend. Zum Abschied küssten wir uns innig, wünschten uns eine gute Nacht und versaute Träume.

39

Musik

Beim Sex ist mir Musik vollkommen unwichtig, ich will lieber sein Stöhnen als musikalische Untermalung, das macht mich mehr an.

Mit einem Mann ein Lied zu assoziieren oder umgekehrt kann für meine Sinne allerdings ziemlich anregend sein. So muss ich heute noch immer an Timo und unsere gemeinsamen Chats denken, wenn ich »When Love Takes Over« höre, weil er mir einmal geschrieben hatte, dass ihm dieses Lied gefallen würde. Mir gefiel und gefällt es auch sehr und jedes Mal, wenn es im Radio läuft, frage ich mich, warum mich Timo plötzlich nicht mehr wollte und wer dieser Mann eigentlich war.

40

Spiel mit dem Feuer

Noch in derselben Woche traf ich Joachim wieder. Ich erzählte ihm nichts Genaueres von dem Treffen mit Marc und auch nicht, dass ich ihm eine Mail geschrieben hatte, die ich dann doch nicht verschickt hatte:

Mein lieber Joachim,

der Abend gestern mit dem fremden Mann hat mir gezeigt, dass ich einfach nicht aus meiner Haut heraus kann. Ich bin nicht brav, ich glaube, ich kann nicht treu sein, ich brauche diesen Kick. Vielleicht ist es wirklich eine Sucht, ich weiß es nicht. Aber ich bin so glücklich damit. Ich dachte erst, dass du mich heilen kannst, nur mit deinem Verständnis und der Zärtlichkeit, die du mir entgegenbringst, aber ich glaube, ich bin unheilbar sexkrank … Auch wenn es zwischen uns beiden vielleicht nie zum eigentlichen Akt kommen wird, ist mir das, was wir haben, sehr wichtig und sehr angenehm. Ich will ehrlich zu dir sein, wie bisher auch: Ich brauche den fremden Sex und wenn du ihn mir nicht geben kannst, hole ich ihn mir woanders. Es tut mir wirklich leid, das so krass sagen zu müssen, aber nach allem, was wir miteinander geteilt haben, kann ich dich nicht anlügen.

Deine Sandra

Ich schickte die Mail nur deswegen nicht ab, weil ich die passenden Worte nicht gefunden hatte. Was ich geschrieben hatte, waren meine Gedanken, aber so unverfälscht konnte ich sie ihm natürlich nicht mitteilen, das hätte ihn womöglich verletzt. Ich wollte ihn nicht vor den Kopf stoßen und ihm kein falsches Bild von mir vermitteln. Irgendwie wollte ich es mir auch nicht mit ihm verscherzen und die Hoffnung, irgendwann Sex mit ihm zu haben, war sicher auch ein Grund dafür. Der Abend bei ihm verlief sehr harmonisch, wir brachten uns wieder ganz ohne Penetration zum Höhepunkt, doch ich spürte, dass er mehr wollte. Mein Kampfgeist erwachte und ich wusste: Nächstes Mal hab ich ihn so weit!

Unser nächstes Wiedersehen am folgenden Wochenende trug maßgeblich dazu bei. Mein Mann und ich waren mit der ganzen Clique in einer Bar verabredet und ich hatte Joachim gebeten, doch auch mitzukommen. Einen Großteil der Gruppe kannte er von früher und es wurde ein recht lustiger Abend. Die Musik wurde zunehmend lauter und besser. Zwischendurch verschwand ich auf der Toilette. Meine Handtasche nahm ich mit, was meinen Mann auch nicht verwunderte, denn ich hatte gerade mal wieder meine Tage. Kaum schloss sich die Tür hinter mir, holte ich mein Handy heraus und tippte eine SMS an Joachim. Der ganze Abend war schon vollkommen verrückt, denn außer Joachim waren noch zwei meiner früheren Exfreunde dabei. Wir waren zu zehnt und mit vier der anwesenden Männer war ich schon im Bett gewesen. Gut, mit Joachim noch nicht im eigentlichen Sinne, aber wir hatten schon sehr intime Momente geteilt. Ich schrieb ihm jedenfalls ein paar sehr anzügliche Zeilen in meine Nachricht, die ihre Wirkung auf ihn hatten. Wir saßen nebeneinander am Tisch, mein Mann mir gegenüber. Joachims Knie berührten mich nach der SMS ständig, unsere Beine drückten aneinander. Zwischendurch landeten unsere Finger zwischen den Beinen des anderen. Kleine Stromstöße knisterten zwischen uns, ich dachte, jeder müsse sie sehen. Gelegentlich wechselten wir Blicke, die uns gegenseitig zeigten, wie sehr wir uns begehrten. Ich wusste genau, nächstes Mal würden wir erbarmungslos übereinander herfallen und heißen Sex haben.

Ich hielt die Spannung nicht mehr länger aus und musste abbrechen. Zum Glück war die Tanzfläche schon ein wenig gefüllt, als ich aufsprang. Ich tanzte mir den Kopf wieder frei.

Zwei Freundinnen kamen zu mir und stellten fest, dass ich eine »richtige Tanzmaus« sei. Sie waren beide Single und auf der Suche, wollten eine Woche später miteinander in die Disco und fragten mich, ob ich mitgehen würde. Die Gelegenheit wollte ich nicht verpassen und ich sagte meinem Mann gleich, dass er den kommenden Samstagabend alleine verbringen müsste.

Zwei Tage später traf ich mich mit Tim, erzählte ihm vom vergangenen Wochenende und stieß auf völliges Unverständnis. Er konnte nicht begreifen, wie ich dieses Risiko auf mich nahm, mit einem Bekannten im Beisein meines Mannes »rumzumachen«. Er wollte mich auch wieder überzeugen, *es* doch ganz zu lassen, und ich beschloss daraufhin, mich mit meinen Schilderungen bei ihm ab sofort lieber etwas zurückzuhalten.

Seit einiger Zeit hatte ich Kontakt zu einem netten Mädel, Caro. Sie hatte in ihrem Profil geschrieben: »Ein bisschen bi schadet nie.« Und sie wohnte in derselben Stadt. Weil Tim und ich schon gelegentlich darüber gesprochen hatten, hoffte ich, sie für einen Dreier begeistern zu können. Vielleicht hoffte ich auch, Tim endlich zu vermitteln, denn er war so schrecklich einsam. Ab und zu hätte ich ihn gerne einfach in den Arm genommen, doch Zärtlichkeiten gab es in unserer Affäre nicht, die wollte er nicht. Freundschaftliches Sex-Verhältnis ja, aber alles, was darüber hinausging, war ihm zu viel.

Caro und ich unterhielten uns einige Male im Chat. Sie hatte sich gerade von ihrem Freund getrennt und war etwas niedergeschlagen. Ich gebe zu, ich wollte die Situation ausnutzen. Leider meldete sie sich irgendwann nicht mehr und ich wollte auch nicht aufdringlich werden. Vielleicht würde sich ja irgendwann einmal etwas Passendes ergeben.

Noch vor dem geplanten Disco-Abend traf ich Joachim wieder. Ich fuhr zu ihm und schon als ich seine Wohnung betrat, wusste ich: Heute werden wir miteinander schlafen. Und so war es auch. Der Sex war fantastisch, sein schöner dicker Schwanz fühlte sich großartig in mir an, bereitete mir unglaubliche Lust und ich konnte ihn mit all meinen Löchern ausgiebig verwöhnen, seine zärtlichen und auch fordernden Berührungen machten mich willig und feucht. Noch immer wollte er mich nicht küssen, was mir wirklich fehlte. Trotzdem genoss ich den Sex mit ihm in vollen Zügen.

Ich dachte mir noch, dass meine Einsicht wohl nicht lange gedauert hatte. Mir fiel auch auf, dass es in einer Wohnung irgendwann nicht mehr so aufregend ist, wie in einem Hotelzimmer oder an einem anderen, beispielsweise öffentlichen, Ort. Selbst wenn es immer das gleiche Hotel ist, prickelt es bei mir mehr als in einer für den Mann vertrauten Wohnung.

Ich hatte bei Joachim – wie auch schon bei Steffen, Martin, Daniel, Tim … – den Eindruck, sie waren jeder ein Puzzleteil in meinem Leben. Mit dem richtigen Aufdruck, aber der falschen Form oder umgekehrt.

Und jeder dazu da, mich erfahrener zu machen, mich zu lehren, was ich wirklich wollte und brauchte.

Alles, was ich in meiner Ehe vermisste, bekam ich von anderen Männern. Trotzdem gab es Momente, in welchen ich mir sehnlichst wünschte, mein eigener Mann hätte mir das alles geben können.

41

Glück

Ich hatte bisher immer unglaubliches Glück. Ich weiß eigentlich gar nicht, womit ich es verdient habe, aber es hätte so verdammt viel schiefgehen können. Was hätte nicht alles passieren können? Sexualkrankheiten, beim Fremdgehen erwischt zu werden, angezeigt zu werden, weil man es in aller Öffentlichkeit tut, vergewaltigt zu werden, verraten zu werden, und noch so viel mehr. Die Bilder, die ich an wildfremde Männer geschickt habe, hätten publik werden können, ich hätte von einer Affäre schwanger werden können oder ein Mann hätte sich verlieben können. Nicht auszudenken, was dann geschehen wäre.

Ich bin so dankbar, dass bisher alles so glatt gelaufen ist, so unendlich dankbar!!!

42

Willst du süchtig nach mir werden?

Ich fuhr mit dem festen Vorhaben, keinem Mann meine Nummer zu geben oder sonstige Spielereien zuzulassen, zur Disco. Abgesehen davon hatte ich ja auch meine zwei Freundinnen als »Aufpasser« dabei. Die zwei standen die meiste Zeit am Rand der Tanzfläche und unterhielten sich, während ich wild, verführerisch und heiß tanzte und den Blick schweifen ließ. Ich konnte nicht anders und spähte nach einem potenziellen Opfer. Den ein oder anderen tanzte ich an, flirtete ein wenig mit den Augen, aber es war keiner dabei, der mir gefallen hätte. Mittlerweile war ich doch etwas wählerisch geworden, wusste ich doch, dass ich quasi die Wahl hatte, wenn ich wirklich wollte.

Ein Mann tanzte sich zu mir, nahm meine Hüfte, zog mich an sich und wir bewegten uns miteinander zur Musik. Er war ein wenig größer als ich, hatte dunkle Haare und Augen, einen leicht südländischen Touch, ein süßes Lächeln und, was ich spüren konnte, einen gut gebauten Körper. Ich mochte seine Koteletten und das karierte Hemd, das machte ihn anders, als all die anderen Kerle.

Er war der erste Mann (JA! der erste Mann in meinem ganzen Leben!), den nicht ich mir ausgesucht hatte, sondern der mich einfach genommen hatte. Wir unterhielten uns knapp, wussten bald, dass wir das gleiche Alter hatten, beide einen festen Partner und dass wir beide in Begleitung von Freunden da waren. Ich ahnte schon, dass es nicht beim Small Talk bleiben würde, und meldete mich bei meinen beiden Freundinnen ab. Ich erzählte ihnen, dass ich diesen Mann noch von früher kenne und wir zum Unterhalten rausgehen wollten, da es drinnen zu laut sei. Sie schluckten es ohne Probleme und ich war kurzzeitig frei.

Ich ging mit meiner neuen Errungenschaft nach draußen ums Eck und schon lagen wir uns in den Armen und küssten uns stürmisch. Draußen war es schon ziemlich kühl, aber als unsere Körper sich aneinanderdrückten, wurde mir schlagartig heiß. Noch nie hatte ein Kuss solch ein Verlangen bei mir ausgelöst! Waren die folgenden Minuten mehrere Küsse oder nur ein einziger? Ich wusste es nicht, ich kam fast nicht zum Luftholen. Er küsste mich auch immer wieder in den Nacken, was mich total erregte. Die Hände wanderten schon überallhin und mein Kopf arbeitete fieberhaft. Wo könnten wir jetzt Sex haben? Doch mir fiel nichts ein.

In den wenigen Pausen zwischen den Küssen erfuhr ich, dass er Mick hieß und im Nachbarort bei einer Firma in der Kundenbetreuung arbeitete. Ich hätte mir lieber seine Nummer geben lassen, doch ich hatte weder mein Handy noch irgendetwas zum Schreiben dabei, deswegen tippte ich ihm meine in sein Handy und schrieb nur meinen Vornamen dazu. Er bat noch, dass ich mehr als das schrieb, doch ich wollte meinen Nachnamen nicht preisgeben, noch nicht, und mir fiel nicht ein, was ich hätte sagen oder schreiben können. Eine Minute später tönte von drinnen das Lied *Sunny* heraus und ich hätte mich ohrfeigen können, denn irgendwie war ich doch immer noch »Sandra Sonne« – auch wenn es damit inzwischen vorbei war.

Er sagte zu mir: »Oh, hör mal, das ist dein Lied!«

Ich wunderte mich. Konnte er mich kennen? Wusste er von meiner geheimen Identität, von meinem Doppelleben? Nein, er hatte einfach zufällig den richtigen Riecher gehabt. Schon oft wurde mir gesagt, ich habe ein sonniges Wesen. Daher kam ja auch der Spitzname.

Allein die Küsse von ihm brachten mich dazu, ihn unbedingt wiedersehen zu wollen, und jetzt noch dieser Spruch! Ich schmolz dahin. Viel zu spät trotteten wir wieder zu unseren Begleitungen. Meine hatten sich schon fast Sorgen gemacht, immerhin war ich mit einem fremden Mann verschwunden. Aber sie stellten keine

Fragen. Ich überlegte noch immer, wie ich meine Erregung abbauen konnte, doch es ergab sich keine Gelegenheit in dieser Nacht. Mick verabschiedete sich irgendwann und versprach, sich zu melden.

Vom Aufstehen am nächsten Morgen bis zum Einschlafen am Abend sah ich im Zehnminutentakt auf mein Handy. Ich musste ständig achtgeben, dass es nicht auffiel, doch ich konnte an nichts anderes denken. Den ganzen Tag war ich total neben mir, konnte mich nicht konzentrieren und keinen klaren Gedanken fassen. Abends schlief ich enttäuscht ein. Ich wusste, Mick war ebenfalls vergeben und konnte vielleicht nicht sofort schreiben. Außerdem: Welcher Mann meldet sich schon gleich am nächsten Tag? Aber das beruhigte mich alles nicht. Wenn ich seine Nummer gehabt hätte, wäre ich sicher entspannter gewesen, aber so war ich ein einziges Nervenbündel. Wie auch schon die Nacht zuvor schlief ich schlecht und viel zu wenig, weil ich immer wieder aufwachte und nachdachte, nebenbei hielt mich auch die angestaute Geilheit wach. Was hatte dieser Mann nur mit mir gemacht? Und warum ließ ich es mit mir machen?

Montagmorgen war das Erste, was ich tat, als mein Mann außer Haus war, auf mein Handy zu schauen. Eine SMS! Von Mick! Mein Herz tanzte. Er wollte mich unbedingt treffen und ich überlegte, wann der nächstbeste Zeitpunkt dafür wäre. Er fragte mich, ob er mich von der Arbeit abholen sollte und wir uns kurz sehen könnten. Ich vermutete, er glaubte nicht so recht daran, dass er mich am Haken hatte, weil er so hartnäckig nachbohrte. Ich ließ mich breitschlagen. Mit dem Bus brauchte ich nach Hause viel länger als mit dem Auto und die gewonnene Zeit konnten wir dann für andere Zwecke nutzen. Schnell tippte ich die Adresse, bei der er mich abholen sollte, in mein Handy und fieberte den ganzen Nachmittag diesem Treffen entgegen.

Pünktlich fuhr er abends um die Ecke und sammelte mich ein. Ein Stück weit entfernt an einer roten Ampel griff er mir in den

Nacken, zog mich an sich und küsste mich so leidenschaftlich, dass mir die Luft weg blieb und ich feucht zwischen den Beinen wurde.

Sein Geruch betörte mich: So männlich, so lecker, so unglaublich anziehend. Nach flüssiger Zartbitterschokolade und schwarzen Johannisbeeren. Eine unwiderstehliche Mischung, die ich nur noch vernaschen wollte. Doch heute noch nicht, so viel Zeit blieb uns nicht. Er fuhr auf den Parkplatz, den ich bei Beginn der Fahrt vorgeschlagen hatte. Außer uns standen ein paar Autos dort, aber kein Mensch war zu sehen. Zudem war es schon dunkel. Wir setzten uns auf die hinteren Sitze seines Wagens und begannen sofort, uns zu küssen und zu streicheln. Seine Küsse brachten mich um den Verstand. Er küsste so unglaublich gut, besser als all die anderen Männer, die ich kennengelernt hatte, ich konnte fast keinen klaren Gedanken mehr fassen, außer dem, dass ich ihn wollte, so sehr, so schmerzlich! Seine Hände griffen bereits fordernd unter mein Shirt und ich nestelte an seinem Hosenknopf herum, da unterbrach er unser Küssen und sah mich an. Ich hätte gerne gewusst, was er in diesem Moment dachte. Einerseits war pure Begierde in seinem Blick, andererseits auch ein leichter Zweifel. Ich öffnete seine Hose und bedeutete ihm, sie runterzuziehen. Ich wusste aus Erfahrung, dass ich ihn definitiv wiedersehen würde, wenn ich ihm jetzt einen unvergesslichen Blowjob besorgen würde. Dann trafen sich unsere Blicke wieder und ich fragte ihn: »Soll ich weitermachen? Willst du süchtig nach mir werden?«

Ein wenig irritiert, aber auch amüsiert und neugierig sagte er natürlich Ja zu diesem Angebot. Ich holte seinen schon erigierten Schwanz aus dem Slip und leckte genüsslich daran. Er schmeckte so lecker, nicht, als ob er schon einen ganzen Tag auf der Arbeit verbracht hatte, sondern frisch gewaschen. In diesem Moment wusste ich, ich hatte die richtige Entscheidung getroffen, als ich ihm am Wochenende meine Nummer gegeben hatte. Ein paar Mal saugte ich an ihm, da fragte er mich heiser, ob ich ein Kondom bräuchte. Ich sah ihn nur lächelnd an, schüttelte den Kopf und versicherte ihm, dass seine Autositze sauber bleiben würden.

Ich blies ihn fest und schnell, nahm auch meine Hände zu Hilfe. Er wollte mich warnen, dass er gleich kommen würde, doch ich raunte ihm von unten nur zu: Komm! Ja, komm! Mmmmh …

Er atmete heftig und schnell, krallte sich in meinen Haaren fest und stöhnte mir Dinge zu, die mich selbst erregten und unglaublich geil machten: »Oh ja, ich komm gleich, oh Gott, ist das geil, ja ja ooohh …« Es waren weniger die Worte, als der Tonfall und die Tatsache, dass er sich mir vollkommen hingab, sich mir auslieferte und *wegen mir* so berauscht war.

Er bäumte sich auf, schoss mir seinen Saft in den Rachen und stöhnte beim Kommen so heftig und laut, dass ich die Augen schließen und selbst ein Stöhnen unterdrücken musste. Dieser Mann war einfach heiß. Ich war fix und fertig nach diesem Blowjob und extrem geil, ich wäre am liebsten kräftig durchgevögelt worden, doch ich hatte schon zu viel Zeit verblasen und musste sofort nach Hause, bevor etwas auffiel.

Er nahm mein Gesicht in die Hände und küsste mich noch einmal genauso leidenschaftlich wie zu Anfang, dann fuhr er mich heim. Natürlich nicht direkt vor die Haustür, sondern er setzte mich drei Straßen weiter ab, den Rest lief ich zu Fuß zurück. Zum einen hätte er von meinem Mann gesehen werden können, zum anderen brauchte ich kurz frische Luft, um die Geilheit zu vertreiben. Wirklich funktioniert hat nur das Erste, geil war ich immer noch, als ich meinen Mann mit einem Kuss begrüßte und dabei genau wusste, was meine Lippen noch vor wenigen Minuten getan hatten.

In diesem Moment fühlte ich mich ganz schön mutig. Ich schickte Mick gleich am nächsten Tag einen Text: *ich bitte dich rein, mache die tür hinter dir zu, drehe mich wieder um. du drückst mich an die wand im flur und küsst mich heftig auf den mund. nach erster verwunderung erwidere ich leidenschaftlich den zungenkuss. du presst deinen körper an meinen, meine hände streichen über deinen rücken, an meinem oberschenkel spüre ich die wachsende erektion in deiner hose. eine hand von dir greift mir in den schritt, die andere fährt mir durch die haare. du küsst mir am hals entlang nach unten, mein oberteil ziehst du ungeduldig nach oben und küsst weiter am dekolleté runter zu meinen brüsten. an den nippeln verharrst du kurz, leckst mit der zunge darüber, saugst ein wenig, bis sie dir hart entgegenstehen. das shirt ziehe ich mir selbst aus, du küsst weiter bis zum bauchnabel, deine hände an meinem hosenbund. du streifst sie mir über die hüfte und bemerkst, dass ich gar nichts darunter trage. sofort spüre ich deine zunge an meiner klitoris, das macht mich rasend, mein atem geht schon schneller. du schmeckst meinen saft, der mich feucht macht. noch immer an die wand gelehnt, leckst du mich, wie es kein anderer könnte, deine zunge bringt mich unglaublich schnell und intensiv zu einem höhepunkt, den ich laut stöhnend erreiche. jetzt ziehe ich dich hoch, stecke dir meine zunge in den mund und drehe dich dabei mit dem rücken zur wand. meine hand tastet nach deinem hosenknopf, den ich geschickt öffne. ich löse meine lippen wieder von deinen, gehe in die knie vor dir, zieh deine hose noch aus, hole deinen mittlerweile sehr harten schwanz aus den shorts und umschließe ihn mit meinen lippen. meine zunge umspielt die eichel, während ich sanft sauge. ich sehe nach oben und dir dabei tief in die augen. die ersten lusttropfen lecke ich genüsslich weg. mit meiner hand reibe ich ihn und sauge nun immer fester. du nimmst meinen kopf und ziehst ihn rhythmisch zu dir, dein fester schaft ist weiter in meinem mund, tief drin. ich werde schneller und du immer geiler, bist schon kurz vorm kommen. dein glied zuckt schon in meinem mund, ich öffne meine lippen und du siehst, wie dein saft sich in mich ergießt. meine zunge umspielt deine eichel, dein sperma noch im mund. ich stehe auf und du küsst mich, schmeckst deinen eigenen saft in mir, bevor ich ihn schlucke. meine augen sind noch mit deinen in einem blick verbunden, der richtig im bauch kribbelt und lust auf mehr macht …*

Untertags bekam ich von ihm eine SMS, in welcher er sich für die Mail bedankte und dafür, dass ich ihn total heiß gemacht hatte.

43

Der Geruchssinn

… ist der Sinn, der am engsten mit dem Erinnerungszentrum im Gehirn verbunden ist. Ich benutze kein Parfum, nur eine zart nach Vanille duftende Bodylotion. Ich will nicht bewirken, dass ein Mann an mich denkt, weil irgendeine Frau auf der Straße das gleiche Parfum trägt. Außerdem will ich auch nicht, dass er nach mir riecht. Ein fremder Duft kann seine Partnerin eventuell misstrauisch machen.

Vielmehr will ich unterschwellig im Kopf bleiben. Deswegen lege ich auch großen Wert darauf, immer die gleiche Creme, immer das gleiche Shampoo und Deo zu benutzen, damit der Mann an mir schnuppert und mit verbundenen Augen weiß: Das ist sie!

Mir passiert es sehr oft, dass ich bei einem bestimmten Geruch oder Geschmack an einen Mann denke. So erinnerte mich einmal eine dunkle Kir-Royal-Praline an Mick und immer wieder denke ich bei einem ganz bestimmten Männerduft an Christopher.

44

Frühstück und mehr

So gerne hätte ich Mick bald wieder getroffen, doch er fuhr ein paar Tage später für einige Wochen in den Urlaub. Während Mick im Süden war, traf ich mich noch einmal mit Joachim. Wir hatten schon länger geplant, zusammen zu frühstücken und einen ganzen Tag miteinander zu verbringen. Ich hatte frei und er ebenfalls, also würden wir viel Zeit füreinander haben.

Am nächsten Tag berichtete ich Chris von dieser perfekten Zusammenkunft: *Wir haben schön zusammen gefrühstückt, uns dabei sehr offen unterhalten, ich muss schon sagen, mit jemandem so reden zu können, hat schon was. Einfach alle geheimen Wünsche und Erlebnisse zu erzählen. Ist eben doch was anderes, als es zu schreiben.*

Danach sind wir zu ihm. So verwöhnt wie gestern wurde ich noch nie! Er hat mich von oben bis unten massiert, mit Öl eingerieben, erst den Rücken, dann den Po, die Beine, dann hab ich mich umgedreht und er hat vorne weitergemacht. Ganz zum Schluss war meine schon ganz nasse Pussy dran … Mit seinen Fingern und seiner Zunge brachte er mich schnell zum ersten Höhepunkt. Er zog den Slip aus und streifte sich ein Kondom über, legte sich auf mich und quälend langsam Stück für Stück steckte er mir seinen schon ganz harten Schwanz rein. Er füllte mich so aus … ich spürte ihn total intensiv. Mit genüsslichen Stößen brachte er mich zum nächsten Orgasmus, dann legte er sich meine Beine über die Schultern und machte weiter, ohne Pause, bis ich wieder kam, diesmal mit ihm zusammen, unsere Blicke vereint … Nach langem Kuscheln hab ich ihm einen geblasen, richtig schön ausgiebig und bis zum Schluss … als er kam, bäumte er sich richtig auf, alle Muskeln verkrampften sich kurz, dann kam die Entspannung. Ich hab ihn schön sauber geleckt und sanft gestreichelt, seinen Körper, seine Hoden … nur mit den Fingerspitzen … Nach einer kurzen Pause hat er mich dann geleckt und gefingert. Ich hatte meinen Vib dabei, den er mit benutzt hat. Sein bestes Stück stand schon wieder und weil ich weiß, wie gerne er es anal mag, hab ich mich umgedreht und ihn in mich gelassen. Mit dem Vib hab ich aber weitergemacht. Das muss ein geiles Gefühl für ihn gewesen sein … er hinten, der Vib vorne und dann die Vibrationen spüren. Ich bin auch zum x-ten Mal gekommen mit den beiden geilen Teilen in mir …

Als er ihn mir rauszog, war meine Klit von der Stimulation immer noch ganz prall und ich noch immer heiß. Ich wollte nach den vielen vaginalen Höhepunkten unbedingt noch einen klitoralen. Völlig fertig legte er sich neben mich und war ein wenig überrascht, als ich mir mein Gerät an die Pussy hielt. Ich stimulierte mich, doch es dauerte ewig, ich konnte irgendwie nicht kommen. Als ich fast so weit war, ist doch tatsächlich die Batterie leer gewesen … Super! Nicht mal ein Dildo hält mich aus :) Ich hab dann ohne das Vibrieren weitergemacht. Er hat sich vor mich hingelegt, während ich mich weiter kreisend streichelte. Ich spürte schon, wie langsam die Hitze und das Kribbeln über mich kamen. Ich hörte kurz auf und bat ihn, es mit seiner Zunge zu Ende zu bringen. Ich sag dir, das war so ziemlich der unglaublichste Orgasmus, den ich je hatte! Lange und intensiv und so unglaublich ausfüllend. Ich dachte echt, mein Kopf explodiert. Noch zwei Minuten später zuckte meine Muschi und war ganz empfindlich. Das hat ihn ganz schön heiß gemacht. Er fragte mich, ob er mich noch mal von hinten sehen dürfte, der Anblick wäre so geil, und ich ging in den Vierfüßlerstand vor sein Gesicht. Ein wenig beschämt meinte er, er sei schon wieder ganz fest und ob er noch mal kurz in mich … natürlich! Eigentlich wollte er gar nicht mehr kommen, bzw. dachte, es würde gar nicht mehr gehen … doch dann war er in mir. Von meinem vorherigen Orgasmus war meine Pussy so eng, dass er fast nicht reinkam. Ich dachte noch so bei mir, dass ich wohl ebenfalls nicht noch mal kommen werde. Und dann vögelte er mich einfach. Fest und tief von hinten. Völlig unerwartet schoss mir die Geilheit durch den Körper und ich kam, so spontan wie nie und völlig überwältigend ... kurz drauf kam auch er schon wieder, weil ich so verdammt eng war und ihn damit echt um den Verstand brachte. Nach Luft japsend, stöhnend und kichernd fielen wir nebeneinander ins Bett und mussten erst mal eine halbe Stunde ausruhen, es auf uns wirken lassen und alles verarbeiten. Das war echt unglaublich! Anschließend haben wir zusammen geduscht, uns gegenseitig gewaschen, ganz zärtlich und ohne Hintergedanken. Dann sind wir zusammen raus, um bei einem Spaziergang an der frischen Luft den Kopf frei zu bekommen ...

Was ich Chris nicht schreiben konnte, war, dass wir uns an diesem Tag nach dem Sex zum ersten Mal geküsst hatten. Plötzlich war er bereit dafür. Und es war so ernüchternd für mich. Der Sex mit Joachim war geil und er war absolut der Hammer im Bett, aber das Küssen mit ihm zeigte mir überdeutlich, dass er wohl nicht auf längere Sicht mein Liebhaber sein würde. Wie konnte ein Mann so leidenschaftlich im Bett sein und dabei so leidenschaftslos küssen? Ich verstand es nicht. Ich sagte es Joachim auch nicht, denn ... Ja, warum eigentlich? War ich rücksichtsvoll oder wollte ich nur diese Türe offen halten?

Diese Frage hatte ich mir bereits häufiger gestellt bei den Männern zuvor. Eigentlich hatten mich bei Joachim auch schon länger die Haare in der Nase gestört, die herauswuchsen und die er anscheinend nicht wegzumachen gedachte, aber erst jetzt wurde mir das so richtig bewusst.

Einige Wochen später erlebte ich die wohl heißeste und verrückteste Woche meines Lebens. Ich will nicht zuviel vorwegnehmen, nur Folgendes: Ich hatte endlich Sex mit Mick, zwei Tage danach das letzte Mal mit Joachim und wieder drei Tage später das wahrscheinlich ebenfalls letzte Mal mit Tim. Würde auch der geile Abend mit Mick einmalig bleiben? Und warum?

Nun, von Anfang an: Endlich war Mick wieder aus dem Urlaub zurück. Braun gebrannt und immer noch genauso heiß, wie ich ihn in Erinnerung hatte, stand er vor mir, als ich die Tür des Hotelzimmers öffnete. Ich hatte mich an dem Abend nach der Arbeit »mit einer Freundin zum Essen verabredet« und Mick und mir ein Zimmer reserviert.

Es war ein typischer Novembertag: nasskalt, grau, verregnet und somit genau richtig zum Fremdgehen. Denn wie sonst lässt sich die Stimmung aufbessern, wenn nicht mit geilem Gevögel? Wie erwartet war der Sex mit Mick absolut genial. Er nahm mich genau so, wie ich es brauchte, hatte die gleichen Vorlieben im Bett (oder wo auch immer wir vielleicht noch Sex haben würden) und brachte mich absolut auf Hochtouren. Mit seinem Schwanz in mir wurde ich immer enger, umschloss ihn richtig, und er brachte mich mit einer Leichtigkeit zum Kommen, dass ich die anderen Hotelgäste wahrscheinlich mit meinen Schreien verrückt machte. Das war mir egal. An diesem Abend war mir alles egal, ich schaltete meinen Kopf aus, ließ mich völlig fallen. Ich weiß nicht, was Mick mit mir machte, aber er machte es verdammt gut.

Es war nicht nur sein Schwanz, der meine Pussy ausfüllte, sondern seine ganze Art, sein Wesen, seine Leidenschaft, all das füllte mich seelisch aus, ja es machte mich glücklich.

Ich wusste natürlich nicht, ob es von Dauer war. Immerhin war Mick vergeben und konnte irgendwann Gewissensbisse bekommen oder etwas anderes würde ihn von mir abbringen. Ich hoffte es nicht und wollte gerne noch viele geile Stunden mit ihm verbringen. Trotzdem traf ich zwei Tage später Joachim wieder. Wir vervögelten einen halben Nachmittag, küssten uns wenig, aber wechselten dafür umso häufiger die Stellungen. Er nahm mich von hinten, in beide Löcher, ich ritt ihn heftig und wir fickten einfach, bis uns die Puste ausging.

Drei Tage später war ich bei Tim zum Frühstück verabredet. Davor passierte allerdings am selben Morgen noch ein einschneidendes Erlebnis. Weil ich am Wochenende meine Tage nicht bekommen hatte, machte ich einen Schwangerschaftstest. Zusammen mit meinem Mann wartete ich das Ergebnis ab. In zwei Minuten liefen die letzten zwölf Monate wie ein Film in meinem Kopf ab. Ich erinnerte mich an all die Männer, an die Erlebnisse, an den geilen Sex, an die missglückten Affären, an mein Doppelleben, mein neues Leben, mein neues Selbstbewusstsein und ich sah der Zukunft kritisch entgegen.

Der Test war positiv.

Ich überlegte.

Lange. Ausführlich.

Nur mein Mann kam infrage. Nur mit ihm hatte ich zum Zeitpunkt des Eisprungs und davor geschlafen. Die letzten Seitensprünge waren vor meiner letzten Periode beziehungsweise vor fünf und drei Tagen gewesen. Außerdem hatte ich immer penibel auf Verhütung geachtet. Gut, dieses Problem war also gelöst.

Aber was würde jetzt aus meinen Liebhabern werden?

Als mein Mann außer Haus war, schrieb ich zuerst Mick eine E-Mail:

Hallo heißer Mann,

der Abend letzte Woche war echt geil, hab es sehr genossen mit dir. Bitte denk noch mal kurz darüber nach, das war vor fünf Tagen.

Ich … muss dir was sagen und ich weiß nicht, wie du das jetzt auffassen wirst … wie gesagt: fünf!! Tage.

Also … ich bin schwanger.

Natürlich von meinem Mann! Und es war geplant.

Ich kann verstehen, wenn du jetzt eventuell keinen Kontakt mehr mit mir haben willst. Ich weiß es selbst erst seit gerade eben und wollte es dir nur gleich mitteilen. Sag mir einfach, was du denkst, okay?

Sandra

Dann fuhr ich zu Tim. Immer mit dem Hintergedanken, was Mick wohl antworten würde, oder ob er vielleicht nie wieder schreiben würde, kam ich bei Tim an und erzählte ihm auch sofort die Neuigkeit. Ich war mir nicht ganz sicher, was er in diesem

Moment dachte. Ob er meinte, ich würde ihn deswegen nicht mehr wollen? Ob er froh war, mich vielleicht nicht mehr am Hals zu haben? Also, jedenfalls sexuell. Oder wirkte meine Schwangerschaft sogar abstoßend auf ihn?

Ich weiß es bis heute nicht genau.

Tim und ich hatten an dem Morgen Sex und es fühlte sich an, als könnte es diesmal tatsächlich unser letztes Mal sein.

Bei jedem Stoß überlegte ich, ob das gut für das Ungeborene ist, ob geiler Sex während der Schwangerschaft möglich sein würde, was ich jetzt alles tun oder lassen musste.

Und vor allem, wie lange würde ich überhaupt noch Sex haben können?

Als ich Joachim die Nachricht später überbrachte, beglückwünschte er mich und freute sich ehrlich mit mir. Sex kam jetzt für ihn allerdings nicht mehr infrage.

Erst vor Kurzem sind wir miteinander spazieren gegangen und er hat mir gebeichtet, dass er oft an den Sex mit mir zurückdenkt, dass es so geil war mit mir und ob das ein Problem für mich sei. Ein Problem? Natürlich nicht! Ich fühlte mich geehrt, dass er so etwas sagte, obwohl er mittlerweile wieder eine Freundin hat. Wenn ein Mann beim Onanieren an mich denkt, oder beim Gedanken an mich rattig wird, sehe ich das immer als Kompliment!

Sehnsüchtig wartete ich auf eine Nachricht von Mick. Als ich sie endlich im Posteingang sah, musste ich erst einmal tief durchatmen, bevor ich sie öffnen konnte. War mir dieser Mann in so kurzer Zeit wirklich so wichtig geworden?

Mick schrieb mir, dass es für ihn so lange kein Problem sei, wie es für mich verantwortbar sei. Ich war sprachlos. Er wollte mich? Immer noch und »obwohl« ich schwanger war? Das freute mich riesig und ich schlug direkt ein weiteres Treffen vor.

45

Träume und Wünsche

Manche Träume werden wohl immer unerfüllt bleiben. Aber es gibt Träume, die wahr werden, wenn man nur lange genug wartet. Manchmal muss der richtige Zeitpunkt kommen, manchmal muss man einfach dafür arbeiten.

Ich hatte und habe viele Wünsche, natürlich auch erotische. Da sind ganz einfache dabei, wie, dass der Mann mich mit Sahne besprüht und dann sauber leckt. Dafür habe ich den richtigen Zeitpunkt noch nicht gefunden.

Für einen Dreier habe ich die richtige Frau noch nicht gefunden und Sex im Wasser sollte mir wohl ebenfalls unerfüllt bleiben. Jedenfalls dachte ich das, bis sämtliche möglichen und unmöglichen Dinge zusammentrafen und es plötzlich realisierbar wurde.

46

Schwanger

Markus erzählte ich noch nichts von meinem Zustand, sondern ich schrieb ihm zum Geburtstag eine Fantasie, die ich gerne mit ihm erlebt hätte: »Du hast heute frei und bist allein zu Hause. Da bekommst du eine SMS, ich habe geschrieben. »11 Uhr« steht da und eine Adresse. Weil du neugierig bist, machst du den Rechner an und siehst nach, es ist ein Hotel. Etwas aufgeregt ziehst du dich an, viel Zeit zum Nachdenken bleibt nicht, denn du musst gleich losfahren, um pünktlich zu sein. Kurz bevor du ankommst, sagt dir eine weitere Nachricht die Zimmernummer. Du parkst vor dem Hotel, gehst hinein und den Schildern nach zu dem genannten Zimmer. Zaghaft klopfst du an die Tür. Ich öffne sie und dir bleibt erst mal die Luft weg. Ich trage ein dünnes, durchscheinendes schwarzes Nachthemd, gerade genug Stoff, um das Nötigste zu verdecken. Darunter siehst du schemenhaft einen schwarzen String, als ich dich an der Hand nehme, mich umdrehe und dich mitnehme ins Zimmer. Du gibst der Tür noch einen Stoß und sie fällt ins Schloss. Vor dem Bett bleibe ich stehen, drehe mich wieder zu dir, sehe tief in deine Augen und küsse dich lange und leidenschaftlich. Du erwiderst erregt den heißen Kuss. Währenddessen öffne ich deinen Gürtel und die Hose und streife sie nach unten. Jetzt packe ich deinen Po und ziehe dich zu mir. Ich spüre schon deinen Harten unter dem Slip. Deine Hände streichen über meinen Rücken, die Finger fahren durch die Haare. Ich setze dich aufs Bett und mache deinen Oberkörper frei, dann ziehe ich dir noch den Slip aus. Splitternackt liegst du auf dem Rücken, ausgeliefert, weil ich mich auf dich lege und deine Hände mit meinen Armen runterdrücke, aber das macht dich umso schneller geil, denn du weißt, was folgen wird. Ich küsse deinen Körper entlang, jeden Zentimeter. Gelegentlich leckt meine Zunge über deine Haut. Dann beginnst du auch, meine Fingerspitzen zu fühlen. Meine Hände und Lippen sind überall, streicheln deine Haut. Ich lasse kurz ab von dir, ziehe mein Nachthemd aus und komme wieder her. Ich berühre dich sanft am Hoden, erst mit der Hand, dann mit der Zunge, nehme deine Bällchen abwechselnd in den Mund, um sanft daran zu saugen. Ich lecke aufwärts an deinem Schaft entlang und spüre, wie er mir entgegenzuckt. Du willst mich und an meiner Reaktion merkst du, dass auch ich dich will. Eine Hand an deinem Penis, bewege ich meine andere Hand zu mir, ziehe meinen String ein wenig zur Seite und beginne, mich selbst zu streicheln. Meine Klitoris steht schon vor und du siehst an meinen Fingern, dass ich schön nass bin. Ich atme schon heftiger und kurz darauf habe ich einen Orgasmus. Du hältst es nicht mehr aus, reißt dich los, ziehst mir schnell den String aus und nimmst mich erbarmungslos hart von hinten. Du stößt an bei mir und das bringt dich noch mehr auf die Palme. Ich schreie vor Lust und du willst mich nur noch voll machen, spritzt in mich, ziehst ihn raus und der letzte Schuss geht auf meinen Po, wo er langsam nach unten läuft …«

Ich hatte gehofft, er würde darauf einsteigen, die Geschichte weiterschreiben und sich vielleicht sogar in der Realität darauf einlassen, doch er blockte nur ab, wollte nicht mehr fremdgehen. Sein Gewissen quälte ihn zu sehr.

Das sollte mein letzter Versuch gewesen sein. Ich gab es auf. Um ehrlich zu sein, ich hatte doch genug Männer an der Hand, die mich wollten, wozu also so viel Mühe in diese Affäre stecken?

Keine ganze Woche nach dem Frühstück bei Tim traf ich Mick wieder. Wir hatten uns zu einem Quickie verabredet und ich wusste auch schon, wo der stattfinden sollte. Es war nicht wirklich kalt, daher war es kein Problem, in der Natur zu vögeln. Ich kannte ein großes Grundstück, welches brach lag und wo viele Büsche standen. Dort führte ich ihn von unserem Treffpunkt aus hin.

Kaum hatten wir Schutz vor fremden Blicken, fingen wir schon an, uns zu küssen und zu fummeln. Wir griffen uns zwischen die Beine und jeder wusste, der andere wollte ihn in diesem Moment genauso sehr wie er selbst. Ich war nach wenigen Minuten so geil, dass er mich mit nur einem Stoß von hinten zum Kommen brachte. Der Gedanke, gesehen zu werden, erregte mich zusätzlich. Ich hielt mich an einem dünnen Baumstamm fest, die Hose hing, wie auch bei ihm, in den Knien, und er fickte mich mit festen Stößen, seine Hüfte klatschte an meinen Po. Beim letzten Mal hatte ich schon festgestellt, dass Mick die perfekte Größe für mich hatte, und diesmal spürte ich wieder, dass er noch praller wurde und sich noch mehr durchbog in mir, kurz bevor er abspritzte. Das Gefühl war der absolute Wahnsinn und ich explodierte förmlich. Ich musste mich so zusammennehmen, meine Geilheit nicht laut herauszuschreien, denn hier gingen häufiger Leute mit Hunden spazieren.

Als er seinen Orgasmus hatte, war ich absolut fertig. Der ganze Akt hatte nicht einmal 15 Minuten gedauert und ich war so befriedigt wie selten. Beim Heimlaufen grinste ich in mich hinein, bis mir wieder einfiel, dass ich ja schwanger war. Wie lange wohl so etwas Geiles wie gerade eben noch funktionieren würde?

In der kommenden Woche hatte ich einen Termin beim Frauenarzt – ohne meinen Mann –, da würde ich alles fragen, was mir auf dem Herzen lag. Für den Termin hatte ich mir extra frei genommen und danach würde ich Zeit haben, Zeit für Mick. Ich schrieb ihn an und er konnte es arrangieren, dass wir uns im Hotel trafen.

Die Erkenntnisse, die ich beim Arzt gewonnen hatte, machten unser Treffen geradezu perfekt. Ich durfte alles! Alles wie bisher und solange es mir Spaß machte. Jippie!

Mick und ich brachten uns gegenseitig immer wieder zum Kommen, bis wir erschöpft aufs Bett fielen. Dann begannen wir, uns zu unterhalten. Über ihn, über mich, über uns, über die Schwangerschaft und wie es weitergehen sollte. Wir genossen es, so offen sprechen zu können. Auch seine Freundin und er planten ein Kind.

Mir fiel noch etwas ein, was ich Mick fragen wollte. In ein paar Wochen würde mein Mann bei einer Feier sein und ich hatte den Abend frei. Mick versprach mir, sich deswegen zu melden und sich den Abend frei zu halten. Ich hoffte sehr, dass es klappen würde. Er schlug vor, dass wir in eine Therme gehen konnten, und meine Fantasie, Sex im Wasser zu haben, erwachte wieder zum Leben. Das wäre schon verdammt geil, dachte ich, aber wie soll das mit der Verhütung gehen?

Mick grinste und sprach es einfach aus. Schwangerer konnte ich nicht werden und Angst vor Krankheiten brauchte ich nicht zu haben. Er war seit Jahren nur mit seiner Freundin im Bett gewesen und hatte in dieser Zeit schon einen Aidstest gemacht.

Ich hatte erst vor Kurzem einen machen lassen, einfach zur Vorsicht wegen der geplanten Schwangerschaft, also stand dem Ganzen eigentlich nichts mehr im Weg.

Trotzdem wollte ich es mir erst noch einmal genau überlegen und er wollte ebenfalls darüber nachdenken.

47

Sex in der Schwangerschaft

Wenn die Frau keine Probleme oder Beschwerden hat, kann Sex während der Schwangerschaft richtig geil sein.

Alles ist besser durchblutet, auch die Muschi. Ich wurde richtig eng und war immer sehr feucht. Der Bauch wirkt auf Männer ziemlich attraktiv, auch wenn es nicht der »eigene« ist. Und die Ausstrahlung nimmt zu. Die Haut im Gesicht wird ebenfalls besser durchblutet, dadurch strahlt man Gesundheit und Frische aus. Selbst an Tagen, an welchen ich mich wie ausgekotzt fühlte, sah ich gut aus, so hatte ich den Eindruck.

Plötzlich sahen mich reihenweise Männer und auch Frauen an, zwinkerten mir zu. Vom Bauch konnte es nicht kommen, denn der war lange noch nicht zu sehen, vor allem unter den Winterkleidern nicht. Auch wachsen natürlich die Brüste, was nicht nur den eigenen Ehemann freut und auch anderen Männern auffällt.

Ich genoss den Sex jetzt noch viel mehr, weil ich nicht wusste, wie lange ich noch welchen haben würde und vor allem, wie oft ich nach der Geburt noch Lust und Zeit dafür haben würde.

48

Winterdepression? Nein danke!

Der Winter, in dem ich schwanger war, war der wohl beste meines Lebens. Von wegen schlechte Laune bei schlechtem Wetter! Ich strahlte, die Sonne schien in mir, egal was kam.

Mick und ich trafen uns jetzt fast jede Woche. Vor dem geplanten Thermen-Besuch lud ich ihn zu einem Waldfick ein.

Es war kalt und grau, der Wald menschenleer. Wir bogen auf einen schmalen Weg ab, der tiefer hineinführte. Irgendwann nahm ich seine Hand, zog ihn an mich und wir versanken in einem langen Kuss voller Leidenschaft. Wir waren so aufeinander abgestimmt, es war einfach unbeschreiblich. Unsere Hände wanderten unter die dicken Jacken, kalt war mir jetzt nicht mehr. Er blickte ein wenig skeptisch um sich, dann liefen wir vom Weg ab ein Stück in den Wald hinein. Als wir eine Stelle fanden, die uns gefiel, machten wir sofort weiter mit dem Küssen und Streicheln. Immer fordernder wurden die Berührungen, wir öffneten unsere Jacken, dann folgten die Hosenknöpfe. Seine Hand bahnte sich den Weg zu meiner schon ganz nassen Mitte und er versenkte einen Finger in mir. Lustvoll stöhnte ich auf. Ich wollte ihn einfach in mir spüren. Dann zog ich ihm seine Hose noch ein Stück weiter runter, packte seinen schon harten Schwanz aus und ging in die Hocke, um von ihm zu kosten.

In diesem Moment begann es zu schneien. Kalte Kristalle fielen auf uns und unsere nackte Haut. Kurz hielt ich inne, um diesen Moment zu genießen, musste lächeln. Die Flocken fielen auf seinen Harten, wo sie augenblicklich schmolzen. Ein schöner Anblick. Dann nahm ich ihn in den Mund. Ich leckte und saugte, sah ihm dabei ab und zu in die Augen, bis er mich hochzog, mir das Kondom abnahm, und es sich überzog. In dieser Zeit schob auch ich meine Hose runter, drehte mich um und ließ ihn in mich, langsam und genüsslich steckte er mir seine geile Erektion rein und begann mich zu stoßen. Er packte mich fest an der Hüfte und besorgte es mir. Die sanften Klapse auf den Po und wie er mich an den Haaren festhielt, machten mich nur noch heißer.

Ich griff nach hinten, fasste an seine Hüfte und presste ihn immer wieder fest in mich, bis ich heftig kam. Ich wurde immer enger, hatte direkt das Gefühl, meine Pussy zog sich um ihn zusammen, wollte den Harten festsaugen und nicht mehr loslassen. Ich stöhnte lautstark in den ruhigen Wald hinein. Er fragte mich, ob er in meinem Mund kommen dürfe, und natürlich nickte ich sofort. Aber vorher stieß er noch ein paar Mal kräftig zu, um mich noch einmal zum Höhepunkt zu bringen. Ich ging wieder runter und nahm die vom Kondom befreite Erektion sofort in den Mund, mit den Händen massierte ich sie und seinen festen Hoden und brachte ihn damit schnell zum Spritzen. Er stöhnte auf und konnte nur noch »Wahnsinn« sagen. Ich sah ihn wieder an, öffnete den Mund und spielte mit seinem Saft auf meiner Zunge, bevor ich ihn schluckte. Es hatte mittlerweile aufgehört zu schneien und als ob ich sie bestellt hätte, brachen Sonnenstrahlen durch die Wolken und schienen uns an.

In solchen Momenten wusste ich, dass Romantik auch zum Fremdgehen passt. Mick hatte seine Mittagspause für diesen Waldfick etwas verlängert und fuhr anschließend wieder zurück zur Arbeit. Als ich daheim ankam, hatte ich den ganzen Nachmittag Zeit für mich.

Ich schrieb alle meine Liebhaber an, mit welchen ich noch Kontakt hatte und denen, die es noch nicht wussten, erzählte ich von meiner Schwangerschaft. Und war überrascht, wie viele davon mich gerne wiedergesehen hätten. Sie dachten allerdings, dass ich ihnen mit der Aussage, ich sei schwanger, wohl eher sagen wollte, dass ich nicht mehr fremdgehen wollte. Ich ließ sie in diesem

Glauben. Ich wollte es ja auch nicht mehr so wild treiben. Außer natürlich mit Mick!

So hatte ich wenigstens einen Grund, den Kontakt zu lockern und niemanden damit zu enttäuschen.

Mir wurde bewusst, dass ich zu Hause nie so wild und ungehemmt war wie beim Fremdvögeln. Aber wie hätte ich meinem Mann auch erklären sollen, dass mir der Sex nach über zehn Jahren plötzlich zu langweilig wurde? Oder noch schlimmer: es schon von Anfang an war …

Mit Tim traf ich mich später noch ein einziges Mal zum Sex und schon da merkte ich, dass ihn der Bauch abschreckte, auch wenn noch fast nichts zu sehen war. Trotzdem blieb es bei freundschaftlichen Mails und Begegnungen mit ihm.

Ab und zu hätte ich ihm gerne von Mick erzählt, aber wenn ich Anspielungen machte, stieg er nicht darauf ein und war meist auch zu sehr mit seinen eigenen Problemen beschäftigt.

Bei unserem nächsten Treffen verwirklichten wir einen Plan, den wir schon bei unserem ersten Date ausgeheckt hatten: Wir kochten zusammen. An einem freien Tag fuhr ich zu Tim und wir bereiteten ein leckeres Mittagessen. Das Dessert fiel leider aus, aber das hatte ich auch nicht anders erwartet. Trotzdem genoss ich die Stunden bei ihm sehr. Wir verstanden uns einfach gut, konnten miteinander reden, lachen, ungezwungen sein.

Und dann kam endlich der Tag, an dem ich mit Mick einen meiner größten sexuellen Wunschträume verwirklichen wollte: Sex im Wasser.

Eine Woche vorher hatten wir einen Abend im Hotel verbracht. Bevor wir übereinander herfielen, fragte ich ihn, ob wir denn heute Gummis nötig hätten. Er grinste, verneinte und wir hatten Sex ohne Kondom. Danach wusste ich, dass ich nächste Woche einen unvergesslichen Abend haben würde. Und so war es auch.

Die Straßen waren tief verschneit, als wir zur Therme fuhren. Mick hatte mich von der Arbeit abgeholt und wir mussten noch ein gutes Stück fahren, bis wir am Ziel ankamen. Es war bereits stockfinster und die Luft klirrend kalt. Schnell liefen wir zum Eingang. Die Hitze bei den Umkleidekabinen schlug uns ins Gesicht und ich war froh, in einer davon meine Kleider ablegen zu können. Wir teilten uns eine Kabine und kaum dass wir nackt waren, steckte auch schon sein Schwanz in mir und er fickte mich. Wir hatten es beide kaum ausgehalten und kamen keine zwei Minuten später gleichzeitig. Innerlich etwas abgekühlt, schlenderten wir durch die Therme. Es war wenig los zu so später Stunde, was uns sehr entgegen kam.

Wir fühlten uns beide recht sicher hier, daher liefen wir zum Teil Händchen haltend nebeneinander. Wir hatten Zeit und die erste heftige Erregung hatten wir weggevögelt. Eine kleine Runde schwammen wir durchs warme Außenbecken und als wir fast alleine waren, verzogen wir uns an eine Stelle, die nicht so gut einsehbar war, küssten uns stürmisch, pressten unsere Körper aneinander. Das Wasser war angenehm warm, die Luft eisig kalt, sodass uns Wasserdampf umhüllte. Unser Atem war sichtbar und wenn man genau hingesehen hätte, hätte man als Außenstehender erkannt wie schnell wir wirklich atmeten. Ich fühlte zwischen Micks Beinen seine Erektion, wollte ihn in mir spüren. Wir standen am Rand des Beckens, er drückte mich mit seinen Küssen gegen die Wand. Ich schlang meine Beine um ihn, holte seinen Schwanz seitlich aus der Badehose, schob meinen Slip ebenfalls ein wenig zur Seite und ließ ihn in mich eindringen. Ich war noch ganz nass von der Nummer in der Umkleide und er glitt in meiner Pussy vor und zurück. Ganz langsam und immer darauf bedacht, dass keiner es sah. Ich musste die Augen schließen, tief durchatmen. Das fühlte sich so endgeil an. Die Situation machte mich einfach nur wahnsinnig. Dieser heiße Mann, mein Liebhaber, sein geiler Schwanz in mir und das Ganze in der Öffentlichkeit und im Wasser.

Sobald ein Badegast vorbeischwamm, hielten wir kurz inne, um dann weiterzumachen, wenn wir wieder unbeobachtet waren.

Wir beschlossen, nach drinnen zu gehen, unsere Haare waren nass und die Temperatur der Luft sank unter null Grad.

Im Solebecken hatten wir den wohl verrücktesten Akt dieses Abends. Ein rundes Becken, etwa acht Meter Durchmesser, darin befanden sich außer uns noch ungefähr zwölf Personen, alle standen am Rand. Das Wasser war milchig von der Kohlensäure und prickelte leise auf der Haut.

Mick und ich standen nebeneinander, Arm in Arm, dann stellte er sich wieder vor mich und gab mir einen langen leidenschaftlichen Kuss. Wir umschlangen uns innig. Für die anderen muss es so ausgesehen haben, als würden wir uns nur aneinander schmiegen, doch unter der undurchsichtigen Oberfläche des Wassers drang Mick wieder in mich ein. Dieser Moment war unglaublich und ich muss seither immer wieder daran denken. Ich schwebte, war im Himmel, war gefangen von der Leidenschaft und musste doch so achtgeben, nicht zu stöhnen. Ihm ging es genauso. Seine Erektion in mir zuckte, er bewegte seine Hüfte vorsichtig vor und zurück. Kaum hielten wir es aus. Mick flüsterte mir ins Ohr, dass wir doch noch mal in die Umkleide gehen sollten. Ich nickte zögerlich. Ein paar Minuten standen wir noch nebeneinander, beruhigten uns, dann gingen wir aus dem Wasser und zur Umkleide, wo wir es wild und fest und verdammt stürmisch zu Ende brachten. Ich kam mit einer Heftigkeit, die auch Mick spürte. Meine Pussy schloss sich fest um seinen Harten und er kam kurz nach mir, ergoss sich stöhnend und zuckend in mir.

Er zog sich aus mir zurück und sein Sperma tropfte aus mir auf den Boden. Wir kicherten, konnten es aber nicht beseitigen. Das Einzige, was wir bei uns hatten, war die Badekleidung, die wir trugen. Also ließen wir den besudelten Boden zurück und liefen wieder in Richtung Außenbecken. Draußen gab es heiße Whirlpools, die jetzt vollkommen einsam waren, und wir sprinteten schnell durch die Kälte in einen davon. Es hatte mittlerweile begonnen zu schneien. Leise schwebten die Flocken auf unsere

Gesichter, während wir in einem langen Kuss versanken. Unsere Hände waren schon wieder auf Wanderschaft, wir neckten und streichelten uns. Ich stimulierte meinen Kitzler, bis Mick es bemerkte. Er tauchte unter und leckte mich. Das Gefühl war unbeschreiblich. Ich war noch immer erregt und heiß und wollte hier unbedingt noch einmal kommen. Gemeinsam trieben wir mich in Richtung Höhepunkt. Ich war kurz davor, da kam plötzlich ein Bademeister heraus und rief uns zu, dass Feierabend sei. Wir saßen stocksteif nebeneinander, nickten ihm zu und hofften, er hatte nichts bemerkt. Kaum war er weg, setzten wir unser Spiel fort. Ich lehnte mich zurück, ließ mich verwöhnen und kam kurz darauf heftig zum Orgasmus. Ich stöhnte ihn laut heraus, es konnte ja niemand hören.

Glücklich, befriedigt und vollkommen entspannt beendeten wir unseren Thermenbesuch. Im Schneechaos brachte Mick mich heim und ich fiel halb tot ins Bett. Mein Mann kam nicht viel später nach Hause, aber ich schlief längst wie ein Stein.

Bereits eine Woche später hatten Mick und ich wieder ein Hotelzimmer gemietet, um dort den wahrscheinlich letzten Sex des Jahres genüsslich zu zelebrieren. Wir streichelten uns, küssten uns, sprachen über die vergangene Woche, kosteten es aus, Zeit zu haben, wenn auch nicht Unmengen, aber immerhin zwei Stunden.

In derselben Woche war ich auch bei Tim zu Hause, wo ich feststellte, dass er wohl nur Sex mit mir hatte, weil er gerade keine andere Frau zur Verfügung hatte. Jedenfalls fühlte es sich so an. Der Sex war gut, keine Frage, aber ich spürte, dass ihn meine Schwangerschaft ein wenig abschreckte, obgleich man noch überhaupt nichts davon sah.

Aber: Wollte ich denn überhaut noch einen anderen außer Mick?

49

Ungewöhnliche Orte

Sex an ungewöhnlichen Orten peppt jede Beziehung auf. Und wenn es nur auf dem Küchentisch ist. Wir haben zu Hause übrigens einen sehr billigen Küchentisch, der ist dabei noch nicht zusammengebrochen. Aber was genau ist eigentlich ungewöhnlich? Alles, was nicht das eigene Bett ist? Also auch fremde Betten? Die eigene Couch?

Die meisten unkonventionellen Orte sind allerdings geradezu prädestiniert, einen unbequemen Quickie zu haben, zumindest aus Sicht der Frau.

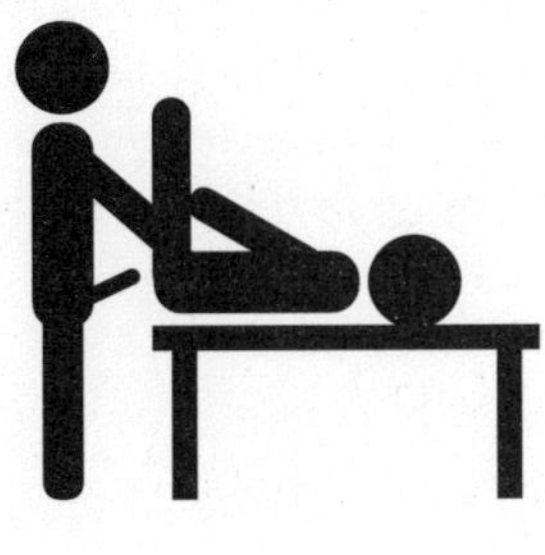

50

Endlich gefunden

Was ich für Mick empfand, war keine wirkliche Liebe, es war pure Leidenschaft, reines Begehren. Bisher konnte ich Sex und Liebe klar trennen und voneinander abgrenzen. Mit Mick verschmolzen all meine Gefühle plötzlich miteinander.

Es heißt, dass der Sex besser wird mit den Jahren und seinen Höhepunkt erst in der Mitte des Lebens erreicht. Momentan konnte ich mir kaum vorstellen, dass der Sex NOCH besser werden würde! Möglicherweise werde ich auch nur 60 Jahre alt, wer weiß.

In der Adventszeit war ich an einem Tag alleine daheim und schrieb Mick, was ich vorhatte: *Ich werde mich jetzt auf meinen Heimtrainer setzen … danach bin ich wahrscheinlich völlig durchgeschwitzt und kein Stück weniger geil … das wenige, was ich noch trage, werde ich mir vom Leib reißen und während das Wasser für ein entspannendes Bad einläuft, streichle ich mich überall … meine feuchte Haut wird es lieben … dann hole ich mir meinen Vib raus … ich lecke meinen Zeigefinger ab und streiche mir damit über die Klitoris, stimuliere mich schon ein wenig … dann stecke ich mir mein geiles Gerät rein und schalte es ein … erst auf sanfter Stufe … dabei rubble ich mich weiter mit meinem Finger … wenn mir langsam der Saft herausläuft und mein Lustknopf richtig vorsteht, schalte ich auf höchste Stufe, halte mir die vibrierende Spitze direkt drauf und dann werde ich langsam kreisend weitermachen mit der Stimulation … wenn ich unbewusst die Luft anhalte, weiß ich, dass ich nicht mehr lange brauche … ich stecke einen Finger der einen Hand in meine feuchte Grotte, die andere Hand hält den Vib … die Spannung baut sich weiter auf, mein Atem kommt stoßweise … es prickelt schon im Kopf und im Bauch, ich merke, wie sich der Höhepunkt auf-*

baut … Wärme strömt überallhin, dann sammelt sie sich zwischen den Beinen … mein Stöhnen kann ich nicht mehr unterdrücken … es fühlt sich wie eine Ewigkeit an, doch endlich explodiere ich … zuckend und stöhnend … und wenn ich nicht gleich mache, was ich grade geschrieben habe, drehe ich durch …

Tatsächlich habe ich den Heimtrainer weggelassen und mir stattdessen gleich heißes Wasser einlaufen lassen. Während die Schaumberge in der Wanne immer größer wurden, habe ich Kerzen angezündet und im Bad verteilt. Im heißen Wasser begann ich mich sanft zu streicheln, ließ mir unendlich viel Zeit, kostete meine Erregung voll aus. Immer wieder versank mein Finger in meiner nassen Spalte, während ein Finger der anderen Hand meine Klitoris massierte. Als ich kam, wurde ich regelrecht überrollt vom Höhepunkt. Total verschrumpelt verließ ich irgendwann die Badewanne, cremte mich ein, föhnte die Haare und als ich fertig war, nahm ich die Kamera, um ein paar schöne erotische Fotos von mir zu machen, sozusagen als kleines Weihnachtsgeschenk für Mick.

Wir mussten uns über Weihnachten bis Anfang Januar damit begnügen, uns zu schreiben. Keine Gelegenheit für ein Treffen war in Sicht. Weihnachten, Silvester, Urlaubszeit … So oft wie in diesen Wochen hatte ich es mir noch nie selbst gemacht. Auch Mick schickte mir Fotos von sich, die mich total heiß machten.

Und das war seine Post für mich aus dem Urlaub: *Ich komme gerade vom Skifahren, keine Lust heut auf Après- Ski, und freu mich aufs Entspannen allein im Hotel. Schnell zieh ich meine Sachen aus und geh mit Bademantel in den Spabereich. Unter der Dusche seh ich, wie jemand vorbeihuscht mit blondem Haar. Schnell reck ich meinen Kopf aus der Dusche und seh gerade noch, wie du ins Badebecken steigst … Schnell hinterher, ich setz mich an den Beckenrand, du schwimmst ein paar Bahnen, bemerkst mich nicht, bis unsere heißen Blicke sich treffen und alles klar wird zwischen uns … du schwimmst auf mich zu, unsere Augen lassen keine Sekunde von uns ab … ich gleite vom Beckenrand ins Wasser, du umschlingst mich mit deinen langen Beinen, sofort versinken wir in einem langen Zungenkuss, ich merk sofort deine warme Hüfte, und du meinen immer größer werdenden Schwanz in der Badehose … bis du ihn erlöst von der Enge, wild und schnell pocht er in deiner Hand, ich schieb dein Höschen etwas zur Seite und dring langsam in dich ein, du schnaufst tief … deine Enge ist der Wahnsinn für mich, drei, vier Mal stoße ich dich kräftig im Wasser, mein Schwanz pocht wie verrückt in dir, ich setz mich wieder auf den Beckenrand hoch, ich zieh dich zwischen meine Beine und dein Mund verschlingt meinen prallen Schwanz, deine Hände halten sich an meinen Oberschenkeln fest, während deine Zunge um meine Eichel kreist, ooohhh ich bin kurz vorm Kommen, halt mich aber noch zurück, ein erster kleiner Tropfen läuft meine Eichel runter, sofort leckst du ihn weg … schnell hol ich dich aus dem Becken, leg dich auf die Liege und fick dich richtig kräftig durch … deine Nässe läuft dir die Schenkel und den Po runter, unsere Blicke treffen sich wie von Sinnen … dann dreh ich dich, nehm dich kräftig von hinten … deine Pussy schmatzt vor Geilheit bei jedem meiner Stöße, ich komm … mit kräftigen Stößen spritz ich dir in deine nasse Pussy … das Sperma läuft deine Beine entlang, wir fallen ineinander zusammen, verharren kurze Zeit, dann geht jeder duschen … wir haben uns nach dem Essen schon verabredet auf ein zweites Abenteuer im Zimmer 207 …*

Ich war fix und fertig, als ich das las. Ich konnte richtig merken, wie er beim Schreiben immer erregter wurde, immer weniger denken konnte, je weiter er in seine Fantasie eintauchte. Mir ging es beim Lesen genauso. Daher musste auch mein Vibrator wieder herhalten, um die angesammelte Erregung zur Explosion zu bringen.

Wenige Tage vor unserem (endlich) nächsten Treffen, tippte ich eine Geschichte. Ich hatte den Winter so leid, wollte, dass es endlich wieder warm wurde. Daher war ich in Gedanken schon mitten in der warmen Jahreszeit: »Es ist Sommer. Ich liege auf dem Bauch im Garten auf einer Decke in der Sonne und döse. Rings um mich herum sind nur Bäume, Büsche, Vögel, kein Nachbar könnte mich jetzt sehen in meinen Hotpants und dem knappen Oberteil. Ich spüre die heißen Sonnenstrahlen auf mir und plötzlich bemerke ich noch etwas. Ganz sanft streicheln mich zärtliche Hände, erst am Rücken entlang nach oben, dann im Nacken, über die Schultern wieder nach unten bis zu meinem Po. Ich genieße die Berührung, öffne kurz meine Augen und unsere Blicke treffen sich. Ein wohliges Gefühl durchströmt meinen Körper. Du kniest neben mir und streichelst weiter meine Haut. Ich drehe mich um, richte mich ein wenig auf und drücke meinen Mund auf deine Lippen. Wir versinken in einem langen innigen Kuss. Meine Finger wandern an deiner Brust nach unten, öffnen deine Hose, ich ziehe sie runter und kann sehen, wie erregt du schon bist. Kurz entschlossen ziehen wir uns beide schnell nackt aus und machen weiter mit den Streicheleinheiten. Die Sonne heizt unsere Körper noch weiter auf. Immer wieder küssen wir uns leidenschaftlich. Deine Hand rutscht zwischen meine Beine, ein Finger dringt ganz leicht in meine feuchte Pussy ein. Ich stöhne leicht auf. Ich nehme dein schon ganz hartes Glied in die Hand, bewege sie auf und ab. Den ersten Tropfen nehme ich mit dem Finger auf und lecke ihn mir dann ab. Deine Finger in mir bewegen sich etwas schneller, ich spüre, wie ich immer geiler werde. Du machst weiter, während ich mich nach unten beuge und deinen Schwanz in den Mund nehme, erst nur die Spitze, dann immer tiefer. Ich sauge fest daran, dein Atem geht schon schneller. Du drückst mich auf den Boden, setzt dich auf mich und schiebst mir fast deine ganze Länge in den Mund. Dann beginnst du, mich zu lecken, immer wieder drückst du deine Finger in mich hinein. Ich beginne heftig zu atmen, winsle schon fast um Gnade, doch du machst weiter. Du bewegst deine Hüfte hoch und runter, sodass ich deinen Harten schön blasen kann. Dann gehst du runter von mir, kniest dich wieder neben mich. Du rammst mir zwei Finger in meine nasse Pussy, bewegst sie heftig und spürst sofort die Zuckungen, als ich komme. Doch du machst einfach weiter. Ich nehme deinen Schaft wieder in die

Hand, er ist schon richtig prall. Ich reibe ihn dir schnell und rhythmisch. Deine Finger stimulieren mich sehr intensiv, ich winde mich, dein Daumen drückt dabei auf meine Klit. Dann triffst du den G-Punkt, ich will, dass du aufhörst, doch du gibst nicht nach. Ich gebe einen lauten Seufzer von mir und dann läuft es dir heiß an der Hand herunter. Du machst weiter und immer wieder komme ich. Jetzt gibt es auch für dich bald kein Halten mehr. Ich reibe ihn dir noch immer, werde schneller und fester dabei. Du spürst, wie dein Höhepunkt kommt, ich halte kurz inne. Du siehst mich an, bist so kurz davor. Dann lecke ich an der Spitze die Tröpfchen weg, bewege meine Hand wieder ganz langsam. Du platzt fast vor Erregung. Dein ganzer Körper zittert, du kommst mit einem tiefen Seufzer und spritzt deinen ganzen Saft auf meinen Körper …«

Während ich das nächste Treffen schmerzlich herbeisehnte, dachte ich viel über meinen neuen Liebhaber nach. Er war fast zu perfekt. Er wollte mich genau so, wie ich war. Ich musste nicht überlegen, wie ich es ihm beim Sex recht machen konnte, sondern ich brauchte mich nur fallen zu lassen und einfach das zu tun, was mir selbst gefiel. Genau das wollte er von mir. Plötzlich wusste ich, dass meine Suche – von der ich gar nicht wusste, dass es eine war – hier endete. Ich hatte genau den Liebhaber, den ich mir in meinen Träumen vorgestellt hatte, zärtlich, wild, verständnisvoll, zupackend, und wir teilten alle sexuellen Vorlieben miteinander. Wir wussten genau, dass wir sie auch erleben wollten – die Fantasien, die wir im Kopf hatten. Ich wusste leider auch, dass es ein Ende haben würde, jetzt, wo ich schwanger war. Aber solange es ging, wollte ich es (oder besser ihn) auskosten, jede Möglichkeit zu einem Treffen wahrnehmen und die Zeit genießen, die uns bleiben würde. Wir hofften natürlich nicht, aber wir ahnten, dass diese Affäre endlich war, und wollten daher keine Minute verschwenden.

Wir stellten keine großen Ansprüche aneinander oder an die ganze Affäre und deswegen ging es uns wohl auch so gut dabei. Alles war so herrlich unkompliziert mit ihm. Wenn ich Zeit hatte, dann versuchte er, sich auch welche zu nehmen, und wenn nicht, war es auch kein Problem. Ein Begriff, der mir zu unserem Verhältnis immer wieder einfiel, war: überwältigend!

Bei ihm fühlte ich mich geborgen, allerdings wirklich zu Hause fühlte ich mich nur bei meinem Mann.

Ein wenig machte ich mir Sorgen, wie es wohl nach der Geburt sein würde. Ich hatte Angst, nicht mehr Frau, sondern nur noch Mutter zu sein, hatte Angst, der Sex würde sich verändern, mein Körper würde sich verändern, und natürlich wusste ich, dass sich mein Leben verändern würde. Aber wie weit?

Jedes Mal, wenn ich Mick wieder sah, wusste ich jedoch, dass irgendwie alles gut werden würde. Der Sex mit ihm ließ mich alles vergessen. Mein Selbstbewusstsein wuchs mit meinem Bauch und so wurde der Sex, die Affäre, mit ihm von Monat zu Monat inniger und besser.

Mehr und mehr kam ich zu dem Ergebnis, dass Mick das fehlende Puzzleteil in meinem Leben war. ER war die geheime Zutat, die die perfekte Bolognese-Soße machte!

Und abgesehen davon: Während der Schwangerschaft produziert der weibliche Körper Hormone, die unter anderem bewirken, dass man Sicherheit sucht. Und die suchte ich tatsächlich. Ich war überglücklich, den perfekten Liebhaber gefunden zu haben, denn ich wollte definitiv nicht weitersuchen und experimentieren. Lieber hätte ich es ganz gelassen. Aber das musste ich ja nun nicht.

Auch dachte ich an meine bisherigen Seitensprünge. Wie viele Affären waren es in diesem Jahr gewesen? Elf … Und wie oft hatte ich Sex mit diesen mehr oder weniger fremden Männern gehabt? Keine Ahnung! Was für ein geiles Jahr!

51

Selbstbefriedigung

… ist sehr wichtig für ein gutes Körpergefühl und für ein erfülltes Sexleben. Man muss seinen eigenen Körper – vor allem als Frau – in- und auswendig kennen. Wenn man weiß, was einem selbst gefällt, weiß man auch, wie man guten Sex bekommt, und auch, was man vom Partner fordern sollte.

Was man beim Onanieren denkt ist völlig unerheblich, ob man sich nun den Akt an sich vorstellt, völlig absurde Gedanken hat oder ein imaginärer Partner dabei zusieht, Hauptsache, man wird dabei heiß und es erregt einen. Manche Frauen haben ja die Fantasie, missbraucht zu werden. Nie würden sie es in Wirklichkeit wollen, aber der Gedanke beflügelt sie.

Ich stelle mir mittlerweile häufig vor, jemand sieht mir dabei zu. Ich habe mich schon beim Orgasmus gefilmt und das dann per Mail verschickt. Das war, als würde mich dabei jemand beobachten.

52

Einfach perfekt

Ich traf mich nun fast wieder jede Woche mit Mick. Irgendwie ließ es sich einrichten, dass wir uns so häufig sahen. Obwohl ich ihn erst so kurz kannte, war er ein fester Bestandteil meines (Liebes-)Lebens geworden. Viele Stunden verbrachten wir in diversen Hotels. Als mich einmal die Dame an der Rezeption mit meinem Namen ansprach, beschloss ich, dass wir wohl lieber nicht so oft das gleiche Hotel nehmen sollten. Es brachte mich schon zum Lachen, dass so etwas passiert war, aber trotzdem war es mir ein wenig unangenehm.

Gerade solche Dinge und auch die anderen netten Geschichten teilte ich gerne noch immer mit Chris, mal mehr, mal weniger ausführlich. Wir schrieben uns weiterhin Mails und erzählten uns von unseren Erlebnissen. Ich war froh, jemanden zu haben, mit dem ich es teilen konnte und dessen Meinung ich manchmal brauchte. Tim hätte wohl nur die Augen verdreht, wenn ich ihm von Mick erzählt hätte, deswegen verzichtete ich darauf. Und Joachim ließ ich in dem Glauben, ich sei zur Vernunft gekommen. Das war besser für alle Beteiligten.

Nachdem ich also beim Einchecken knallrot angelaufen war, weil ich schon bekannter war, als mir lieb war, verlief der restliche Nachmittag allerdings rundum perfekt, wie ich Chris später detailliert schilderte: *Ich hab ihn nur in String und BH empfangen, er war kaum zur Tür rein, haben wir uns schon innig geküsst und seine Kleidungsstücke fielen Stück für Stück auf den Boden. Die Sonne schien hell ins Zimmer, ich hab extra die Vorhänge aufgemacht, sodass das Bett beschienen wurde. Habe mich dann mitten hinein gelegt, die Strahlen wurden von meiner silbernen Satinwäsche reflektiert und ich rekelte mich herausfordernd, bis er endlich über mich kam und begann, mich zu streicheln. Die warme Sonne und seine Zärtlichkeit ließen mich immer heißer werden. Seine Finger fanden den Weg zwischen meine Beine, schon die Berührung auf dem Stoff ließ mich aufstöhnen. Als ein Finger am String vorbei in meine schon ganz nasse Spalte glitt, drückte ich mich ihm entgegen, wir küssten uns leidenschaftlich. Auch meine Hände streiften seinen Körper und über seine Erektion. Ich drehte mich ein Stück zur Seite und zog ihm seinen Slip aus, direkt sprang mir sein fester Schwanz entgegen. Während er mir meinen String herunterzog und den BH öffnete, fanden meine Hände seinen Harten, begannen sofort, ihn sanft zu massieren, seine Eier zu streicheln, bis sich an der Spitze seiner Eichel ein verführerischer Tropfen bildete. Ich konnte nicht widerstehen, meine Zungenspitze liebkoste ihn und dann nahm ich seinen schönen Schwanz komplett in den Mund. Noch kniete er neben mir, doch ich merkte schon, dass er langsam zu zittern begann. Als ich kurz innehielt, streifte er mit seinen Händen über meine schon ganz erhitzte Haut. Über die Brüste, den Bauch und schließlich bis zu meiner feuchten Mitte, die er sogleich liebkoste. Zwei seiner Finger drangen in mich ein, sein Daumen kreiste um meine Klit, ich stöhnte auf. Noch immer hatte ich nur meine Hand an ihm, er stimulierte mich immer mehr, bis ich mit einem Seufzer kam. Langsam zog er seine Finger aus mir heraus, es kam mir vor, als hätte meine Pussy sie festgesaugt. Einmal durchgeatmet, setzte ich meinen Blowjob fort, nahm diesen geilen Harten wieder in den Mund und saugte, leckte, kreiste, massierte, bis er die Augen schloss, und stöhnte vor Lust. Tief in meinem Rachen spürte ich das Zucken und wie er immer größer wurde, dieses geile Gefühl, kurz vorm Kommen, und schon hatte ich seinen heißen Saft in mir, ich saugte ihn richtig aus. Er atmete heftig und laut, weil ich ihn so sehr stimuliert hatte. Ich schluckte und leckte noch alles schön sauber. Er fiel zur Seite neben mich und streichelte über meinen Körper. Ich war noch immer total geil, begann, an mir selbst zu spielen, nahm meinen eigenen Saft mit dem Finger auf und massierte damit meine Klit, kreisend und langsam, bis er mit seiner Hand hinterherkam und mich ablöste. Mein schon geschwollener Lustknopf war vom ersten Orgasmus noch ganz empfindlich und ich zuckte immer wieder. Er rieb weiter, verteilte meine Nässe und nach kurzer Zeit spürte ich meinen nahenden Höhepunkt. Da fiel mir was ein. Ich nahm seine Hand weg, drückte ihn aufs Bett und legte mich auf ihn. Sein schon wieder fast erigierter Schwanz flutschte in meine Pussy. In dieser Stellung wollte ich kommen, ihn meine Wellen der Lust an seinem Glied spüren lassen. Sein Daumen bezog sofort wieder Position und schon die erste Berührung meiner Klit ließ mich zittern. Kreisend führte er das Spiel fort, sein Schaft in mir wurde immer härter, das konnte ich spüren, und er ließ ihn zucken. Ich schloss die Augen, kostete den Moment aus, merkte, wie ich langsam kam. Mein Atem ging schnell und immer wieder stöhnte ich auf. Oh ja, gleich. Ich konnte nicht mehr, er wurde immer schneller, ich hielt den Atem an, bäumte mich auf und kam so intensiv und so unglaublich, dass ich nur noch stöhnen und keuchen konnte. Er genoss die Zuckungen um seinen Schwanz, spürte, wie ich ihn richtiggehend einsaugte. Als ich wieder ein wenig runtergekommen war, ritt ich ihn, fest und schnell. Die Sonne schien dabei auf meinen Oberkörper. Er massierte meine Brüste, die sanft wippten. Meine Enge machte ihn wahnsinnig und schon nach wenigen Bewegungen war er kurz vorm Kommen. Doch er wollte noch nicht, riss mich hoch, stellte sich neben das Bett und drehte mich, um mich von hinten zu nehmen. Schon seine ersten Stöße brachten mich erneut zum Kommen, diesmal wieder vaginal. Ich krallte mich in der Bettdecke fest. Sanfte Klapse auf den Po brachten mich auf Hochtouren. Er hielt meine Hüfte umklammert, stieß fest in mich hinein, spießte mich auf, bis mein nächster Höhepunkt heranrollte und er sich erlaubte, selbst zu kommen. Seine Härte und sein Orgasmus fühlten sich so geil in mir an, dass ich gleich noch mal kam. Ich zersprang fast vor Lust, als er sich in mir ergoss …*

Für diesen Nachmittag hatte ich extra Sahne gekauft, denn ich wollte es unbedingt einmal erleben, dass ein Mann mich damit besprüht und dann sauber leckt. Wir hatten darüber gesprochen und Mick wollte es auch.

Beim Anziehen fiel mir die Flasche auf, die noch immer auf dem Tisch stand und darauf wartete, eingesetzt zu werden. Nun blieb mir nur dieses Erlebnis weiterhin herbeizusehnen, denn sowohl Mick als auch ich wurden zu Hause erwartet.

Eines unserer weiteren Abenteuer fand in Micks Mittagspause statt. Ich hatte früher Schluss und fuhr mit der Bahn zu seiner Firma. Auf der anderen Straßenseite wartete ich mit klopfendem Herzen darauf, dass er mich abholte. Ein wenig panisch sah ich immer wieder um mich, denn es war eine vielbefahrene Hauptstraße. Irgendwie hatte ich Bedenken, dass jemand vorbei kommen würde, der mich kannte. Ich trat von einem Bein aufs andere. Aber nicht wegen der Kälte. Es war zwar rein kalendarisch noch Winter, doch die Sonne strahlte von einem wolkenlosen Himmel herunter und wärmte mich angenehm. Ich trug einen weiten Mantel, unter dem sich ein kleiner Schwangerschaftsbauch abzeichnete. Der Wind strich mir durchs Haar und ich hielt mein Gesicht in die Sonne, als Mick mit dem Auto am Straßenrand anhielt. Er sah mich auffordernd an und ich stieg ein. Dann brachte er mich an einen Ort, den zu betreten ich mich selbst niemals getraut hätte: ein Tennisplatz. Die Saison hatte noch nicht begonnen und Mick hatte vorher schon nachgesehen, ob auch wirklich »reine Luft« war. Als einziges Auto stand seines nun auf dem Parkplatz und wir liefen über einen schmalen Weg auf das Gelände. Ich sah, dass der ganze Platz von einem Wall umgeben war, was uns guten Sichtschutz bieten würde. Zwischen den beiden Tennisplätzen gingen wir Händchen haltend zu dem Geräteschuppen auf einer Wiese dahinter. Ich witzelte gerade darüber, dass ich mal wieder die Sonne für uns bestellt hätte, da zog Mick mich (endlich) stürmisch an sich und küsste mich so leidenschaftlich, dass ich den Boden unter den

Füßen verlor. Ich ließ mich innerlich fallen, genoss den Augenblick. Wir standen nun hinter dem kleinen Holzhaus und berührten uns wie von Sinnen, fast so als wären wir vollkommen ausgehungert. Mick drehte mich mit dem Rücken zu sich, küsste mich in den Nacken, umfasste meine Brüste. Die kühle Luft unter meinem Oberteil und die heiße Berührung ließen meine Brustwarzen fest werden. Er streichelte sanft über meinen Bauch, wanderte tiefer, griff in die Hose, dann versanken schon seine Finger in mir. Ich war so erregt, dass ich direkt aufstöhnte. Das war zu viel für ihn, er zog meine Hose runter, ich lehnte mich nach vorne, stützte mich mit den Händen an der Wand des Schuppens ab und reckte ihm meinen Po entgegen. Sofort ging Mick in die Knie und leckte mich ausgiebig an meiner Pussy, bis ich nur noch seinen Schwanz in mir haben wollte. Er tat mir diesen Gefallen, zog seine Hose schnell runter und stieß tief in mich. Ich krallte mich mit den Fingernägeln ins Holz, während er mich fest von hinten fickte. Wir stöhnten, atmeten immer schneller. Zwischendurch hielten wir kurz inne, ich drehte meinen Oberkörper zu ihm, sodass wir uns feurig küssen konnten. Dann fuhr er fort mit den Stößen, ich wurde immer enger und nasser. Seine Hüfte klatschte an meinen Po, ich spürte, wie sein Harter größer in mir wurde, und kam so explosionsartig, dass ich meinen Schrei nicht zurückhalten konnte. Das machte mich noch enger und erregte Mick derart, dass er auch einen Orgasmus hatte. Er stöhnte laut auf, stieß noch ein paar Mal tief in mich und brachte mich sofort noch einmal zum Höhepunkt. Ich stützte mich schwer auf meine Hände, sank ein Stück weiter vor.

Wir zogen uns zügig an, als wir uns einigermaßen beruhigt hatten, denn Mick musste ja wieder zur Arbeit. Er fuhr mich zur Bahnstation, wo wir uns mit einem langen Kuss verabschiedeten. Plötzlich hatten wir keine Angst mehr, dass uns jemand sehen konnte. Ich lief zu den Gleisen, die Treppe hinauf und … OH! … plötzlich spürte ich, wie mir etwas heiß zwischen den Beinen herauslief. Scheiße! Ich sah verstohlen meinen Schritt an. Man sah nichts, aber ich war trotzdem mehr als beunruhigt. War etwas passiert? Waren die Stöße zu fest gewesen? Hatte ich meinen Bauch zu sehr angespannt? War mit meinem Baby alles in Ordnung? Ich bekam Panik, steigerte mich immer mehr in diese Gedanken, während ich auf den Zug wartete. Die Hose war nicht nass im Schritt, also konnte es nicht so viel gewesen sein, doch ich kniff auch die Muskulatur zusammen, weil ich befürchtete, es könnte noch mehr kommen. Ich hielt es nicht aus, ging zur Bahnhofstoilette, wo ich rasch nachsah.

Erleichtert stellte ich fest, dass es kein Blut war. Anscheinend war ich von den beiden Höhepunkten so eng geworden, dass nicht alles Sperma und meine ganze Nässe heraus fließen hatten können, nachdem Mick seinen Schwanz aus mir gezogen hatte. Beim Treppensteigen hatte ich mich wohl entspannt und dadurch die Schleuse geöffnet.

Was man nicht alles erlebte!

Gerade noch erreichte ich meinen Zug und fuhr nach Hause, wo ich erst einmal die Spuren des Geschlechtsverkehrs beseitigte.

Weil Mick nicht, wie ich, einen geregelten freien Tag hatte, trafen wir uns nun häufiger auch in seinen Mittagspausen. Einmal hatte er sich von einem Kollegen den VW-Bus ausgeliehen und wir fuhren in der Nähe seiner Arbeitsstelle zu einem kleinen Waldstück, um dann auf den Rücksitzen zu vögeln. Mein Bauch war mittlerweile schon etwas gewachsen und so war es nicht ganz so einfach, wie ich anfänglich dachte. Trotzdem war es unendlich geil, ihn in mir zu spüren, vor mir dieser heiße Mann, neben mir rechts der Wald und links weite Felder. Jederzeit hätte uns ein Bauer entdecken können, doch wir scherten uns nicht darum, sondern genossen uns einfach.

Als die Temperaturen frühlingshaft warm geworden waren, verabredeten wir uns auch noch einmal, um zum Tennisplatz zu fahren. Noch hatte die Saison anscheinend nicht begonnen.

Ich wartete wieder gegenüber seiner Firma und stand in der warmen Sonne. Deutlich sah man mir nun meine Schwangerschaft an, ich trug eine enganliegende Jeans und ein ebenso körpernahes Shirt. Als ich in sein Auto einstieg, schmeichelte er mir mit einem ehrlich gemeinten spontanen: »Wow!«

Wir fuhren also zum Tennisplatz, wo wir eine knappe Stunde Zeit haben würden, bis sein Chef ihn wieder brauchte. Wir hatten Decken dabei und veranstalteten unser ganz persönliches Ficknick.

Ich konnte nicht mehr auf dem Bauch liegen, doch wir fanden viele Stellungen, die noch möglich waren, und vögelten so lange, bis wir erschöpft nebeneinander niedersanken. Die Sonne war so stark, dass wir nackt auf den Decken liegen bleiben konnten. Über uns zogen Flugzeuge ihre Bahn und wir kicherten bei der Vorstellung, jemand könnte uns von da oben beobachten. Zum ersten Mal legte Mick seine Hand ganz bewusst auf meinen Bauch, spürte die Bewegungen meines ungeborenen Kindes. Ich glaube, dass ihn das sehr beeindruckte. Auch wenn es nicht sein eigenes Kind war, dieses Wunder faszinierte und berührte ihn. Er fragte mich auch viel darüber aus, wollte alles wissen und war nur dann nicht übervorsichtig, wenn ich ihm ausdrücklich sagte, dass er mich fest ficken, anpacken oder was-auch-immer-mir-gerade-fehlte machen sollte.

53

Stellungen

Die passende Stellung zu finden ist relativ einfach und sollte, wie ich bereits erwähnt habe, nach Größe und Härte des jeweiligen Schwanzes ausgewählt werden. Hier eine kleine Auswahl: Doggy Style ist gut geeignet für weniger harte Schwänze, weil der Mann dabei nicht so leicht herausrutschen kann. Die Missionarsstellung geht super bei langen harten Schwänzen, weil er nicht so extrem tief hineinstoßen kann. Für kürzere Schwänze oder wenn die Frau gerne tief gestoßen wird, ist es empfehlenswert, den Sidekick einzusetzen, weil der Mann richtig weit eindringen kann. (Ich musste gerade selbst nachlesen, wie diese meine Lieblingsstellung eigentlich heißt.) Und hier die Erklärung: Sie liegt seitlich mit dem Rücken zu ihm. Er kniet hinter ihr und schaut auf ihren Hinterkopf. Er schiebt ein Knie zwischen ihre Beine und dringt von hinten in sie ein. Sie zieht ihr oben liegendes Bein in Richtung ihres Brustkorbes, sodass er einen besseren Blick auf ihren Po hat und sich besser an ihren Hüften festhalten kann, während er sie mit seinen Stößen befriedigt. Je weiter frau die Hüfte nach oben hebt, desto tiefer kann mann übrigens eindringen. Wenn der Bauch noch nicht allzu groß ist, ist das eine sehr schöne Stellung, die für die Frau auch recht entspannend ist.

Kurz vor knapp

Zeit ging ins Land, Mick und ich trafen uns noch immer fast einmal die Woche, mein Bauch wurde immer größer und auch meine Sorge um den weiteren Verlauf dieser Beziehung. Ich hatte noch acht Wochen bis zum geplanten Geburtstermin und das Gefühl, jedes Treffen mit Mick könnte unser letztes sein.

Wir hatten eine Verabredung zum Mittagessen. Locker plauderten Mick und ich über alles, was uns so durch den Kopf ging. Nach dem Essen machten wir einen Spaziergang zu einem kleinen Fluss, der am Restaurant vorbei floss. Unter einer niedrigen Brücke kamen wir zum Stehen und küssten uns an diesem Tag zum ersten Mal. Feuer erfasste mich, verbrannte mich schier. Ich wollte ihn, so sehr, am liebsten jetzt und hier. Leider waren zu viele Fußgänger unterwegs. Wir berührten uns fast nicht, pressten uns beim Küssen aber fest aneinander. Kaum hielten wir die Spannung aus, die sich in so kurzer Zeit aufgebaut hatte. Knapp fragte ich Mick: »Wald?«

Und schon schritten wir hastig zu seinem Auto, fuhren zu unserem Stammparkplatz und liefen in den Wald, wo wir uns nur noch die Hosen herunter rissen und miteinander verschmolzen. Ich hielt mich an einem Baumstamm fest, während er mir von hinten in meine Pussy stieß und mich so heftig zum Orgasmus brachte, dass mir fast die Luft wegblieb. Auch er war gekommen und atmete stark. Es war bereits Frühsommer und recht warm, sodass wir uns anschließend verschwitzte Küsse gaben.

Zärtlich streichelte er meinen Bauch und fragte mich, wie so oft, ob alles in Ordnung sei. Ich konnte darauf nur antworten wie immer: »Jetzt schon!«

Mick schickte mir ein paar Tage später ein Foto. Nach dem Joggen, verschwitzt, grinsend. Es beflügelte meine Fantasie:

»Du stehst vom Sport verschwitzt und feucht vor mir, ich kann kaum an mich halten. Ein langer heißer Kuss, der deinen Schweiß in meinem Gesicht verteilt, gefolgt von fordernden Berührungen. Wir können beide unsere Erregung spüren. Du fährst durch meine Haare, meine Hände greifen deinen Po und ziehen dich noch fester an mich. Dann nehme ich deine Hand und wir gehen ins Bad. Auf dem Weg dahin fallen letzte Kleidungsstücke. Ich drehe das Wasser auf, wir steigen in die Dusche. Warmes Wasser strömt über unsere Körper, ein tiefer Blick, dann versinken wir wieder in einem innigen Kuss. Deine Finger suchen meine Mitte, streichen über die glatt rasierte Haut und gleiten sogleich in meine Nässe hinein. Ich stöhne auf, stelle ein Bein auf den Rand der Dusche hoch, damit du noch besser an meine nach dir lechzende Pussy kommst. Du bewegst deine Finger in mir, mich noch immer küssend. Meine Fingernägel krallen sich sanft in deinen Rücken. Du spürst meine Lust, ich schließe die Augen und genieße. Dann nehme ich den Duschkopf in die Hand, stelle ihn auf Massagestrahl und halte ihn mir an meine Klit. Sie schwillt sofort an, meine Knie zittern leicht. Kreisend stimuliere ich mich. Zwei deiner Finger stecken noch in mir, meine Pussy hält sie richtig fest. Ich merke schon, wie mir wohlige Schauer über den Rücken laufen. Du ziehst deine Finger aus mir, drehst mich um und drückst mir deinen schon festen Schwanz in meine Muschi. Er wird immer härter, obwohl du dich nur ganz leicht bewegst. Ich nehme wieder den Duschkopf an meine gerade empfindlichste Stelle, verwöhne meine Klit. Du hältst mein Becken fest, stehst fast unbeweglich da und merkst nur, wie meine Pussy dich festsaugt. Mein Körper zuckt, ich stöhne, ich komme! Rhythmisch ziehen sich die Muskeln um deinen Harten zusammen, das macht dich verrückt. Du beginnst, mich zu stoßen, erst langsam und sanft, dann immer fester und schneller. Nach kurzer Zeit komme ich ein weiteres Mal, meine lustvollen Schreie hallen durchs Bad. Du brauchst auch nicht mehr lange und als ich das bemerke, drücke ich dich bestimmt weg, drehe mich wieder um. Ich stecke den Duschkopf zurück, sodass wir wieder vom warmen Wasser überflutet werden, schiebe dir noch mal meine Zunge tief in den Mund und gehe dann runter auf die Knie, um sofort deinen geilen Schwanz zu verwöhnen. Eine Hand an den Hoden, eine an deinem harten Schaft, sauge ich mit dem Mund, bis du fast nicht mehr stehen kannst. Ich treibe mein Spiel weiter, bis du kaum noch atmen kannst. Wasser überströmt mein Gesicht. Der Druck in dir steigt, die Lust geht ins Unendliche und du spritzt mir deine volle Ladung in den Mund. Du schmeckst so gut und ich schlucke sofort, komme wieder hoch und wir küssen uns noch einmal stürmisch und nass. Zärtlich streichen unsere Hände über die Haut des anderen. Wir waschen uns gegenseitig, streichelnd, massierend, küssend …«

Wir schrieben uns in diesen Tagen sehr häufig unsere Fantasien. Das schöne Wetter und die hohen Temperaturen taten ihr Übriges zu unserer sowieso schon viel zu großen Geilheit.

Ihn erreichte diese Geschichte, die ich mir für ihn ausgedacht hatte, als er ein paar Tage in den Bergen auf einem Bauernhof war:

»Wo war das noch mal genau? Ich komme sofort vorbei! Ein paar Fantasien auf einem Bauernhof würden mir da sofort einfallen!

Ich stelle mir da ein großes Bett mit Himmel in einem rustikalen Zimmer vor. Durchs Fenster blickt man auf eine große Wiese, die Sonne scheint herein und streichelt unsere nackten Körper wach, blinzelnd erwacht auch unsere Lust. Die Aussicht auf einen ganzen Tag zu unserer vollen und freien Verfügung lässt unsere Hände wandern. Wir können nicht voneinander lassen, haben zärtlichen Sex am Morgen :)

Beim Frühstück werfen wir uns immer wieder eindeutige Blicke zu, planen unseren morgendlichen Ausflug mit anschließendem Picknick. Der ausgedehnte Spaziergang führt uns zu einer einsamen Weide. Es ist schon richtig heiß und wir suchen Schatten unter einer großen Eiche, breiten unsere Decke aus und machen da weiter, wo wir im Bett aufgehört haben. Mit endlosem Streicheln, Lecken, Küssen und lustvollem Eindringen …

Hungrig öffnen wir gegen Mittag den Picknick-Korb, füttern uns gegenseitig mit den Leckereien, verkleckern absichtlich, um es dann genüsslich wegzulecken. Auf dem Rückweg zum Bauernhaus können wir die Hände wieder nicht zähmen …

Dort angekommen, laufen wir an der Scheune vorbei, ein kurzer Blick, ein schelmisches Lächeln und wir wissen beide, was der andere denkt. Unbemerkt schlüpfen wir hinein. Jetzt macht es sich gut, dass ich nur ein leichtes Sommerkleid trage. Du wirfst mich auf einen Strohballen, kichernd will ich mich umdrehen, doch du bist schon über mir, schiebst mein Kleid nach oben, meinen String zur Seite und dringst hart in mich ein. Ich weiß nicht, ob ich immer noch oder schon wieder feucht bin, aber du gleitest in mir, bereitest mir so viel Lust mit deinen harten Stößen, ich kann nur noch stöhnen, komme immer wieder, bis du dich endlich in mir ergießt … Erschöpft fällst du neben mich …

…als wir erwachen, bekommen wir erst mal einen kleinen Schreck, denn es ist fast dunkel draußen, doch als wir raussehen, bemerken wir, dass das nicht die Nacht ist, sondern ein aufkommendes Gewitter. Kaum dass wir unsere Kleider gerichtet haben, beginnt es schon zu regnen. Wir flüchten von der Scheune Richtung Haus, doch die Tür ist verschlossen. Atemlos und schon ziemlich nass laufen wir zum Hintereingang, doch auch dort ist zu. Du willst schon laut ›Scheiße‹ rufen, da ziehe ich dich an mich und küsse dich heftig auf den Mund, ein feuchter Zungenkuss und ich habe fast das Gefühl, als würde der Regen auf meiner erhitzten Haut gleich wieder verdampfen. So wie es aussieht, sind wir wohl alleine hier und anscheinend sind unsere Kraftreserven noch lange nicht aufgebraucht. Der Regen durchnässt uns bis auf die Haut, unsere nassen Körper kleben aneinander …

Ich öffne deine Hose, ziehe sie herunter. Du blickst noch mal skeptisch um dich, doch es ist niemand zu sehen. Ich hole deinen schon wieder erigierten Schwanz raus, beginne, ihn zu lecken und daran zu saugen. Du schmeckst nach dir und nach mir. Ich sehe dich an, das Wasser läuft mir übers Gesicht, du fasst in meine nassen Haare, drückst mich immer wieder an dich und dich in mich. Ich liebkose mit Mund und Händen deinen harten Schaft. Meine Zunge kreist an der Spitze, als du zuckend kommst. Dein heißer Saft spritzt mir in den Mund, ins Gesicht und auf den Hals, vermischt sich mit dem Regen und läuft in meinen Ausschnitt … Ich schlucke genüsslich, dann komme ich hoch und wir küssen uns leidenschaftlich.

Kaum hast du die Hose richtig an, fährt ein Auto zum Haus und wir wissen, das Timing hat mal wieder perfekt gepasst. Völlig triefend und erschöpft kommen wir im Zimmer an und du lässt uns ein heißes Bad ein, wo wir uns erholen und aufwärmen können … Na, und vielleicht auch noch ein wenig mehr??«

Der Gedanke, Mick mit solchen Geschichten heiß zu machen, ihn dazu zu bringen, es sich selbst zu machen und dabei womöglich noch an mich zu denken, gefiel mir ungemein. Und es ließ bei uns beiden die Vorfreude aufeinander wachsen.

Es folgten noch weitere Treffen, im Hotel, im Wald, und noch eines im Wald, was mir besonders in Erinnerung geblieben ist. Warum? Na, dann passt mal auf!

Wir gingen den versteckten Weg zu unserer Lieblingsstelle im Wald, wo wir uns liebkosten, streichelten und küssten. Trotz leichter Bauchschmerzen hatte ich mich auf das Treffen eingelassen. Es kam jetzt schon häufiger vor, dass ich Schmerzen hatte, meine Hebamme nannte das »Übungswehen«. Ich fand es nicht besonders schlimm, deswegen war ich ja mit Mick hier. Er stieß von hinten in mich, ich spürte ihn unglaublich intensiv. Ab und zu musste ich allerdings kurze Pausen einlegen, weil ich mich anders hinstellen musste. Der Bauch war im Weg und tat etwas weh, so nah am Ende der Schwangerschaft war das eben so. Trotzdem genoss ich den Sex mit Mick und hatte einen schönen Orgasmus. Auf dem Weg zurück zum Auto lächelte ich selig und freute mich über diesen wunderbaren Tag.

So, und was war das Besondere an diesem Waldfick? Nun ja, eigentlich nichts, aber besonders war die Tatsache, dass die Schmerzen schon die ersten Wehen waren und kaum zwölf Stunden nach unserem Treffen mein Kind zur Welt kam …

Was wird jetzt?

Viele, viele Fragen quälten mich die ersten Tage und Wochen nach der Geburt. Und die betrafen nicht nur das neue Leben neben mir. Wie würde mein eigenes Leben jetzt weitergehen? Ich wusste nicht, wie mein Körper weiterhin auf die Männer wirken würde, ob der Sex sich noch so anfühlen würde wie vorher, ob ICH mich noch so anfühlen würde wie vorher, wie man als Frau mit Kind auf andere wirkt, ob ich weiterhin noch so viel Sex haben und auch wollen würde, und vieles mehr. Natürlich ging es mir bei meinen Überlegungen nicht nur um das Fremdgehen.

Schwangerschaft und Geburt verändern den Körper einer Frau, mal mehr, mal weniger, aber im Großen und Ganzen nicht so gravierend, dass man sich Sorgen machen müsste. Das weiß ich jetzt, aber damals machte ich mir große Sorgen, wie es weitergehen sollte.

56

Danach

Mick schrieb mir tags darauf eine SMS, fragte mich, ob es mir gut ging und ob ich auch so viele Mückenstiche hätte. Ich lag im Bett, völlig fertig, total am Ende, machte mir riesengroße Sorgen, blickte skeptisch auf das kleine, zerbrechliche Wesen neben mir, das noch vor wenigen Stunden in meinem Bauch gewesen war, und … ja, ich musste grinsen.

Sofort antwortete ich ihm, dass die Mückenstiche, so ich welche hatte, gerade meine kleinste Sorge waren und ich jetzt Mama sei.

Ich merkte an seiner Antwort, wie sehr er sich für mich freute, und das war für mich ein kleiner Lichtblick im Dunkel meines neuen Lebens.

Am zweiten Tag nahm ich meinen Körper wieder etwas mehr wahr. Mein Bauch war immer noch ziemlich groß, aber total weich und wabbelig. Zwischen den Beinen, da unten – ich konnte sie einfach nicht mehr als meine »Pussy« sehen – war mir plötzlich alles fremd geworden. Ich konnte mich nicht ansehen, nicht berühren. Alles war geschwollen und wund und so … so … als würde es nicht zu mir gehören. Ich wusste nicht, ob ich je wieder Sex haben wollte, ob ich mich da unten je wieder anfassen wollte. Völlig irrationale Gedanken kreisten in meinem Kopf. Aber was will man auch erwarten, zwei Tage, nachdem ich (gefühlt) einen Fußball gekackt hatte, und dabei die wohl stärksten Schmerzen gehabt hatte, die ich mir je vorstellen konnte …

Der dritte Tag war der schlimmste. Aber das wusste ich zum Glück schon vorher, hatte mich darauf vorbereitet und der einzige Gedanke, der mich über dieses Tief hinweg rettete war: Morgen geht's mir wieder besser!

So war es dann auch. Die erste Zeit nach der Geburt war anstrengend, schlaflos, kräftezehrend und unglaublich intensiv. Aber ich hatte zwischendurch viel Zeit zum Nachdenken, machte mir unbegründet Sorgen über alles Mögliche.

Unter anderem fragte ich mich, wann ich wieder Sex haben wollte. Unvorstellbar, dass da unten wieder so etwas Großes wie ein Schwanz in mich eindringen würde. Ich fühlte mich noch immer wund und unangenehm. Fünf Wochen nach der Geburt sagte mein Frauenarzt mir, dass ich wieder Sex haben könne, und verschrieb eine Pille. Ich überlegte zwei Wochen lang, ob ich sie nehmen sollte, entschied mich dafür und hatte kurz darauf mit meinem Mann den ersten Sex nach der Geburt. Es fühlte sich an wie mein erstes Mal. Unerfahren, schmerzhaft, trocken und verkrampft. Aber es wurde besser. Langsam, mit Gleitmittel und viel Gefühl, doch immerhin wurde es mit jedem weiteren Mal angenehmer.

Sehnsuchtsvoll schrieben Mick und ich uns immer wieder E-Mails. Ich fragte ihn, ob er sich vorstellen könnte, eine andere Liebhaberin zu suchen, falls ich nicht mehr so oft zur Verfügung stünde. Ich meinte es ernst, doch er antwortete eher belustigt, was mich ehrlich freute:

Ohne Liebhaberin mhhmmm, was mach ich denn da? … gute Frage?? … eine suchen??!! … nee! hab ich nie, werd ich auch nicht. Freu mich, dich wiederzusehen (bist einzigartig), und alles, was dazu gehört und möglich ist.

Mit solchen Worten machte er mir immer gute Laune und ich antwortete:

Es kommt mir vor wie eine Ewigkeit, dabei ist unser letztes Mal erst zwei Wochen her … Ich hatte übrigens auch zwei Mückenstiche ;) aber die hab ich durch die vielen Geschehnisse gar nicht gespürt …

Du findest aber auch immer die richtigen Worte … einzigartig … hab grad so ein bisschen das Gefühl, dich gar nicht zu verdienen … Ich hab mich noch nie vorher so aufgehoben, verstanden, geborgen und gleichzeitig geil durchgevögelt gefühlt wie bei dir! Und das ohne verliebt zu sein …

Unglaublich! So jemanden wie dich werde ich wohl nie mehr finden! Aber das hab ich auch gar nicht vor!

Oh Mann, jetzt werd ich noch typisch Frau … alles gefühlstechnisch analysieren … sorry. Das sind sicher die Hormone, die beim Stillen ausgeschüttet werden …

Trotz allem würde ich jetzt gern mal kurz raus aus alldem, irgendwo an einen See und mich neben dich aufs Handtuch legen. Dich berühren, stimulieren, heiß und innig küssen … ins kühle Nass springen und dich endlich in mir spüren, heiß und pochend. Das Wasser ist eine Wohltat für unsere erhitzten Körper, die Sonne strahlt uns an. Immer wieder bewegen sich unsere Hüften aufeinander zu. Ich atme dir heftig ins Ohr, zu laut dürfen wir nicht sein, um nicht bemerkt zu werden …

Meine Hitze und meine Enge machen dich rasend, auch ich spüre, wie du immer geiler wirst und immer praller in mir! Ich hauche dir ins Ohr: »Los, komm!« Ich bin selbst schon kurz davor. Ein paar kräftige Stöße und wir kommen gemeinsam …

Wenigstens die Fantasie kann mir niemand nehmen!

Sehnsuchtsvoll

deine Fickfreundin

Er antwortete:

Hallo meine Süße,

du bist, was du bist, eine Frau mit Gefühlen und jetzt stolze Mama mit noch mehr Gefühlen, da brauchst Du dich für nichts entschuldigen, zumindest nicht bei mir.

Es freut mich wirklich sehr, dass ich dir ein Gefühl von Geborgenheit und alldem geben konnte und kann. Auch wenn bei mir keine Liebe (klingt so hart, aber na ja) im Spiel war und ist, habe ich dennoch starke Gefühle für Dich entwickelt und verbinde so manche Dinge im Alltag mit Dir, die es mir unmöglich machen, nicht ab und zu an Dich zu denken.

Aber wir machen hier ja keinen Schlussstrich unter unser Fickverhältnis, sondern eine Babypause, sehen wir es doch so! Alles andere hört sich so abschiedsmäßig an und gefällt mir gar nicht.

Bei unserem ersten Treffen am Parkplatz sagtest du zu mir, ob ich abhängig von Dir werden möchte. Weißt du noch? Als ich Ja sagte, bekam ich einen Blowjob ... JAAAAAAAAA!

Bis bald, küss Dich!

Ich konnte nicht anders, ich musste es loswerden:

Als ich dich damals gefragt habe, ob du abhängig werden möchtest, hätte ich ja nicht im Traum daran gedacht, dass ich vielleicht selbst süchtig werden könnte, süchtig nach dir, nach deinen Küssen, Berührungen und natürlich süchtig nach dem Sex mit dir!!!

Zwei Monate nach der Geburt war ich bereit, Mick zu sehen. Es ging von mir aus und ich schlug vor, dass wir uns irgendwo in der Natur trafen, nur zum Spazierengehen und erst einmal ohne Hintergedanken.

Wir trafen uns auf einem Parkplatz, ich stand nervös neben dem Kinderwagen und wartete auf eine ungewohnte Situation. Micks Auto fuhr an mir vorüber, parkte, er stieg aus und lächelte mich an. Er kam auf mich zu und sagte: »Wow!«

In einer SMS hatte er mir geschrieben, dass er sich mich ohne Bauch gar nicht mehr vorstellen könnte. Jetzt stand ich vor ihm, unausgeschlafen, mit den Resten des Schwangerschaftsbauches, mit meinem Kind. Und er machte mir Komplimente! Im Nachhinein kommen mir fast die Tränen, wenn ich darüber nachdenke, wie viel Kraft mir Mick in dieser Zeit gegeben hat, einfach durch seine lieben, aufbauenden Worte, seine Anwesenheit, sein Verständnis.

Wir liefen ein Stück miteinander, setzten uns auf eine etwas versteckte Bank und küssten uns (endlich wieder) heiß und innig, umarmten uns, versanken mit den Blicken ineinander. Da wusste ich wieder: Alles wird gut!

Minutenlang schwiegen wir, waren einfach nur zärtlich zueinander, bis mein Baby aufwachte, weil es Hunger hatte. Im ersten

Moment wusste ich nicht, wie Mick reagieren würde, wenn ich vor seinen Augen stillen würde, doch er war so einfühlsam, legte seine Hand in meinen Nacken und sah uns selig zu. Als ich ihm später mein zufriedenes und sattes Kind in die Arme legte, gestand er mir, dass seine Freundin schwanger sei und er nun noch eine Schwangerschaft miterleben dürfe.

Jetzt wusste ich auch, wieso er so viel Verständnis aufbrachte und so unglaublich zärtlich mit mir umging. Diese Stunden mit ihm im Grünen werde ich nie vergessen, es war für mich eines unserer intensivsten Erlebnisse miteinander.

57

Zärtlichkeit

Zärtlich gestreichelt, liebkost, massiert zu werden, sich anzuschmiegen, miteinander zu kuscheln … Das sind alles Dinge, die man mit dem eigenen Partner am besten genießen kann. Weil er auch derjenige ist, der das Anrecht darauf hat. Eigentlich.

Bei einem fremden Partner muss Vertrauen da sein und auch die Fähigkeit, sich fallen lassen und auf ihn einlassen zu können.

Zärtlichkeit ist so unglaublich wichtig, und das nicht nur beim Sex.

58

Immer noch ist alles möglich

Vier Monate nach der Geburt hatte Mick uns ein Zimmer gebucht. Ich wollte ihn unbedingt wieder spüren. Mein Körper fühlte sich wieder wie mein eigener an, »da unten« war wieder meine Pussy, auch wenn die Brüste irgendwie meinem Kind gehörten. Ja, sie gehörten ihm, ich hatte kein wirklich gutes Gefühl, wenn mein Mann sie berührte, sie ableckte oder (noch schlimmer) daran saugte. Ich pflegte ein seltsames Verhältnis zu ihnen, obwohl sie momentan so herrlich fest und groß waren. Ein wenig besorgt blickte ich daher dem geplanten Seitensprung entgegen. Ich konnte Mick davon nichts sagen, ich kam mir, wie auch bei meinem Mann, irgendwie dämlich vor.

Doch ich spürte wieder einmal, dass Mick ein unglaubliches Einfühlungsvermögen hatte. Wir hatten zärtlichen, schönen Sex und er berührte mich nur an Stellen, an welchen es mir angenehm war. Er sagte mir immer wieder, wie schön ich sei, wie wenig man mir die Schwangerschaft noch ansah und wie eng ich sei. Das war auch eine meiner größten Sorgen gewesen. Und natürlich vollkommen unbegründet.

Eine Sache muss ich hier noch erwähnen: Ich hatte mein Kind an diesem Nachmittag dabei. Es lag seelenruhig schlafend im Kinderwagen, der neben dem Bett stand. Wir waren bewusst etwas leiser als sonst, wecken konnte mein Baby also nur der Hunger. Später saßen wir nackt im Bett und ich stillte. Mick sah wieder fasziniert zu und ich schloss die Augen, genoss den Moment, war glücklich, zufrieden, befriedigt und so froh, diesen unbeschreiblich tollen Liebhaber zu haben.

In den folgenden Tagen:

Guten Morgen, mein einziger Fickfreund!*

Ich hatte schon fast vergessen, wie geil Sex sein kann. Um ehrlich zu sein – so traurig das jetzt klingen mag –, seit der Geburt war ich nicht mehr so feucht wie gestern … und trotzdem hat es fast nicht gereicht bei unserem geilen Gevögel ;) Na, ein bisschen soll ich wohl noch merken, dass ich ein Kind geboren hab …

Freu mich jetzt schon, wenn wir uns wiedersehen und so ein Treffen hinbekommen, bei dem wir uns sexuell auslassen können!

Heiße, sehnsüchtige Küsse

deine Sonne

** Du weißt natürlich, dass du mein einziger bist, gell? Warum sollte ich mich auch mit einem Porsche begnügen, wenn ich den auf mich zugeschnittenen Bentley in der Exklusiv-Version haben kann!!? Und solange ich dir noch schmecke und du gerne meine Pussy füllst, wirst du das sicher bleiben ;)*

*

Hallo Sonnenschein,

bin gerne für dich da zum wilden Ausleben und Austoben deiner Lüste und Wünsche, genau so wie ich dich brauch und froh bin, dich zu haben …!

Schön, dass ich der Einzige bin, ganz ehrlich, denn ein bisschen Eifersucht ist doch irgendwie dabei … Du bist aber auch meine Einzige!! Wow, klingt das romantisch, ist aber so, na wir verstehen uns ja ;-)

*

Hallo mein Luxus-Lover!

Ein bisschen Romantik war doch immer mal wieder dabei, wenn wir uns getroffen haben … ich denke da an idyllische Waldstücke mit warmen Sonnenstrahlen, oder auch Schneeflocken, an unser Ficknick auf der Wiese unter freiem Himmel, heiße Küsse unter einer Brücke, und so weiter … ich komme fast ins Schwärmen ;)

Ich laufe oft an Plätzen vorbei, wo ich an dich denken muss. Und an unsere geilen Treffen. Irgendwie war es jedes Mal verdammt gut :)

Ich schicke dir tausend heiße Küsse und Berührungen!
Deine ganz persönliche Fickfreundin

Die Gelegenheiten waren selten, dafür genossen wir es umso mehr, wenn wir uns sehen konnten.

Mitten im Winter, wir hatten tags zuvor im Wald gevögelt, erreichte mich diese Nachricht von Mick:

So einen aufregenden Waldfick hatten wir, glaube ich, noch nie, du hast dich einfach wunderbar angefühlt, jeder Stoß war wie ein kleiner Orgasmus, hätte gerne noch weitergemacht, mir einfach mehr Zeit mit dir genommen. Es ist schon erstaunlich, wie wir so harmonieren. Großes Vertrauen in Verbindung mit noch größerer Leidenschaft, aber alles basierend auf einer … einzigartigen Sexbeziehung ;-)

Im nächsten Frühjahr besuchten wir »unseren« Tennisplatz wieder und hatten dort in der Sonne richtig geilen Sex. Mein Körper gehörte mir wieder, mein Leben ging weiter, wenn auch anders als vorher. Ich musste noch viel mehr planen und wesentlich vorsichtiger sein. Ich hatte nun eine größere Verantwortung.

Jedes Treffen brachte unglaublichen Aufwand mit sich, den ich gerne in Kauf nahm, denn es war jedes Mal phänomenal!

Im Sommer hatten wir wieder einen halben Tag für uns und ich bat Mick, ein Zimmer zu buchen. Unser Stamm-Hotel war für diesen Tag komplett ausgebucht, also reservierte er uns ein Zimmer in einem etwas weiter entfernten Haus.

Es war ein heißer Sommernachmittag, die Sonne brannte herunter und ich freute mich beim Öffnen der Haustür nicht nur wegen der Temperatur über meine Kleiderwahl. Ein sanfter Windstoß blies unter mein leichtes Kleidchen, als ich zu unserem verabredeten Treffpunkt drei Straßen weiter lief, und erinnerte mich daran, dass ich keine Unterwäsche trug. Und zwar gar keine. Na, jedenfalls nicht unter dem Kleid. Ich hatte welche in meiner Tasche dabei, für den Heimweg.

Die Haare hatte ich hochgesteckt, weil ich genau wusste, dass Mick das gefallen würde. Gut gelaunt und in freudiger Erwartung stand ich im Schatten eines Baumes und wartete auf meinen Liebhaber.

Als sein Auto um die Ecke bog, versetzte mir das einen Adrenalinstoß, weil ich für die Fahrt etwas Besonderes, für mich Neues geplant hatte. Ich stieg ein und wir fuhren sofort los. Noch bevor wir die Autobahn erreichten, konnten wir kaum die Finger voneinander lassen. Küssen während der Autofahrt ist nicht so einfach, trotzdem griff er in meinen Nacken, zog mich zu sich und steckte seine Zunge in meinen Mund, immer mit dem Blick Richtung Straße.

Ich legte meine Hand auf seinen Oberschenkel, wanderte langsam weiter zu seiner pochenden Stelle, schob meine Hand zwischen seine Beine. Er tat es mir gleich, strich über die Innenseite meines linken Oberschenkels zu meiner Mitte, spürte die Hitze, die ich ausstrahlte. Kurz hielt er verdutzt inne, als er meine Pussy direkt spüren konnte, grinste dreckig und streichelte mir sanft über die Scham. Ich öffnete meine Beine, schob seine Hand noch weiter zu mir und stieß den Atem aus, als er einen Finger in mich steckte.

Leider fuhr Mick keine Automatik, daher musste er zwischendurch von mir ablassen, um zu schalten. Wir waren bereits auf der Autobahn, da begann ich, mich selbst zu streicheln. Er merkte das und unterstützte mich mit seinen Berührungen. Ich stellte ein Bein auf den Sitz und gab damit die Sicht auf meine feuchte Pussy frei, und das nicht nur für ihn, wie ich vermutete. Er wollte schnellstmöglich ins Hotel mit mir, das merkte ich, denn er fuhr ziemlich rasant. Ich wollte nicht wissen, wie viele Lkw-Fahrer mir beim Onanieren zusahen. Ich schloss die Augen, streichelte mich weiter. Dann holte ich, weil ich erkannte, dass es mir ohne diesen zusätzlichen Reiz bis zur Ankunft nicht kommen würde, meinen Vibrator aus der Tasche, schaltete ihn gleich auf höchste Stufe ein und stimulierte meinen Kitzler. Ich ließ ihn kreisen, durch meine Nässe konnte er perfekt gleiten, ich wurde dabei zunehmend geiler. Ein Finger von Mick schob sich in meine Spalte, ich stöhnte auf.

Kurz öffnete ich die Augen, sah, dass wir die Ausfahrt nahmen, und dass er sich beim Fahren und gleichzeitigem Schalten mit einer Hand etwas schwertat. Ich vermutete, er hätte sich schwerer getan, mich nicht anzufassen in diesem Moment. So hatte ich mir das vorgestellt, genau so. Ich sagte ihm, er solle den Finger nicht bewegen, und stimulierte mich weiter. Wir fuhren bereits durch ein Industriegebiet, wo wir an einer Ampel stehen bleiben mussten. Ich war so kurz vorm Höhepunkt, ich konnte und wollte nicht aufhören, deswegen waren mir die Fußgänger auch vollkommen egal, die am Auto vorbei liefen. Ob sie sahen, wie ich die Beine weit auseinander drückte? Oder wie ich den Kopf zurückwarf vor Erregung? Wie entrückt der Blick meines Fahrers war? Und ob sie mich beim heftigen Reiben meines Kitzlers mit dem Vibrator beobachteten? Es war mir absolut gleichgültig.

Die Ampel schaltete auf Grün, wir fuhren weiter, ich massierte weiter meine Klit. Ich atmete schon heftig, war mir des Fingers in mir voll bewusst, wollte, dass Mick meine Zuckungen spüren konnte. Ich entspannte mich kurz, rieb weiter und konnte einen lauten Seufzer nicht zurückhalten. Ich bäumte mich auf, stoßweise ging mein Atem und die Muskeln um Micks Finger zogen sich heftig pulsierend zusammen. Mir wurde schwindelig und schwarz vor Augen, so riss mich dieser Orgasmus mit. Unglaublich intensiv spürte ich, wie sich jeder Muskel in mir anspannte. Ich keuchte ein heiseres Oh-mein-Gott und bemerkte, dass wir gerade auf den Parkplatz des Hotels fuhren.

Stück für Stück entspannte ich mich wieder, er zog seinen Finger aus meiner Muschi, sie hatte ihn fest eingesaugt. Ein paar Mal musste ich tief durchatmen, bevor ich seinen Instruktionen folgen konnte. Er lief mir voran zum Eingang und an die Rezeption. Ich folgte ihm mit gebührendem Abstand und ging mit weichen Knien direkt ins Treppenhaus, wir wollten uns im ersten Stock treffen. Bis er den Zimmercode hatte, stand ich dort im Flur und wurde langsam wieder ruhiger. Mein Puls war immer noch recht hoch.

Da klingelte mein Handy. Mein Mann ahnte nicht, dass ich alleine und unterwegs war, also sah ich leicht panisch auf das Display. Natürlich war *er* es. Sollte ich abnehmen? Oder einfach so tun, als hätte ich es nicht gehört? Mick kam in diesem Moment die Treppe hoch und sah wohl meine entgleisten Gesichtszüge, denn er sagte, ich solle ruhig rangehen, er würde sich dann leise verhalten.

Mein Gehirn arbeitete die paar Sekunden, die mein Handy noch klingelte. Was, wenn jemand die Treppe hochkam, wenn mein Mann mich fragte, wo ich bin, oder wenn … was auch immer sonst noch alles passieren konnte? Was sollte ich sagen, wo ich war? Damit hatte ich nicht gerechnet, war es doch in letzter Zeit nie vorgekommen, dass er mich mobil erreichen wollte. Ich entschied mich, nicht ranzugehen. Ich hatte es eben nicht gehört. Leicht nervös fuhren wir mit dem Aufzug in den dritten Stock. Mick nahm mich in den Arm und küsste mich hingebungsvoll. Das lenkte mich wieder von dem Gedanken ab, mein Mann könne mir auf die Schliche kommen. Wir betraten das Zimmer und endlich griff Mick mir wieder unters Kleid. Küssend und streichelnd brachten wir uns zum Stöhnen, wir wollten uns so sehr. Er zog sein Oberteil aus und als er den Knopf seiner Hose öffnete, wollte ich schon mein Kleid ausziehen, einfach so aus Gewohnheit, wie man das eben zu Hause auch macht. Sein Blick war gespielt böse, als er sagte, ich solle mich unterstehen, es auszuziehen. Grinsend beobachtete ich, wie er sich die Hose runterstreifte und mit einer Beule im Slip zu mir kam. Ich drückte meine Hand dagegen, massierte darüber und entfernte ihm dann mit leichtem Kopfschütteln den Slip. Den hätte er auch gleich selbst ausziehen können. Wir kicherten kurz, dann drehte er mich um, hob das Kleid und ging in die Knie. Ich lehnte mich nach vorne, wusste ich doch, was er vorhatte, und stützte meine Hände am Bett ab. Seine Zunge traf sofort meine noch immer ganz empfindliche Stelle und ich musste scharf einatmen. Er leckte mich ausgiebig, kreiste mit der Zunge um meinen Kitzler, saugte ganz sanft an mir, machte mich wahnsinnig vor Verlangen. Er steckte einen Finger tief in mich, bog ihn ein wenig und ich stöhnte auf. »Ich will dich in mir spüren«, sagte ich, woraufhin er sofort aufstand und seinen Ständer in die Hand nahm. Meine enge Pussy nahm ihn nur langsam auf und ich merkte, wie ihn diese Enge geil machte. In diesem Moment vergaß ich alles um mich und wollte einfach Sex mit diesem wunderbaren und heißen Mann. Er fickte mich von hinten durch, bis ich wieder und immer wieder kam. Meine Brüste knetete er dabei, streichelte mir über den Rücken oder nahm meine Hüfte und zog mich fester an sich bei jedem Stoß. Er stöhnte heftig vor Lust, wurde dicker und größer und entlud sich dann zuckend in mir. Noch vereint, zog ich nun doch mein Kleid aus und wir fielen nebeneinander aufs Bett. Wir kuschelten uns aneinander. Wieder einmal fühlte ich mich unendlich wohl und geborgen und befriedigt. Dieses Gefühl hätte ich gerne in Dosen konserviert, um es bei Bedarf parat zu haben. Ich glaube, ein Drogenrausch kommt nicht an dieses Hochgefühl heran. Aber exakt das war Mick ja für mich: meine ganz persönliche Droge. Genau wie ich für ihn.

Langsam begannen wir ein Gespräch und es kam wieder jener Teil des Fremdgehens mit ihm, wo wir uns aus unserem Leben erzählten. Er war bisher der Einzige, bei dem es mich wirklich interessierte, obwohl wir gerade miteinander geschlafen hatten. Sonst war mir Sex und Small Talk genug gewesen. Wenn sich daraus eine gute Bekanntschaft ergab, war das toll, aber nach dem Sex mit einem fremden Mann wollte ich nicht noch seine Lebensgeschichte hören. Außer bei Mick. Wir zeigten uns gegenseitig Babyfotos unserer Kinder, freuten uns miteinander und sahen höflich weg, wenn der jeweils andere Partner auf einem Foto drauf war.

Mick ging kurz ins Bad und als er wieder kam, sahen wir uns nur einen Augenblick lang an und wussten sofort, dass die Zeit zum Reden vorbei war. Die Leidenschaft flammte wieder auf. Ich riss ihn aufs Bett und setzte mich auf ihn, begann, ihn überall zu lecken, zu streicheln und ein wenig zu kitzeln. Ich küsste seine Brust und über den Bauch zu seinem Schwanz, der sich schon regte. Ich nahm ihn vollständig in den Mund, saugte ganz sanft, nahm auch die Hand dazu und verwöhnte ihn so lange und ausgiebig, bis er fest stand. Er schmeckte so männlich, nach sich und auch nach mir. Lecker! Dann setzte ich mich mit meiner Mitte darauf und führte ihn in mich ein. Ganz langsam und in winzigen Etappen. Er füllte mich aus, nicht nur körperlich, auch geistig war ich wieder voll von ihm. Ich kreiste mit meiner Hüfte, bewegte mich auf und ab. Er massierte mit den Händen meine Brüste, streichelte mich am ganzen Oberkörper, spürte die Hitze auf meiner Haut.

Ich warf den Kopf zurück, so unglaublich erregte mich diese Vereinigung. Ich atmete tief ein und aus, griff in meine Haare, reckte ihm meine Brüste entgegen. Er berührte mich mal sachte, mal fordernd und ich ritt ihn, bis ich meinen herannahenden Höhepunkt spürte. Fest presste ich mich auf ihn, nahm ihn ganz in mir auf, und dann bewegte ich nur meine Hüfte leicht vor und zurück. Bei jeder Vorwärtsbewegung traf sein Schwanz meinen G-Punkt. Ich schrie meinen Orgasmus heraus, konnte nicht anders, gab mich dem Mann und dem Höhepunkt voll hin. Mick genoss meine Erregung und meine Enge beim Kommen, das Feuer, das er in mir entfachte.

Kaum dass ich wieder denken konnte, stand er mit mir auf, ich klammerte meine Beine um ihn. Er setzte mich auf die Kante des kleinen Tisches im Zimmer und begann mit langsamen Stößen in meine Mitte, die immer schneller wurden, bis ich mit dem Atmen und Stöhnen fast nicht mehr hinterherkam, weil er mich so sehr in Ekstase versetzte. Er drückte seinen Harten in mich, ich krallte mich an seiner Schulter und der Tischkante fest, bis er sich zuckend in mir ergoss. Seine Größe kurz vorm Kommen füllte mich so sehr aus, dass ich direkt mit ihm explodierte. Wir umarmten uns innig, umschlangen uns fest, als würden wir ineinanderkriechen wollen. Wir verharrten mehrere Augenblicke, verloren uns in unserer Befriedigung und in den Armen des anderen, bis wir langsam zu uns kamen und feststellten, dass die Zeit wieder einmal viel zu schnell vergangen war.

Ich suchte den Slip in meiner Handtasche, den ich mir eingepackt hatte, zog ihn an und wurde dabei sehr genau von Mick beobachtet. Ich streifte mein Kleid wieder über und wir gingen nach draußen. Da fiel mir plötzlich wieder ein, dass ich meinen Mann anrufen musste. Mit zittrigen Händen nahm ich mein Handy und rief zurück. Seltsamerweise fragte er weder, wo ich war, noch, warum ich nicht rangegangen war. Es war auch gar nichts Wichtiges, weswegen er mit mir sprechen wollte. Leicht irritiert legte ich auf und sah Mick an. Auf die Frage in seinem Gesicht konnte ich nur antworten: »Alles okay.«

Und das war es tatsächlich. In Momenten wie diesen war ich unendlich froh über das Glück, das ich in den letzten Jahren gehabt hatte. Es hätte auch anders laufen können …

59

Orgasmus

Mit Freude würde ich mal einem Mann beim Onanieren zusehen. Wenn das möglich wäre, würde ich gerne in seinen Kopf schlüpfen, seine Gedanken und Gefühle sehen und spüren. Ich möchte wissen, was er sich genau vorstellt, wie sich sein Orgasmus anfühlt, wie es ist, abzuspritzen, sich zu entladen. Wo genau ist dieses Gefühl? Im Schwanz, im Bauch, im Kopf, überall? Und ist das bei jedem Mann gleich? Ist es bei jeder Frau gleich?

Ich kann hier natürlich nur beschreiben, wie es sich bei mir selbst anfühlt. Während der Selbstbefriedigung halte ich, kurz bevor ich komme, unbewusst den Atem an. Das prickelnde Gefühl zwischen den Beinen zeigt mir, dass ich gleich so weit bin. Beim Höhepunkt flimmert es vor meinen Augen, der Kopf wird leicht und frei und alles dreht sich kurzzeitig, meine Gedanken schalten ab und ich kann mich nur noch auf die Explosion in mir konzentrieren. Dann beginnen die Zuckungen meiner Muschi und ich stoße den Atem mit einem Stöhnen aus. Ich entspanne mich und bemerke nun, wie sehr ich mich eigentlich verkrampft hatte. Sobald ich meine Klitoris jetzt berühre, zucken die Scheidenmuskeln wieder zusammen und wohlige Schauer durchfließen mich. Jede stärkere Berührung ist unangenehm und lässt auch mich zusammenzucken. Der Saft läuft aus meiner Spalte und nach ein paar Minuten beginne ich zu frieren, wenn ich mich nicht bald bewege.

Ein vaginaler Orgasmus ist ganz anders. Ich spüre den Schwanz/Finger in mir immer intensiver, in meinem Bauch beginnt es zu kribbeln, ich muss heftig atmen und die Erregung wird bei jedem Stoß größer. Ich schließe die Augen, stöhne, winde mich, kralle mich irgendwo fest, dann überrollt er mich, der Höhepunkt. Mein Kopf schaltet ab und Adrenalin durchflutet meinen Bauch. Meine Pussy zuckt nur leicht, dafür aber nach einigen Minuten noch immer. Wenn der Mann in mir bleibt, kann er spüren, wie mich Wellen der Erregung auch nach dem Kommen noch durchfluten.

60

Waldfick

Ein paar Wochen Abstinenz vom Fremdgehen machten mich mittlerweile wieder bereit zu (fast) allem. Als Mick an einem Abend keine Zeit hatte, ich aber das perfekte Alibi, schrieb ich kurzerhand Steffen eine SMS. Der konnte zwar so spontan auch nichts versprechen, wollte sich aber bemühen, weil er mich unbedingt wiedersehen wollte. Ich hatte noch nicht lange aufgehört zu stillen und bekam prompt am selben Tag meine Periode und starke Bauchschmerzen. Schweren Herzens sagte ich Steffen ab und zu allem Überdruss schrieb Mick mir kurz darauf, dass es nun doch klappen würde. Was für ein scheiß Tag!

Bei der nächstmöglichen Gelegenheit bekam Mick eine SMS von mir: *Lust auf 'nen kurzen Waldfick morgen Abend?*

Er antwortete: *Bin morgen beim Sport. Ich schau, was sich machen lässt.*

Ein paar Stunden vorher tippte ich eine weitere Nachricht, wollte wissen, ob es denn nun klappt. Seine Antwort brachte mich zum Grinsen: *Süße, kommt ganz drauf an, was du anziehst.*

Ich versprach ihm, wieder ein Kleid anzuziehen, war es doch über 30 Grad heiß an diesem Tag. Schnell sprang ich noch unter die Dusche, rasierte mich, wusch die Haare und cremte mich ein. Ich wollte doch gut riechen für ihn, er würde immerhin auch frisch geduscht direkt vom Sport kommen, wahrscheinlich schon ganz aufgeheizt und mehr als geil auf mich. Ich konnte es kaum abwarten, ihn endlich wieder in mir zu spüren.

Auf der Fahrt zu unserem Waldparkplatz spürte ich schon, wie mich der bloße Gedanke an den Sex mit ihm ganz feucht machte. Ich stand mit dem Auto an einer roten Ampel und zog mir schnell den Slip aus. Was wollte ich auch damit im Wald? Es sollte keine Verzögerungen geben.

Ich war vor ihm dort und schielte immer wieder zu den anderen Autos, die auf dem Parkplatz standen, ob nicht irgendjemand mich sehen konnte. Für einen Waldspaziergang hatte ich einfach das Falsche an, ein kurzes luftiges Kleid und Sandalen. Weiter nichts.

Die Minuten zogen sich, als er endlich auf mich zu fuhr. Ich stand hinter meinem Auto, er konnte nur meinen Kopf sehen und nicht, ob ich mein Versprechen gehalten hatte. Er stieg aus, kam auf mich zu, schenkte mir einen heißen und bewundernden Blick. Sofort begannen wir, uns zu küssen, gerade dass wir Hallo gesagt hatten. Zielstrebig liefen wir in die Richtung »unseres« Waldweges und blieben unterwegs auf dem Weg zu der üblichen Stelle immer wieder stehen, um uns zu küssen und zu berühren. Er legte meine Hand auf seinen Schritt und ich massierte seinen harten Schwanz durch die Hose. Er musste grinsen, als er unter meinen Rock fasste und bemerkte, dass er meine Pussy direkt anfassen konnte. Ich war schon extrem nass und sein Finger glitt ohne Mühe in mich.

Wir hatten unseren Stammplatz erreicht, die Küsse wurden immer stürmischer, da zog ich seine Hose runter, schob auch die Shorts nach unten und dann ging ich in die Hocke. Langsam nahm ich seine Erektion in den Mund. Sie stand mir schon bereit und fest entgegen. Leicht nach oben gebogen reizte sein Schwanz mich, ihn zu lutschen. Und das tat ich auch, erst kreiste ich mit der Zunge, dann nahm ich seine volle Länge auf und saugte fest daran. Doch ich war selbst so geil, ich wollte ihn endlich in meiner Muschi.

Ich drehte mich um, reckte ihm meinen Po entgegen und er steckte mir seinen Harten sofort in die Pussy, sodass ich nur noch aufstöhnen konnte. Er stieß in mich, fest und schnell, und ich hörte meine Seufzer im Wald verhallen. Ich spreizte meine Beine so weit es ging, drückte mich fest an ihn bei jedem Stoß, sodass er ganz tief in mich eindringen konnte. Ich genoss es so sehr, ihn in mir zu spüren, seine Hände auf meiner Haut. Meine Hände griffen an seinen Po und ich zog ihn immer wieder an mich, bis ich stöhnend kam. Mick drehte mich ein wenig zu sich und wir küssten uns leidenschaftlich.

Er sagte mir, er wolle in meinem Mund kommen, und ich sagte natürlich Ja. Wie hätte ich diesem Mann widerstehen können? Ich zog ihn aus mir heraus, ging abermals in die Hocke und umschloss sein Glied mit meinen Lippen. Beide Hände zu Hilfe nehmend blies ich ihn, wie er es mochte, saugend, leckend, massierend. Er zog mich noch einmal auf die Beine, fickte mich kräftig durch, stieß jedes Mal hinten bei mir an, wenn er seine Erektion in mich trieb, bis ich den nächsten geilen Höhepunkt hatte, und ließ es mich dann mit meinem Mund zu Ende bringen. Ich saugte kraftvoll und er kam so schnell, dass ich sein Sperma nicht ganz aufnehmen konnte. Es lief über mein Kinn, über meine Hand und etwas tropfte von meinem rechten Knie auf den Waldboden. Ich musste lachen, als er mich ansah, so schuldbewusst und trotzdem schelmisch. Ich sagte nur: »Geil!«

Da fing er auch an zu grinsen und nickte. Mit meiner sauberen Hand wischte ich mir seinen Saft vom Kinn und wir küssten uns stürmisch. Ich musste langsam wieder heim, deswegen liefen wir zu unseren Autos zurück. Als wir dort waren, war sein Sperma schon bei mir am Knie getrocknet, den Rest wischte ich schnell mit einem Taschentuch ab, bevor wir uns küssend verabschiedeten und wieder nach Hause zu unseren Partnern fuhren.

61

Quickie

Ein Quickie muss nicht unbedingt spontan sein. Und er bedeutet nicht, dass es kein Vorspiel gibt. Einen halben oder ganzen Tag geil sein und sich darauf freuen, endlich gevögelt zu werden (Kopfkino!), kann Vorspiel genug sein. Ein besonders heißer Kuss oder Blick kann auch reichen, um erregt zu werden. Eindeutige SMS oder Mails wären da noch zu erwähnen.

Je nachdem, wo der Quickie stattfindet, ist passende Kleidung anzuraten. Hosen, bei welchen man mögliche (Waldboden-) Flecken nicht sieht und die nicht zu eng sind, praktische oder einfach keine Unterwäsche, um nur ein paar Beispiele zu nennen. Gut ist, wenn der Mann die Frau vor dem Eindringen noch mal kurz leckt, um sie feucht genug zu machen, wenn sie es nicht sowieso schon ist.

Wirklich bequem sind Quickies aber eher selten.

62

Einsichten

Als ich das nächste Mal meine Mails checkte, hatte ich diese Nachricht von Mick:

Süße Sonne,

unser letztes Treffen schwirrt mir immer noch im Kopf herum … hoffe, du hattest keine Probleme mit deinem spermadurchnässten Kleid, war dein süßer kleiner Mund ein bisschen zu klein für die Menge, mmmhh … ;-)

Leidenschaftliche Küsse schickt dir

dein Liebhaber

Zum Glück hatte mein Kleid ja nichts abbekommen und mein Mann hatte nichts gemerkt. Die Erinnerung an den Abend machte mich sofort wieder heiß und ich wollte mehr. Eigentlich mehr von ihm, aber die Gelegenheit, die kurz darauf entstand, war so günstig. Tim hatte Zeit und ich hatte keine Lust, zum Fitness zu gehen, also fuhr ich zu ihm.

Nach über eineinhalb Jahren saßen wir wieder nebeneinander auf der Couch und wussten, was passieren wird. Diesmal war die Situation allerdings genau anders herum. Er war sexhungrig, ich dagegen war mir nicht ganz sicher, was ich wollte. So kannte ich das gar nicht von uns/mir. Ich wusste, dass er seit dem Ende unserer Affäre nur zweimal Sex gehabt hatte, der obendrein nicht besonders gut gewesen war, und daher ziemlich ausgehungert war. Ich konnte das von mir selbst nicht behaupten.

Er zog mich an sich, küsste mich und ich war sofort ernüchtert. Was tat ich hier? Am liebsten hätte ich abgebrochen, doch ich wusste genau, wie schlimm unbefriedigte Geilheit sein konnte. Deswegen machte ich mit. Mein Kopf war voll mit seltsamen Gedanken und ich konnte Tim einfach nicht mehr küssen. Es fühlte sich so falsch an, so unrealistisch, dass ich je solch eine Leidenschaft für ihn empfunden hatte. Ich wurde den Eindruck nicht los, für ihn nur eine Notlösung zu sein. Er hatte es mal wieder nötig und ich war gerade die einzige Frau, die zur Verfügung stand. Ich fühlte mich zwar nicht ganz so austauschbar wie bei Jan damals, aber eben auch nicht als eigentlichen Grund für Tims Erregung.

Wir hatten Sex, trotzdem. Aber ich konnte ihn nicht auf mir haben, ihm nicht in die Augen sehen. Er nahm mich von hinten, ich kniete auf seinem Bett und er stieß in mich. Ich musste an Mick denken. Wie tief war ich gesunken? Ich hatte es nötig, beim Fremdgehen an einen anderen Mann zu denken. Wie konnte das nur passieren?

Die Situation war verboten und Tim war gut wie immer, daher kam ich trotz meiner aufkeimenden Zweifel zum Orgasmus.

Beim Anziehen fühlte ich mich unglaublich schlecht. Auf der gesamten Heimfahrt quälte mich die Frage, was da gerade passiert war.

Und ich fragte mich, ob Tim das nicht gemerkt hatte. Ich wollte ehrlich zu ihm sein, fand aber weder die richtigen Worte noch die passende Gelegenheit dazu. Wie soll man einem Mann auch sagen, dass man keinen Sex mehr mit ihm will, ohne ihn zu verletzen? Ein unmögliches Unterfangen! Als er mich das nächste Mal fragte, ob ich nicht wieder Zeit für ihn hätte, musste ich handeln. Ich konnte nicht Sex mit ihm haben, während ich an Mick dachte. Ich konnte überhaupt nichts mit ihm haben, außer unserer Freundschaft, daher schrieb ich ihm eine Mail:

Ich weiß ja nicht, wann wir uns das nächste Mal sehen und ich muss unbedingt was loswerden … Deswegen schreibe ich dir das jetzt einfach.

Ich war immer ehrlich zu dir und deswegen bin ich es jetzt auch. Das letzte Mal, als ich bei dir war und wir Sex hatten, war für mich total seltsam. Ist dir da was aufgefallen? Ich konnte dich einfach nicht küssen, dabei mochte ich deine Küsse immer so gerne! Ich hab mich danach fast ein wenig schlecht gefühlt. Der Sex war genauso wie noch vor eineinhalb Jahren und auch genauso geil, nur ich selbst hab mich wohl verändert …

Also … ich weiß nicht, wie ich es ausdrücken soll, ich komm mir total blöd vor, aber ich hatte das erste Mal in meinem Leben das Gefühl, wirklich fremdgegangen zu sein. Ich habe tatsächlich jemanden betrogen, der mir in meinem Leben wichtig ist, und das war diesmal nicht mein Mann …

Er war sehr gekränkt, das war mir schon vorher klar gewesen. Aber ich wusste einfach nicht, wie ich es ihm anders hätte beibringen sollen. Ich glaube, da gibt es keinen richtigen Weg. Ich hätte ihn natürlich anlügen können oder immer wieder sagen können, dass ich keine Zeit habe. Aber auf Dauer wäre das nicht nur falsch und verlogen, sondern auch keine Lösung des Problems gewesen. So wusste er jetzt wenigstens, woran er war, auch wenn damit unsere Freundschaft endete. Ich wollte Mick sagen, was ich getan hatte, dass ich ihm quasi fremdgegangen war. Aber nicht per Mail oder SMS. Daher wartete ich auf unser nächstes Treffen. Doch ich konnte es nicht. Ich hatte zum einen so schreckliche Angst, er könne mich vielleicht nicht mehr wollen, zum anderen hatten wir sowieso schon so wenig Zeit, da wollte ich sie nicht noch mit so etwas vergeuden. Seit dem Sex mit Tim waren schon ein paar Wochen vergangen und es war mir plötzlich nicht mehr wichtig. Ich wusste nun, wie viel ich wirklich für Mick empfand, wie wichtig er mir in meinem Leben geworden war, und ich wollte ihn nie mehr als Liebhaber verlieren. Wir sahen uns mittlerweile noch etwa einmal im Monat und diese kostbare Zeit wollte ich nicht mehr missen.

Wir hatten einen richtig geilen Waldfick hinter uns, als wir uns (gestern) im Auto verabschiedeten. Extra für ihn hatte ich wieder ein sommerlich leichtes Kleid angezogen und trug keine Unterwäsche. Wahrscheinlich hätte ich noch immer geschwitzt, wenn ich nackt gewesen wäre, denn es war Mittag und die Sonne brannte herunter. Knapp 36 Grad im Schatten versprachen ein heißes Treffen – ob nun mit oder ohne Sex.

Ich saß neben ihm und wir küssten uns noch einmal innig, da wurde mir bewusst, dass ich mir seiner wohl nie sicher sein konnte. Ich wusste, er hatte nur mich, aber würde er mich noch wollen, wenn er wüsste, was ich schon alles getrieben hatte? Zum Teil vor seiner Zeit, zum Teil auch am Anfang unserer Affäre? Würde ich ihm irgendwann dieses Buch in die Hand drücken und ihm damit mein Herz öffnen, meine Erinnerungen mit ihm teilen? Und abgesehen davon: Was würden die anderen Männer dazu sagen? Seit ich meine Erinnerungen niederschrieb, hatte sich so einiges geändert. Zum Teil wollte ich, dass die Männer davon wussten, und so schrieb ich sie an und schickte ihnen den sie betreffenden Text. Die Reaktionen warfen mich echt aus der Bahn.

Markus wurde fast hysterisch, weil er Angst hatte, seine Frau könne etwas erfahren.

Steffen erlebte den Tag noch einmal beim Lesen und wollte mich unbedingt wieder treffen. Aber wollte ich das auch? Nach dem »Reinfall« mit Tim? Jetzt, wo ich eigentlich nur noch Mick wollte?

Martin war nach dem Lesen total geil und schrieb mir:

*Jetzt bin ich fix und fertig und würde dich gerne sofort bei mir haben … *schwitz* Der Text weckt heiß ersehnte Erinnerungen in mir und Träume, die ich seit unserem ersten Treffen nicht mehr aus meinem Kopf bekomme :D*

*Wer weiß, vielleicht sieht man sich ja irgendwann wieder *fg**

Auch Marc hatte ich mit meinen Ausführungen richtig heiß gemacht. Augenzwinkernd fragte ich mich, was wohl Miguel oder Jan sagen würden, wenn sie lesen würden, was ich über sie geschrieben hatte. Ich selbst habe beim Schreiben all meine Erlebnisse noch einmal Revue passieren lassen, habe alles noch einmal erlebt und auch genauer analysiert. Im Nachhinein gesehen, haben mich auch die etwas schwierigeren Situationen erfahrener gemacht und mich zu der Frau, ja zu der Liebhaberin gemacht, die ich jetzt bin.

63

Warum ich fremdgehe?

Warum ich das alles tue? Ein paar Gründe gibt es schon: Abenteuerlust, Experimentierfreudigkeit, Spaß am Sex, Lust auf Neues, mehr Lust als mein Mann, mehr Aufmerksamkeit, ich tue es für mein Selbstvertrauen, für meine Figur und auch ein Stück weit für meine Ehe.

Welcher Mann will schon eine sexuell frustrierte, unausgeglichene Frau? Die einen machen exzessiv Sport, andere Yoga oder Frustessen, ich gehe eben fremd als Ausgleich. Deswegen liebe ich meinen Mann nicht weniger, im Gegenteil, ich merke immer wieder, dass ich keinen Mann je so lieben könnte wie ihn. Nur das mit der Treue schaffe ich leider nicht.

Solange er es nicht weiß und ich bei den Affären immer mit offenen Karten spiele, wird niemand verletzt und ich habe, was ich brauche. Jedenfalls rede ich mir das ein …

Außerdem will ich nicht mit 80 Jahren plötzlich merken, dass ich etwas verpasst habe.

Manchmal frage ich mich, ob ich durch das häufige Fremdgehen überhaupt erst auf den Geschmack gekommen bin, oder ob es tatsächlich das war, was mir immer gefehlt hat. Wäre meine Ehe langsam zerbrochen, wenn ich mich weiterhin zu Tode gelangweilt oder mehr vom Leben erwartet hätte, oder wird sie es in Zukunft tun, weil ich weiß, was ich alles haben könnte? Ich habe einen tollen Mann, (einen) heiße/n Liebhaber, gute Freunde und eine wunderbare Familie. Möglicherweise habe ich nur Angst, dass das irgendwann einmal vorbei sein könnte.

64

Warum ich dieses Buch geschrieben habe

Ja, warum eigentlich? Angefangen hat alles damit, dass ich für Markus die Geschichte am Strand geschrieben habe. Über Jahre habe ich ihm meine geheimsten Fantasien mitgeteilt und irgendwann war er nicht mehr der Einzige. Immer genauer wurden meine Schilderungen und immer besser wusste ich, was ich beim Sex wollte und brauchte. Und das schrieb ich auch. Dann lernte ich Chris kennen und schrieb nicht mehr nur Fantasien, sondern wirklich Erlebtes. Mick war es, der mich auf die Idee brachte, ein Buch zu schreiben. Er sagte, dass andere erotische Bücher gegen das, was wir erlebt hatten, Gutenachtgeschichten seien, und er ahnte ja nicht, wie viel mehr ich über mein Sexleben berichten konnte.

Ich fing einfach an zu tippen und merkte bald, dass ich viele Details noch wusste, dass ich alles beim Schreiben noch einmal erlebte, es analysierte und auch, dass ich vieles plötzlich objektiver sah. Der wichtigste Grund aber ist der: Ich will nichts vergessen. An jeden Mann, jedes Gefühl, an jede kleinste Einzelheit will ich mich erinnern. Denn auch, wenn all diese Erlebnisse für mich unvergesslich bleiben, im Laufe der Zeit werden wahrscheinlich trotzdem immer mehr Details verblassen. Anfangs wollte ich das Buch eigentlich nur für mich selbst schreiben, aber jeder, der Teile meines unfertigen Manuskripts las, fand es heiß und zu schade, es nicht mit der Welt zu teilen. Ursprünglich war diese Erzählung, meine Gedanken, meine Geschichte, also gar nicht für die Außenwelt bestimmt, aber wenn ich einer Frau oder einem Mann damit helfen kann, ihre oder seine Sexualität, den eigenen Körper oder die Leidenschaft zu entdecken, wäre mir das eine große Freude. Ein Stück weit möchte ich auch zeigen, wie glücklich man sein kann, wenn man andere glücklich macht.

65

Ob …?

Ob ich Steffen noch einmal treffen werde? Oder Martin? Oder all die anderen? Und: Will ich das überhaupt? Wird Marc doch noch einmal hierher kommen? Wird Tim mich irgendwann verstehen und mir verzeihen? Werde ich Chris jemals in natura sehen oder spüren? Wie lange wird das mit Mick noch weitergehen? Werde ich zur Einsicht kommen? Und wenn ja, zu welcher?

Ich will jetzt nicht sagen, dass mir das alles egal ist, aber es ist nicht so wichtig. Ich habe gelernt: Wenn man wirklich will, schafft man fast alles. Und momentan ist das Einzige, was ich wirklich will, dass mein Leben so bleibt, wie es ist. Genau so ist es nämlich perfekt!

EXPLIZIT

PORNOJAHRE

33 GESCHICHTEN AUS DEM LEBEN EINES PORNOSTARS
EINE WITZIGE UND KURZWEILIGE HOMMAGE AN EINEN GANZ BESONDEREN BERUF

PORNOJAHRE
SEX, RUHM UND DIE GEILSTE ZEIT MEINES LEBENS –
33 LUSTIGE, FRIVOLE UND UNFASSBARE GESCHICHTEN
AUS DEM LEBEN EINES PORNOSTARS
Von Till Kraemer
280 Seiten | Taschenbuch
ISBN 978-3-86265-231-0 | Preis 9,95 €

Till ist gut im Bett. Was liegt da näher, als die mageren Gagen für seine Schauspieljobs durch ein paar Engagements als Pornodarsteller aufzustocken? Die einträgliche Alternative zum Künstlerdasein entwickelt sich für Till zum absoluten Traumjob.

Als er sich dann der Liebe wegen eine andere Arbeit sucht, zieht er Bilanz: Mit liebevollem Blick auf das Business beschreibt er in 33 Geschichten den ganz normalen Wahnsinn Porno – von der Herausforderung, bei einer Orgie den Überblick zu behalten, über die streng geheimen Aktivitäten nach Drehschluss bis hin zur manchmal nur schwer aufzubringenden Toleranz gegenüber dem Aussehen der Filmpartner.

Darüber hinaus beantwortet der Autor die wichtigsten Fragen zur Materie: Kommt es wirklich nur auf »seine« Größe an? Was haben Pornos mit Comedy zu tun?

WWW.EXPLIZIT-LESEN.DE

DIE AUTORIN

Sandra Sonne ist Ende 20 / Anfang 30 und lebt mit ihrem Mann und ihrem gemeinsamen Kind irgendwo in Süddeutschland. Sie sieht sich selbst als eine ganz normale junge Frau, die ihr Recht auf guten Sex in Anspruch nehmen will. »Glücklicherweise leben wir in einer Zeit, wo auch ich als Frau meine erotischen Wünsche ausleben kann. Ich glaube, es gibt unterdessen viele Frauen wie mich, und das ist auch gut so«, sagt sie.

Sandra Sonne
SEX UND SONNE
Die leidenschaftlichen erotischen Abenteuer einer verheirateten jungen Frau, deren Mann natürlich überhaupt gar nichts ahnt. Eine durchweg wahre Geschichte

ISBN 978-3-86265-240-2

Dieses Buch erscheint in der Reihe EXPLIZIT.
EXPLIZIT ist ein Label des Schwarzkopf & Schwarzkopf Verlages.

KATALOG
Wir senden Ihnen gern kostenlos unseren Katalog.
Schwarzkopf & Schwarzkopf Verlag GmbH
Kastanienallee 32, 10435 Berlin
Telefon: 030 – 44 33 63 00
Fax: 030 – 44 33 63 044

INTERNET | E-MAIL
www.schwarzkopf-schwarzkopf.de
info@schwarzkopf-schwarzkopf.de